BLINDGANGER

MICHAEL
ONDAATJE

BLINDGANGER

Vertaald door Inger Limburg
en Lucie van Rooijen

Nieuw Amsterdam

De vertalers ontvingen voor deze vertaling een projectsubsidie
van het Nederlands Letterenfonds

Nederlands
letterenfonds
dutch foundation
for literature

De vertaling is gesubsidieerd door de
Canada Council for the Arts

Canada Council for the Arts
Conseil des Arts du Canada

Oorspronkelijke titel *Warlight*. Alfred A. Knopf,
a division of Penguin Random House LLC, New York

Omslagontwerp Carol Devine Carson
Omslagbewerking Nanja Toebak
Foto's omslag: *Achtergrond en koppel* © Benjamin Harte /
Arcangel; *Hond* © Robin Olimb / Getty Images;
Vogels © Adam Hester / Getty Images
NUR 302
ISBN 978 90 468 2392 7
www.nieuwamsterdam.nl

FSC
www.fsc.org
MIX
Papier van
verantwoorde herkomst
FSC® C004472

voor Ellen Seligman, Sonny Mehta en Liz Calder
door de jaren heen

'De meeste grote slagen worden geleverd in de vouwen
van topografische kaarten'

DEEL EEN

IN HET GEZELSCHAP
VAN VREEMDEN

In 1945 gingen onze ouders weg en werden wij toevertrouwd aan de zorgen van twee mannen die mogelijk crimineel waren. We woonden aan Ruvigny Gardens, een straat in Londen, en op een ochtend zei onze vader of moeder dat we na het ontbijt even met het hele gezin moesten praten, waarna ze vertelden dat ze een jaar naar Singapore gingen, zonder ons. Niet zo heel lang, zeiden ze, maar ook weer niet kort. Tijdens hun afwezigheid zou er uiteraard goed voor ons gezorgd worden. Ik weet nog dat mijn vader op zo'n oncomfortabele ijzeren tuinstoel zat toen hij het nieuws vertelde, terwijl mijn moeder in haar zomerjurk vlak achter zijn schouder keek hoe wij reageerden. Na een tijdje pakte ze de hand van mijn zus Rachel en hield die tegen haar zij, alsof ze hem zo kon warmen.

Rachel en ik zeiden allebei geen woord. We keken met grote ogen naar onze vader, die uitgebreid vertelde over hun vlucht met de nieuwe Avro Tudor I, een vliegtuig dat afstamde van de Lancaster-bommenwerper en een kruissnelheid van ruim driehonderd mijl per uur kon behalen. Ze zouden minstens twee keer op een ander vliegtuig moeten overstappen om op hun bestemming aan te komen. Hij legde uit dat hij promotie had gekregen en het hoofdkantoor van Unilever in Azië zou overnemen, een volgende stap in zijn carrière. We zouden er allemaal beter van worden. Hij klonk ernstig, en op een gegeven moment wendde onze moeder zich af en richtte haar blik op haar augustustuin. Toen mijn vader was uitgepraat en ze zag dat ik in de war was, kwam ze naar me toe en haalde haar vingers als een kam door mijn haar.

Ik was veertien en Rachel bijna zestien, en ze zeiden dat we in de vakantie onder de hoede zouden komen van een voogd, zoals mijn moeder hem noemde. Ze omschreven hem als een collega. Wij kenden hem al – we noemden hem altijd De Mot, een naam die we zelf hadden verzonnen. Bij ons thuis waren we gewend om iedereen een bijnaam te geven, wat betekende dat we ook gewend waren dat mensen zich achter een masker verscholen. Rachel had al tegen me gezegd dat ze hem verdacht van criminele praktijken.

Het leek dan misschien een merkwaardige regeling, maar omdat het leven zo vlak na de oorlog nog steeds verwarrend en onvoorspelbaar was, vonden we het helemaal niet zo'n vreemd voorstel. We legden ons bij de beslissing van onze ouders neer, zoals kinderen dat nu eenmaal doen, en De Mot, die net als huurder bij ons op de derde verdieping was komen wonen – een bescheiden man, groot maar met schuchtere bewegingen, waardoor hij veel weg had van een mot –, bood uitkomst. Kennelijk vonden onze ouders hem betrouwbaar genoeg. Of zij meer wisten over de criminele aard van De Mot was ons niet duidelijk.

Ze hadden ooit heus wel een poging ondernomen om ons tot een hecht gezin te smeden. Een enkele keer mocht ik van mijn vader mee naar het kantoor van Unilever, dat in het weekend en op feestdagen uitgestorven was; en als hij dan bezig was, dwaalde ik door een schijnbaar verlaten wereld op de twaalfde verdieping van het gebouw. Ik kwam tot de ontdekking dat alle ladekasten op slot zaten. Er lag niets in de prullenmanden, nergens hingen foto's of schilderijen aan de muur, al werd een van de wanden van zijn kamer wel gesierd door een grote reliëfkaart waarop de overzeese vestigingen van het bedrijf stonden aangegeven: Mombasa, De Cocoseilanden, Indonesië. En dichter bij huis: Triëst, Heliopolis, Benghazi, Alexandrië, steden die een kordon vormden rondom de Middellandse Zee, en ik nam aan dat die vestigingen onder mijn vaders gezag vielen. Daar boekten ze laadruimte op de honderden schepen die heen en weer voeren naar het Oosten. De lichtjes op de kaart die de steden en havens aangaven brandden in het weekend niet; dan bleef de kaart in duisternis gehuld, net als die verre buitenposten zelf.

Toen het moment van vertrek naderde, werd besloten dat mijn moeder de laatste weken van de zomer thuis zou blijven om alles rondom het voogdijschap van de huurder te regelen en ons voor te bereiden op onze nieuwe kostscholen. Op de zaterdag voordat mijn vader in zijn eentje naar die verre wereld zou vliegen, nam hij me nog één keer mee naar het kantoor in de buurt van Curzon Street. Hij had voorgesteld om een flink eind te lopen; zijn lichaam zou de komende dagen immers vastgesnoerd zitten in een vliegtuig. Dus namen we de bus naar het Natural History Museum en liepen toen door Hyde Park naar Mayfair. Hij was opvallend kwiek en vrolijk, en zong keer op keer de regels van Housman: *Net als de jas van moeders handen, slijt ook het hart in verre landen*, bijna monter, alsof het een leus was. Ik vroeg me af wat het betekende. Ik weet nog dat we meerdere sleutels nodig hadden om het gebouw binnen te komen en de bovenste verdieping te bereiken, die volledig in beslag werd genomen door het kantoor waar hij werkte. Ik stond voor de grote, nog steeds onverlichte kaart en prentte me de steden in waar hij de komende nachten overheen zou vliegen. Ook toen al hield ik van landkaarten. Hij kwam achter me staan en toen hij de lampjes aandeed, wierpen de bergen hun schaduw over de reliëfkaart, al waren het nu niet zozeer de lampjes die me opvielen, als wel de zachtblauw oplichtende havens en de enorme stukken onverlichte aarde. Een deel van het panorama was nu onzichtbaar, en ik vermoed dat het beeld dat Rachel en ik van het huwelijk van onze ouders hadden net zo onvolledig was. Ze hadden zelden iets over hun leven verteld. We waren gewend aan halve verhalen. Onze vader had een rol gespeeld in de slotfase van de oorlog, en ik denk dat hij voor zijn gevoel niet echt bij ons hoorde.

Het sprak vanzelf dat zij met hem meeging. Voor ons was het ondenkbaar dat ze los van hem een bestaan kon hebben: ze was zijn vrouw. Het zou minder desastreus zijn, het gezin zou minder ontregeld raken als ze ons achterlieten dan als onze moeder op Ruvigny Gardens bleef om voor ons te zorgen. Bovendien konden ze ons niet zomaar van de scholen halen waarop we na al die moeite waren toegelaten, was hun redenering. Voor hij vertrok omhelsden we mijn vader met zijn allen; De Mot was zo tactvol om zich dat weekend niet te laten zien.

En zo begonnen we aan een nieuw leven. Ik kon het toen nog niet helemaal geloven. En ik weet nog steeds niet of de periode die volgde mijn leven ontwrichtte of er juist een positieve impuls aan gaf. Ik raakte in die tijd de vastigheid en inperkingen van het gezinsleven kwijt, en het gevolg was dat ik op latere leeftijd iets aarzelends had, alsof ik mijn portie vrijheid te snel had opgebruikt. In elk geval ben ik nu op een leeftijd dat ik erover kan praten, over onze jeugd in de beschermende armen van vreemden. En het voelt alsof ik duiding geef aan een sprookje, over mijn ouders, over Rachel en mijzelf, en over De Mot, maar ook over de anderen die zich later bij ons voegden. Voor dat soort verhalen bestaan vast allerlei tradities en stijlfiguren. Iemand moet een beproeving doorstaan. Niemand weet wie de waarheid met zich meedraagt. De personages zijn niet wie of waar je denkt dat ze zijn. En er is iemand die vanaf een onbekende plek toekijkt. Ik weet nog dat mijn moeder graag vertelde over de trouwe ridders uit de Arthurlegendes die hun opdrachten vaak met bezwaard gemoed vervulden; soms situeerde ze die verhalen in dorpjes op de Balkan of in Italië waarvan ze zei dat ze er weleens was geweest en die ze voor ons opzocht op de kaart.

Door het vertrek van mijn vader werd mijn moeders aanwezigheid belangrijker. De gesprekken tussen onze ouders gingen altijd over volwassen aangelegenheden. Maar nu begon ze over zichzelf te vertellen, over haar jeugd op het platteland van Suffolk. Vooral het verhaal over 'het gezin op het dak' vonden we geweldig. Onze grootouders woonden in een streek in Suffolk die The Saints heette, waar hun rust hooguit werd verstoord door het geluid van de rivier, of nu en dan door een kerkklok uit een naburig dorp. Maar een maand lang had er op hun dak een gezin gewoond dat met spullen smeet en tegen elkaar schreeuwde, en wel zo hard dat het lawaai door het plafond heen hun eigen gezinsleven binnensijpelde. Het was een bebaarde man met zijn drie zonen. De jongste was de zwijgzame van het stel; zijn belangrijkste taak was de ladder op klimmen met emmers water voor de anderen op het dak. Maar elke keer dat mijn moeder het huis uit liep om eieren uit het kippenhok te halen of in de auto te stappen, zag ze dat hij naar haar keek. Het waren rietdekkers die het dak repareerden, en ze waren de hele dag druk in de weer. Rond etenstijd haalden ze hun ladders weer naar beneden en vertrokken. Maar op een dag werd de jongste zoon even opgetild door een harde windvlaag, waardoor hij zijn evenwicht verloor. Hij viel van het dak, dwars door de lindeberceau, en kwam op het plaatsje bij de keuken terecht. Zijn broers droegen hem naar binnen. De jongen, die Marsh heette, had zijn heup gebroken, en de dokter die erbij werd gehaald deed gips om zijn been en zei dat hij niet vervoerd mocht worden. Hij moest op een bank in de bijkeuken blijven liggen tot het dak klaar was. Mijn moeder – die toen acht was – moest hem zijn eten brengen. Af en toe bracht ze hem een boek, maar hij was zo verlegen dat hij nauwelijks iets zei. Die twee weken moeten voor hem een eeuwigheid hebben geduurd, zei ze tegen ons. Toen hun werk er eindelijk op zat, pakte het gezin de jongen op van de bank en vertrok.

Altijd als mijn zus en ik aan dat verhaal dachten, leek het een sprookje dat we niet helemaal begrepen. Onze moeder bracht het op nuchtere toon en liet de gruwelijkheid van de val achterwege, zoals dat gaat met verhalen die meer dan eens worden verteld. We hebben vast gevraagd om andere verhalen over de jongen die viel, maar ze schonk ons alleen dat ene incident – die stormachtige middag toen ze de doffe smak hoorde waarmee hij op de tegels terechtkwam, nadat hij door de takken en bladeren van de berceau was gevallen. Slechts één voorval uit het verborgen staketsel van mijn moeders leven.

De Mot, onze huurder van de derde verdieping, was nogal uithuizig, al kwam hij soms op tijd terug voor het avondeten. Hij werd nu uitgenodigd om aan te schuiven, en nam pas plaats nadat hij het aanbod had afgeslagen met drukke, niet bepaald overtuigende handgebaren. Maar meestal wandelde De Mot 's avonds naar Bigg's Row om iets te eten te halen. Die buurt was grotendeels verwoest tijdens de Blitz, en er stonden tijdelijk een paar handkarren met etenswaren. Hij leek altijd maar half aanwezig, dook nu eens hier, dan weer daar op. We wisten niet goed of die manier van doen voortkwam uit verlegenheid of lusteloosheid. Daar zou natuurlijk verandering in komen. Vanuit mijn slaapkamerraam zag ik hem soms zachtjes met onze moeder praten in de donkere tuin, of hij zat thee met haar te drinken als ik de kamer binnenkwam. Het had haar veel tijd gekost om hem zover te krijgen dat hij me, voordat school weer begon, bijspijkerde in wiskunde, een vak waarvoor ik steevast lage cijfers haalde en ook steevast lage cijfers zou blijven halen, nog lang nadat De Mot zijn bijlessen aan mij had gestaakt. De enige vorm van complexiteit die ik in die begintijd bij onze voogd bespeurde, zat in de bijna driedimensionale tekeningen die hij maakte om me te helpen onder de oppervlakte te duiken van een meetkundige stelling.

Als het gesprek op de oorlog kwam, probeerden mijn zus en ik verhalen bij hem los te peuteren over wat hij had gedaan, en waar. Het was een tijd van echte en valse herinneringen, en Rachel en ik waren nieuwsgierig. De Mot en mijn moeder hadden het over mensen die ze zich allebei herinnerden uit die tijd. Het was duidelijk dat ze hem al kende voor hij bij ons was komen wonen, maar voor ons kwam het als een verrassing dat hij betrokken was geweest bij de oorlog, omdat De Mot zich nooit 'oorlogsachtig' gedroeg. Zijn aanwezigheid in ons huis werd meestal kenbaar gemaakt door zachte pianomuziek uit zijn radio, en hij scheen nu werkzaam te zijn voor een organisatie die zich bezighield met grootboeken en salarissen. Na enig aandringen kwamen we er evenwel achter dat ze allebei als 'brandwacht' hadden gewerkt in het zogenoemde Vogelnest, boven op het dak van het Grosvenor House Hotel. Wij zaten dan in onze pyjama Ovomaltine te drinken terwijl zij herinneringen ophaalden. Zo nu en dan kwam er een anekdote bovendrijven, die vervolgens weer onder de oppervlakte verdween. Eén keer, vlak voor we naar onze nieuwe school vertrokken, was mijn moeder in een hoek van de woonkamer onze overhemden aan het strijken en stond De Mot aarzelend onder aan de trap, klaar om de deur uit te gaan, alsof hij niet echt bij ons was. Maar in plaats van weg te gaan begon hij te vertellen over de behendigheid die onze moeder aan de dag had gelegd tijdens een nachtelijke rit, toen ze mannen door het donker van de spertijd naar de kust had gebracht om ze af te leveren bij de Berkshire-eenheid – wat dat ook mocht zijn – en ze niets anders had dan 'een paar stukjes chocola en de koude lucht die door de open raampjes naar binnen kwam' om wakker te blijven. Mijn moeder luisterde aandachtig naar wat hij vertelde, haar rechterhand met het strijkijzer geheven zodat de kraag niet zou verbranden; ze ging helemaal op in zijn schimmige verhaal.

Toen had ik het al kunnen weten.

In hun verhalen lieten ze elke verwijzing naar tijd bewust achterwege. We kregen een keer te horen dat mijn moeder vanuit Chicksands Priory, een oud klooster in Bedfordshire, Duitse berichten had onderschept en gegevens over het Kanaal had gestuurd, met een koptelefoon vol complexe radiofrequenties tegen haar oren gedrukt, en later opnieuw vanuit het Vogelnest boven op het Grosvenor House Hotel, waarvan Rachel en ik inmiddels het vermoeden kregen dat het maar weinig met de brandwacht van doen had. Het begon tot ons door te dringen dat onze moeder meer in haar mars had dan we dachten. Had ze met die prachtige roomwitte armen en ranke vingers welbewust iemand doodgeschoten? Ik zag hoe fit ze was als ze gracieus de trap op rende. Dat was ons nooit eerder aan haar opgevallen. In de maand tussen het vertrek van onze vader en het begin van ons schooljaar – het moment waarop zij zou vertrekken – ontdekten we eerst een verrassender en toen een intiemere kant van haar. En dat ene moment waarop ze het hete strijkijzer in de lucht hield, kijkend naar De Mot die herinneringen ophaalde aan hun begintijd, maakte een onuitwisbare indruk.

Nu mijn vader weg was, voelde ons huis steeds vrijer en ruimer, en we brachten zo veel mogelijk tijd met haar door. We luisterden naar misdaadverhalen op de radio, met het licht aan om elkaars gezicht te kunnen zien. Ze moet die verhalen saai hebben gevonden, maar wij wilden per se dat ze bij ons bleef zitten als we de geluiden hoorden van misthoorns en de wind die huilde over de hei, van trage, misdadige voetstappen of een versplinterend raam; en tijdens die hoorspelen gingen mijn gedachten naar het half vertelde verhaal over haar onverlichte rit naar de kust. Maar als het op radioprogramma's aankwam, lag zij liever op zaterdagmiddag op de chaise longue te luisteren naar *Uur uit de natuur* op de BBC, zonder aandacht te besteden aan het boek in haar handen. Ze zei dat het programma haar aan Suffolk deed denken. En wij hoorden de man op de radio eindeloos doorgaan over waterinsecten en krijtriviertjes waarin hij had gevist; het klonk als een verre, microscopische wereld, terwijl Rachel en ik op het tapijt over een puzzel gebogen zaten om een stuk blauwe lucht te leggen.

We namen een keer met zijn drieën de trein vanaf Liverpool Street naar het huis in Suffolk waar zij was opgegroeid. Eerder dat jaar waren onze grootouders omgekomen bij een autoongeluk, en nu volgden we mijn moeder, die in stilte door hun huis dwaalde. Ik weet nog dat we op de gang altijd vlak langs de muren moesten lopen, anders piepte en kraakte de honderd jaar oude houten vloer. 'Het is een nachtegaalvloer,' zei mijn grootmoeder ooit. 'Hij waarschuwt 's nachts voor dieven.' Rachel en ik sprongen er altijd op zodra we de kans kregen.

Maar het gelukkigst waren we in Londen, alleen met onze moeder. We laafden ons aan haar achteloze, lome genegenheid, wat meer was dan we tot dan toe hadden gekregen. Het leek alsof ze was teruggekeerd naar een eerdere versie van zichzelf. Ook vóór mijn vaders vertrek was ze een voortvarende en efficiente moeder geweest die naar haar werk ging als wij naar school gingen en meestal op tijd thuiskwam om met ons te eten. Was deze nieuwe versie het gevolg van haar echtgenootloze bestaan? Of zat het ingewikkelder in elkaar: bereidde ze ons zo voor op het afscheid en liet ze zien hoe ze herinnerd wilde worden? Om me klaar te stomen voor kostschool hielp ze me met Frans en met *De Gallische Oorlog* van Caesar – ze was een kei in Frans en

Latijn. Tot onze grote verrassing stimuleerde ze ons om allerlei zelfbedachte toneelstukjes op te voeren in de beslotenheid van ons huis, waarvoor we ons als priesters verkleedden of op onze tenen slopen in de rol van matroos of schurk.

Deden andere moeders dat ook? Lieten die zich happend naar adem op de bank vallen met een dolk in de rug? Ze deed het allemaal niet als De Mot in de buurt was. Maar waarom eigenlijk wel op andere momenten? Vond ze het saai om dag in, dag uit voor ons te moeten zorgen? Werd ze iemand anders, even niet onze moeder, als ze zich vermomde in een mooi gewaad of in oude vodden? Het allerfijnst was het moment dat het eerste ochtendlicht onze kamers binnenpiepte en we als aarzelende hondjes haar slaapkamer binnenslopen om te kijken naar haar ongemaskerde gezicht, de dichte ogen, de roomwitte schouders en de armen die zich al uitstrekten om ons naar zich toe te trekken. Want hoe laat het ook was, ze was altijd wakker, altijd klaar voor ons. Ze liet zich nooit verrassen. 'Kom eens hier, Knoop. Kom eens hier, Sijs,' mompelde ze dan, haar koosnaampjes voor ons. Ik denk dat dat de enige periode was waarin Rachel en ik haar als een echte moeder zagen.

Begin september werd de hutkoffer uit de kelder gehaald en keken we toe terwijl ze hem volpakte met jurken, schoenen, kettingen, Engelstalige romans, kaarten en ook spullen en benodigdheden waarvan ze dacht dat die in het Oosten niet te vinden waren, zelfs een paar – in onze ogen – overbodige wollen kledingstukken, want het kon 's avonds 'frisjes' zijn in Singapore, wist ze te vertellen. Ze vroeg Rachel om voor te lezen uit een baedeker: beschrijvingen van de omgeving en de buslijnen, maar ook de plaatselijke terminologie voor 'Genoeg!' of 'Meer' en 'Hoe ver is het?' We dreunden de zinnetjes op met een overdreven oosters accent.

Door heel rustig en nauwkeurig die grote hutkoffer in te pakken, dacht ze ons er misschien van te kunnen overtuigen dat haar reis een goed idee was, maar het versterkte alleen maar ons gevoel dat we in de steek werden gelaten. Bijna alsof we verwachtten dat ze zelf in de zwarte houten koffer zou klimmen, die met zijn koperen hoekbeslag veel weg had van een doodskist, en zo van ons zou worden weggevoerd. Het nam een paar dagen in beslag, dat inpakken, en het voelde als een langgerekte en noodlottige bezigheid, een spookverhaal waar maar geen eind aan kwam. Onze moeder stond op het punt een gedaantewisseling te ondergaan. Ze zou veranderen in iets wat wij niet konden zien. Misschien dat Rachel het anders ervoer. Die was ruim een jaar ouder. Voor haar had het misschien iets theatraals. Maar voor mij duidde dat voortdurende wikken en wegen, in- en weer uitpakken op een definitieve verdwijning. Tot het vertrek van onze moeder hadden we ons verschanst in ons huis. We waren alleen een paar keer over de kade van de rivier gewandeld. Ze zou de komende weken nog meer dan genoeg reizen, had ze gezegd.

En toen was het moment van vertrek ineens daar, om onduidelijke redenen eerder dan verwacht. Mijn zus ging naar de badkamer en schminkte haar gezicht spierwit, waarna ze met dat uitdrukkingsloze gezicht boven aan de trap neerknielde, haar armen om de reling sloeg en weigerde los te laten. Mijn moeder en ik stonden bij de voordeur tegen Rachel te foeteren in een poging haar naar beneden te krijgen. Het leek net of mijn moeder het zo had bekokstoofd om te voorkomen dat het een betraand afscheid zou worden.

Er is een foto van mijn moeder waarop je haar gezicht bijna niet kunt zien. Ik herken haar aan haar houding, de stand van haar armen en benen, ook al is hij vóór mijn geboorte gemaakt. Ze is een jaar of zeventien, achttien, en het kiekje is geschoten door haar ouders aan de oever van hun rivier in Suffolk. Ze heeft gezwommen, haar jurk aangetrokken en staat nu op één been, het andere opgetrokken om een schoen aan te trekken, en haar hoofd schuin naar beneden zodat haar blonde haar over haar gezicht valt. Ik vond hem jaren later in de logeerkamer tussen de weinige spullen die ze had besloten te bewaren. Ik heb hem nog steeds. Deze bijna anonieme persoon, in een wankel evenwicht, zich vasthoudend aan haar eigen veiligheid. Toen al incognito.

•

Half september kwamen we aan op onze respectieve scholen. Omdat we tot dan toe nooit op een kostschool hadden gezeten, waren we het internaatleven niet gewend, terwijl alle anderen daar al wisten dat ze in feite in de steek waren gelaten. Wij konden er niet tegen en stuurden nog geen dag na aankomst al een brief naar onze ouders, geadresseerd aan een postbus in Singapore, waarin we om verlossing smeekten. Ik zag de hele route voor me die onze brief zou afleggen: met een busje naar de haven van Southampton, waarna hij verder zou reizen met een schip dat onderweg zonder enige haast allerlei verre havens zou aandoen. En ik wist toen al dat onze lijst met klachten op die afstand en na zes weken vertraging futiel zou blijken. Bijvoorbeeld dat ik in het donker drie trappen af moest als ik 's nachts naar de wc wilde. De meeste interne leerlingen plasten doorgaans in een daartoe aangewezen wasbak op onze verdieping, naast die waaraan je je tanden poetste. Dat gebruik ging al generaties terug op die school, en decennia aan urine hadden een duidelijk pad uitgebeten in dat ene geëmailleerde bekken dat voor dat doel werd gebruikt. Maar toen ik een keer op een avond slaperig in de wasbak plaste, kwam de conrector voorbijwandelen en zag hij wat ik deed. De volgende ochtend stak hij bij de samenkomst een ziedende preek af over de weerzinwekkende daad waarop hij een van de leerlingen had betrapt, en hij beweerde zelfs in de vier jaar dat hij in de oorlog had gevochten nooit zoiets smerigs te hebben gezien. Er viel een geschokte stilte, maar die had er eerder mee te maken dat de jongens in de zaal het onvoorstelbaar vonden dat de conrector niet op de hoogte was van een traditie die al bestond toen er belangrijke figuren als Shackleton en P.G. Wodehouse op de school rondliepen (al was naar verluidde een van hen van school gestuurd en de ander pas na hevige protesten tot ridder geslagen). Ik hoopte dat ik ook van school werd gestuurd, maar het bleef bij een pak slaag van een ouderejaars, die zijn lachen niet kon inhouden. Hoe dan ook, ik verwachtte geen weloverwogen antwoord van mijn ouders, ook niet na mijn inderhaast geschreven tweede brief, waarin ik als postscriptum verslag deed van mijn misdaad. Ik klampte me vast aan de hoop dat het idee om ons naar een kostschool te sturen meer van mijn vader kwam dan van mijn moeder, wat betekende dat zij onze kans op verlossing was.

Onze scholen stonden een kleine kilometer bij elkaar vandaan, en de enige manier waarop we met elkaar konden communiceren was door een fiets te lenen en elkaar te treffen op de meent. Rachel en ik besloten dat we alles wat we deden samen zouden doen. Dus halverwege onze tweede week, nog voor onze smeekbrieven zelfs maar het Kanaal over waren, glipten we na de laatste les weg met de externe leerlingen, bleven rondhangen op Victoria Station en gingen pas terug naar Ruvigny Gardens toen de avond viel en we er zeker van waren dat De Mot thuis was om ons binnen te laten. We wisten allebei dat De Mot de enige volwassene was naar wie onze moeder luisterde.

'Ah, dus jullie hielden het niet uit tot het weekend?' was alles wat hij zei. Er zat een dunne man in mijn vaders leunstoel.

'Dit is Norman Marshall. Hij was de beste weltergewicht ten noorden van de rivier, ook wel bekend als "De Schicht van Pimlico". Misschien hebben jullie weleens van hem gehoord?'

We schudden ons hoofd. Onze aandacht ging vooral uit naar het feit dat De Mot een onbekende had uitgenodigd in het huis van onze ouders. Die mogelijkheid was nooit bij ons opgekomen. We waren ook nerveus vanwege onze ontsnapping uit school en omdat we niet wisten hoe onze voogd, die we nog nooit op de proef hadden gesteld, daarop zou reageren. Maar vreemd genoeg leek De Mot zich niet druk te maken over onze midweekse ontsnapping.

'Jullie zullen wel honger hebben. Ik zal wat bonen met spek opwarmen. Hoe zijn jullie thuisgekomen?'

'Met de trein. En toen met de bus.'

'Mooi zo.' En met die woorden liep hij naar de keuken, ons achterlatend met De Schicht van Pimlico.

'Bent u een vriend van hem?' vroeg Rachel.

'Zeer zeker niet.'

'Wat doet u hier dan?'

'Dat is mijn vaders stoel,' zei ik.

Zonder acht te slaan op mij richtte hij zich tot Rachel. 'Hij vroeg of ik langs wilde komen, lieverd. Hij denkt erover om dit weekend een wedje te leggen in Whitechapel. Ben je daar ooit geweest?'

Rachel zweeg, alsof hij het niet tegen haar had. Hij was niet eens bevriend met onze huurder. 'Ben je je tong soms verloren?' wilde hij van haar weten, waarna hij zijn lichtblauwe ogen op mij richtte. 'Ooit naar een hondenrace geweest?' Ik schudde mijn hoofd, en toen kwam De Mot terug.

'Alsjeblieft. Tweemaal bonen met spek.'

'Ze zijn nog nooit naar een hondenrace geweest, Walter.'

Walter?

'Dan moet ik ze zaterdag maar eens meenemen. Hoe laat is je race?'

'De O'Meara Cup is altijd om drie uur.'

'De kinderen mogen in het weekend soms weg, als ik een briefje schrijf.'

'Nou...' zei Rachel. De Mot keek haar aan en wachtte tot ze verderging. '... eigenlijk willen we niet meer terug.'

'Walter, ik ga ervandoor. Dit wordt heibel, zo te horen.'

'Welnee,' zei De Mot luchthartig. 'Daar komen we wel uit. Vergeet het teken niet. Ik wil mijn centen niet inzetten op een waardeloze hond.'

'Tuurlijk. Tuurlijk...' De Schicht stond op, legde verrassend genoeg een geruststellende hand op de schouder van mijn zus en liet ons alleen.

We aten onze bonen onder het toeziend oog van onze voogd, die geen enkele blijk van afkeuring gaf.

'Ik bel wel even naar school om te zeggen dat ze zich geen zorgen hoeven te maken. Die doen het nu vast in hun broek.'

'Ik heb morgenochtend meteen een wiskundeproefwerk,' biechtte ik op.

'Hij was bijna van school gestuurd omdat hij in de wasbak heeft gepiest!' zei Rachel.

Het beetje overwicht dat De Mot had, zette hij met diplomatieke behendigheid in toen hij ons de volgende ochtend vroeg terug naar school bracht en een half uur in gesprek was met de rector, een klein, angstaanjagend mannetje dat altijd geruisloos op crêpezolen door de gangen sloop. Ik was geschokt dat de man die zijn eten meestal haalde bij een kar op Bigg's Row ineens zo veel gezag uitstraalde. Hoe dan ook, die ochtend keerde ik als externe leerling terug naar mijn klas, en De Mot ging met Rachel naar haar school verderop, waar hij de andere helft van het probleem afhandelde. En zo sliepen we vanaf onze tweede week weer gewoon thuis. We vroegen ons niet eens af wat onze ouders zouden vinden van deze drastische herinrichting van ons leven.

Nu De Mot ons onder zijn hoede had genomen, aten we 's avonds steeds vaker bij de voedselkarren in de buurt. Sinds de Blitz was Bigg's Row onbegaanbaar. Een paar jaar eerder, niet lang nadat Rachel en ik om veiligheidsredenen naar onze grootouders in Suffolk waren gebracht, was een bom die waarschijnlijk voor de Putney Bridge was bedoeld op High Street terechtgekomen, een paar honderd meter bij Ruvigny Gardens vandaan. Van de Black & White Milk Bar en de Cinderella Dance Club was niets meer over. Er waren bijna honderd mensen omgekomen. Het was een nacht geweest met een 'bommenwerpersmaan', zoals mijn grootmoeder het noemde: de stad, dorpen en gehuchten verduisterd, maar het land daarbeneden duidelijk zichtbaar in het maanlicht. Toen we aan het eind van de oorlog terugkwamen op Ruvigny Gardens lagen veel straten in de buurt nog steeds half in puin, en de drie of vier venters op Bigg's Row verkochten eten dat ze vanuit het centrum daarheen hadden gebracht: alles wat was overgebleven in de hotels in West End. Het gerucht ging dat De Mot er met een paar anderen voor zorgde dat een deel van die overgebleven etenswaar naar buurten ten zuiden van de rivier werd doorgesluisd.

We hadden geen van beiden eerder eten gehaald bij zo'n kar, maar nu werd het onze dagelijkse kost – onze voogd had geen zin om te koken of zelfs maar voor zich te laten koken. Hij zei dat hij de voorkeur gaf aan 'een haastig leven'. Dus stonden we bijna elke avond met hem naast een operazangeres of naast plaatselijke kleermakers en meubelstoffeerders met het gereedschap nog aan hun gordel, en dan discussieerden en bekvechtten ze over het nieuws van de dag. Op straat kwam De Mot tot leven en vanachter zijn bril namen zijn ogen alles waar. Bigg's Row leek zijn echte thuis te zijn, zijn theater, de plek waar hij het meest op zijn gemak was, terwijl mijn zus en ik ons indringers voelden.

Ondanks zijn joviale gedrag tijdens die maaltijden in de buitenlucht was De Mot erg op zichzelf. Hij toonde ons zelden zijn emoties. Afgezien van een wonderlijke vraag op zijn tijd – hij informeerde geregeld tussen neus en lippen door naar de tentoonstellingsruimte van mijn school en vroeg of ik een plattegrondje voor hem kon tekenen – liet hij over zijn interesses net zo weinig los als over zijn oorlogservaringen. Praten met jonge mensen ging hem niet erg gemakkelijk af. 'Moet je dit horen...' Hij keek even op van de krant die opengeslagen op onze eettafel lag. 'Terence Rattigan zou hebben gezegd dat niet pederastie of sadomasochisme de ware *vice anglais* is, zoals de Fransen schijnen te denken, maar het onvermogen van de Engelsen om hun emoties te uiten,' en wachtte af hoe wij zouden reageren.

Met de arrogante stelligheid die tieners eigen is, achtten wij het niet erg waarschijnlijk dat vrouwen De Mot aantrekkelijk zouden vinden. Mijn zus zette zijn pluspunten op een rij. Volle, zwarte, horizontale wenkbrauwen. Een dikke maar goeiige buik. Zijn enorme gok. Voor zo'n eenzelvige man, die van klassieke muziek hield en meestal stilletjes door het huis sloop, niesde hij opvallend hard. De luchtexplosies die zijn neus uitstootte leken diep in die dikke, goeiige buik te ontstaan. En op de eerste volgden direct nog drie of vier dreunende niezen. We hoorden ze 's avonds laat luid en duidelijk vanuit zijn zolderkamers, alsof hij een volleerd acteur was die met zijn terzijdes de achterste rijen wist te bereiken.

Meestal zat hij 's avonds te grasduinen in de *Country Life*, op zoek naar foto's van landhuizen, nippend aan een blauw glaasje ter grootte van een vingerhoed dat melk leek te bevatten. Voor iemand die zich zo laatdunkend uitliet over de opmars van het kapitalisme was De Mot opvallend geïnteresseerd in de adel. Die interesse spitste zich vooral toe op het Albany, een appartementencomplex dat toegankelijk was via een afgeschermde binnenplaats aan Piccadilly Circus, en hij mompelde een keer: 'Daar zou ik graag eens rondkijken.' Een van de weinige momenten dat hij blijk gaf van criminele verlangens.

Hij verdween doorgaans bij het krieken van de dag en bleef dan tot de avondschemer weg. Omdat hij wist dat ik op tweede kerstdag niets te doen had, nam De Mot me mee naar Piccadilly Circus. Om zeven uur 's ochtends liep ik naast hem over het dikke tapijt in de lobby van het reusachtige Criterion Restaurant, waar hij toezicht hield op de dagelijkse werkzaamheden van het grotendeels uit immigranten bestaande personeel. Nu de oorlog voorbij was, vond er een ware uitbarsting van festiviteiten plaats. En binnen een half uur had De Mot alle taken verdeeld: de gangen werden gestofzuigd, traplopers ingezeept en gedroogd, trapleuningen gelakt, honderd gebruikte tafelkleden naar de wasserij in de kelder gebracht. En al naargelang de omvang van het banket dat die avond op het programma stond – een receptie voor een nieuw lid van het Hogerhuis, een bar mitswa, een debutantenbal of de laatste verjaardag van een douairière voor ze het loodje zou leggen – verzorgde hij de choreografie van het personeel dat de immense lege feestzalen stukje bij beetje transformeerde, totdat er uiteindelijk honderd tafels en zeshonderd stoelen in stonden voor de festiviteiten van die avond.

Soms moest De Mot bij die evenementen aanwezig zijn – een mot aan de schaduwrand van de zwak verlichte gouden zaal. Maar hij gaf duidelijk de voorkeur aan de vroege ochtenduren, als de medewerkers die altijd buiten het zicht van de avondgasten bleven aan het werk waren tussen de reusachtige, loeiende stofzuigers in de volle, dertig meter lange Grote Zaal, en er een soort fresco ontstond van mannen op ladders die met ellenlange plumeaus spinnenwebben uit kroonluchters veegden of met boenwas de onaangename luchtjes van de avond ervoor verbloemden.

Het contrast met het uitgestorven kantoor van mijn vader was groot. Dit had meer weg van een treinstation waar elke passagier een duidelijke bestemming had. Ik liep een smalle metalen trap op naar de koolstofbooglampen, die hingen te wachten tot ze werden aangezet als het tijd was om te dansen, en keek neer op die enorme mensenzee met middenin de grote gestalte van De Mot die, omringd door de plezierige chaos, in zijn eentje aan een van de honderd ronde eettafels werkroosters zat in te vullen en die op de een of andere manier precies wist waar iedereen was of hoorde te zijn in dat vijf verdiepingen tellende gebouw. De hele ochtend coördineerde hij de werkzaamheden van degenen die het zilver poetsten, de taarten versierden, trolleywieltjes smeerden, stofpluizen en braaksel verwijderden, het trottoir bij de entree schoonspoten of de zeepjes bij alle kranen en de chloortabletten in de urinoirs vervingen, maar ook van de immigranten die uien snipperden, verjaardagstaarten decoreerden met Engelse namen die ze nog nooit hadden gespeld, varkens openreten met angstaanjagende messen of zich bezighielden met een van die andere dingen waaraan twaalf uur later behoefte zou blijken te zijn in de Ivor Novello Room of de Miguel Invernio Room.

’s Middags glipten we stipt om drie uur het gebouw uit; De Mot verdween en ik ging alleen naar huis. Soms keerde hij ’s avonds terug naar het Criterion om een noodgeval af te handelen, maar wat mijn voogd uitvoerde tussen drie uur ’s middags en het moment dat hij terugkeerde naar Ruvigny Gardens bleef geheim. Hij was een man met vele gezichten. Had hij nog andere baantjes waar hij een paar uur van zijn tijd in stak? Deed hij nobel liefdadigheidswerk of hield hij zich bezig met de verstoring van de openbare orde? We kwamen een keer iemand tegen die liet doorschemeren dat hij twee middagen in de week bij de Semitische en radicale Internationale Kleermakers-, Machinisten- en Persersvakbond werkte. Maar dat was misschien een verzinsel, net als zijn werk als brandwacht bij de landweer in de oorlog. Inmiddels heb ik ontdekt dat het dak van het Grosvenor House Hotel simpelweg de beste plek was voor de transmissie van radioberichten naar de geallieerde troepen die zich achter de vijandelijke linies in Europa bevonden. Daar had De Mot voor het eerst samengewerkt met mijn moeder. We hadden ons gelaafd aan die flarden van verhalen over hun oorlogsbelevenissen, maar na haar vertrek nam De Mot meer afstand en hield hij dergelijke anekdotes voor ons verborgen.

Hellevuur

Aan het eind van die eerste winter dat De Mot bij ons woonde, zei Rachel dat ik moest meekomen naar de kelder, en daar, onder een stuk zeildoek en achter een paar dozen die ze opzij had geschoven, stond de hutkoffer van mijn moeder. Helemaal niet in Singapore, maar hier. Het leek wel toverij, alsof de koffer na zijn reis naar huis was teruggekeerd. Ik zei niets. Ik liep de keldertrap weer op. Misschien was ik bang dat we haar lichaam erin zouden vinden, ingeklemd tussen al die kleren die zo zorgvuldig waren opgevouwen en ingepakt. De voordeur viel met een klap dicht toen Rachel vertrok.

Toen De Mot na een rampzalige avond in het Criterion heel laat thuiskwam, zat ik boven. Meestal liet hij ons met rust als we op onze kamer waren. Ditmaal werd er op mijn deur geklopt en kwam hij binnen.

'Je hebt niets gegeten.'

'Wel waar,' zei ik.

'Niet waar. Dan had ik daar wel sporen van gezien. Ik zal even iets voor je klaarmaken.'

'Dat hoeft niet.'

'Wil je...'

'Nee, echt niet.'

Ik weigerde hem aan te kijken. Zwijgend bleef hij staan. Ten slotte zei hij zachtjes: 'Nathaniel.' Meer niet. En toen: 'Waar is Rachel?'

'Geen idee. We hebben haar koffer gevonden.'

'Ja,' zei hij zacht. 'Die staat hier, hè, Nathaniel.' Ik weet nog dat hij het precies zo zei, en dat hij mijn naam herhaalde. En weer viel er een stilte; of misschien waren mijn oren doof voor alle vormen van geluid. Ik bleef met hangende schouders zitten. Later – hoeveel later kan ik niet zeggen – wist De Mot me mee te krijgen naar de kelder, waar hij de hutkoffer openmaakte.

Erin zaten, opeengeperst als voor de eeuwigheid, alle kleren en spullen die ze zo demonstratief had ingepakt, begeleid door een uitleg over waarom ze juist deze halflange jurk of die sjaal nodig zou hebben. De sjaal moest ze wel meenemen, want die had ze van ons voor haar verjaardag gekregen. En dat opbergblik zou ze daar vast nodig hebben. En die doordeweekse schoenen. Alles had zijn nut, zijn doel. En alles was hier achtergebleven.

'Als zij niet daar zit, betekent dat dan dat hij er ook niet zit?'

'Jawel, hij wel.'

'Waarom zit hij dan daar en zij niet?'

Stilte.

'Waar is ze dan?'

'Dat weet ik niet.'

'Natuurlijk weet je dat wel. Jij hebt toen dat akkefietje met school geregeld.'

'Dat was op eigen gelegenheid.'

'Je hebt contact met haar. Dat heb je zelf gezegd.'

'Ja. Dat heb ik gezegd. Maar ik weet niet waar ze op dit moment is.'

Hij hield mijn hand vast in die koude kelder, tot ik me losrukte en weer naar boven ging om bij de gashaard in de onverlichte woonkamer te gaan zitten. Ik hoorde zijn voetstappen naar boven komen, de kamer passeren waar ik zat en doorlopen naar zijn kamers op zolder. Terugkijkend op mijn jeugd denk ik dat als je me zou vragen wat er als eerste in me opkomt uit die periode het die avond in dat donkere huis zou zijn, die uren dat Rachel weg was. En telkens als ik dat wonderlijke woord, 'hellevuur', tegenkom, voelt het alsof ik een etiket heb gevonden om op dat moment te plakken, toen ik samen met De Mot in dat huis bleef zitten en nauwelijks bij die gashaard vandaan kwam.

Hij probeerde me zover te krijgen om iets met hem te eten. Toen ik weigerde, trok hij twee blikjes sardientjes open. Twee borden: één voor hem, één voor mij. We zaten bij het vuur. Hij hield me gezelschap in het donker, bij het zwakke schijnsel van de rode gasvlammen. Ik weet nu weer waarover we spraken, warrig, zonder chronologische volgorde. Alsof hij probeerde iets uit te leggen of open te breken waarvan ik nog niet op de hoogte was.

'Waar is mijn vader?'

'Ik heb geen contact met hem gehad.'

'Maar mijn moeder zou naar hem toe gaan.'

'Nee.' Hij zweeg even om te bedenken hoe hij verder zou gaan. 'Je moet van me aannemen dat ze niet bij hem is.'

'Maar ze is zijn vrouw.'

'Daar ben ik me van bewust, Nathaniel.'

'Is ze dood?'

'Nee.'

'Loopt ze gevaar? Waar is Rachel naartoe?'

'Rachel vind ik wel weer. Laat haar maar even met rust.'

'Ik voel me niet veilig.'

'Ik blijf hier bij jou.'

'Tot mijn moeder terugkomt?'

'Ja.'

Stilte. Ik wilde opstaan en weglopen.

'Kun je je de kat nog herinneren?'

'Nee.'

'Je had vroeger een kat.'

'Nee, hoor.'

'Jawel.'

Ik zei niets, uit beleefdheid. Ik had nooit een kat gehad. Ik hou niet van katten.

'Ik mijd ze,' zei ik.

'Dat weet ik,' zei De Mot. 'Hoe komt dat, denk je? Dat je ze mijdt?'

De gashaard sputterde. De Mot ging op zijn knieën zitten en deed een munt in de meter om hem nieuw leven in te blazen. De vlammen wierpen hun gloed op de linkerkant van zijn gezicht. Zo bleef hij zitten, alsof hij wist dat hij weer in het donker zou verdwijnen als hij achteroverleunde, alsof hij wilde dat ik hem zag, alsof hij de sfeer intiem wilde houden.

'Je had vroeger een kat,' zei hij weer. 'Dol was je op dat beest. Het was het enige huisdier dat je als kind hebt gehad. Hij was heel klein. Als je thuiskwam zat hij al op je te wachten. Geen mens kan alles onthouden. Herinner jij je je allereerste school nog? Van voordat je op Ruvigny Gardens kwam wonen?' Ik schudde mijn hoofd en keek naar zijn ogen. 'Je was dol op die kat. 's Avonds, als je in slaap viel, leek het alsof hij voor zichzelf zong. Alleen klonk het eerder als janken, geen mooi geluid, maar hij vond het leuk om te doen. Het werkte je vader op de zenuwen. Die sliep heel licht. Sinds de vorige oorlog schrok hij altijd van plotselinge geluiden. Gék werd hij van die jankende kat van jou. Jullie woonden toen in een buitenwijk van Londen. Tulse Hill, geloof ik. Daar ergens in de buurt.'

'Hoe weet je dat?'

Het leek of hij me niet hoorde.

'Ja, Tulse Hill. Wat betekent dat eigenlijk, Tulse? Je vader waarschuwde je altijd. Weet je nog? Dan kwam hij je kamer binnen, die naast die van hem en je moeder lag, nam de kat mee en zette hem voor de rest van de nacht buiten. Maar dat maakte het alleen maar erger. Hij ging er nog harder van zingen. Je vader zag het natuurlijk niet als zingen. Alleen jij zag het zo. Dat zei je althans tegen hem. Het probleem was dat de kat pas begon te janken als jij sliep, alsof hij je niet wilde storen als je in slaap viel. Dus heeft je vader hem op een avond afgemaakt.'

Ik bleef strak naar het vuur kijken. De Mot leunde nog dichter naar het licht toe zodat ik zijn gezicht wel moest zien, zodat ik zag dat het menselijk was, ook al leek het alsof het in brand stond.

'De volgende ochtend kon je je kat niet vinden, dus heeft hij het verteld. Hij zei dat het hem speet, maar dat hij het geluid niet kon verdragen.'

'Wat deed ik toen?'

'Je liep weg.'

'Waarheen? Waar ging ik naartoe?'

'Naar een vriend van je ouders. En je zei tegen die vriend dat je daar wilde komen wonen.'

Stilte.

'Je vader was geniaal, maar ook labiel. Hij heeft flinke littekens overgehouden aan de oorlog, snap je. En dan heb ik het niet alleen over zijn angst voor plotselinge geluiden. Hij trok zich terug in zichzelf en had behoefte aan alleen zijn. Je moeder was zich daarvan bewust. Misschien had ze het je moeten vertellen. Er is niets glorieus aan een oorlog.'

'Hoe weet je dat allemaal? Hoe kún je dat weten?'

'Het is me verteld,' zei hij.

'Wie heeft het je dan verteld? Wie...' En toen viel ik stil.

'Ik was degene bij wie je wilde komen wonen. Jij hebt het me verteld.'

We zwegen allebei. De Mot stond op en liep bij het vuur vandaan, zodat ik zijn gezicht bijna niet meer kon zien in het donker. Dat maakte het makkelijker om te praten.

'Hoelang ben ik bij je gebleven?'

'Niet zo lang. Uiteindelijk moest ik je naar huis brengen. Weet je nog?'

'Nee.'

'Je hebt een tijdlang niets gezegd. Dan voelde je je veiliger.'

Mijn zus kwam die keer pas laat terug, ver na middernacht. Ze maakte een onbewogen indruk, zei nauwelijks iets tegen ons. De Mot ging niet met haar in discussie over haar afwezigheid, maar vroeg alleen of ze gedronken had. Ze haalde haar schouders op. Ze zag er uitgeput uit, haar armen en benen waren vuil. Na die avond verstevigde De Mot bewust zijn band met haar. Maar voor mij voelde het alsof ze een rivier was overgestoken en ver bij mij vandaan was, op een andere plek. Zij was immers degene die de hutkoffer had ontdekt, de koffer die onze moeder domweg was 'vergeten' toen ze voor haar tweeënhalve dag durende reis naar Singapore op het vliegtuig was gestapt. Geen sjaal, geen opbergblik, geen halflange jurk waarin ze op een thé dansant over een dansvloer kon wervelen met mijn vader, of met wie dan ook, waar dan ook. Maar Rachel weigerde erover te praten.

Mahler zette het woord 'schwer' bij bepaalde passages in zijn partituren. 'Zwaar', maar ook 'moeilijk'. Dat vertelde De Mot ons op een gegeven moment, alsof het een waarschuwing was. Hij zei dat we ons op zulke momenten moesten voorbereiden, zodat we de tegenwoordigheid van geest hadden om adequaat te reageren als dat nodig was. 'Met dat soort momenten krijgen we allemaal te maken,' herhaalde hij keer op keer. 'Net zoals geen enkele partituur steunt op één enkele toonhoogte of één intensiteitsniveau in het spel van de orkestmusici. Soms steunt een partituur op stilte.' Het was een vreemde waarschuwing, dat we moesten accepteren dat niets meer veilig was. '"Schwer",' zei hij dan, terwijl zijn vingers de aanhalingstekens aanduidden, waarop wij het woord en daarna de vertaling plechtig nazegden, of alleen maar vermoeid knikten omdat we het nu wel wisten. Het werd een gewoonte van mijn zus en mij om het woord tegen elkaar na te bauwen: 'schwer'.

•

Nu ik dit al die jaren later allemaal opschrijf, zijn er momenten dat het voelt alsof ik het bij kaarslicht doe. Alsof ik niet kan zien wat er in het donker gebeurt, voorbij de bewegingen van dit potlood. Die momenten lijken geen context te hebben. Ik heb weleens gehoord dat Picasso in zijn jeugd alleen bij kaarslicht schilderde om de veranderlijke beweging van schaduwen te kunnen weergeven. Maar ik zat als jongen achter mijn bureau gedetailleerde kaarten te tekenen die uitwaaierden naar de rest van de wereld. Op zich niets bijzonders voor een kind. Maar ik deed het zo nauwkeurig mogelijk: onze U-vormige straat, de winkels aan Lower Richmond Road, de wandelpaden langs de Theems, de exacte lengte van de Putney Bridge (213 meter), de hoogte van de bakstenen muur om Brompton Cemetery (zes meter), en tot slot de Gaumont Cinema op een hoek van Fulham Road. Ik deed het eens in de week en hield elke nieuwe wijziging angstvallig bij, alsof dat wat niet werd vastgelegd gevaar zou lopen. Ik had behoefte aan een veilige zone. Ik wist dat als ik twee van die zelfgetekende kaarten naast elkaar zou leggen, ze eruit zouden zien als een krantenpuzzel waarbij je de tien verschillen tussen twee ogenschijnlijk identieke plaatjes moet zoeken: de tijd op een klok, een losgeknoopt jasje, hier wel een kat, daar geen kat.

Op sommige oktoberavonden, als er een oosterstorm staat, voel ik in de donkerte van mijn ommuurde tuin het getril van de muren die de kustwind over mijn hoofd heen leiden, en dan weet ik dat niets de eenzaamheid die ik in deze warme duisternis heb gevonden kan binnendringen of doorbreken. Alsof ik beschut ben tegen het verleden, waar nog steeds de angst heerst dat ik het gezicht van De Mot weer voor me zie, beschenen door de gasvlammen, terwijl ik de ene na de andere vraag stel in een poging een onbekende deur open te duwen. Of waar ik een jeugdliefde zachtjes wakker maak. Ook al keer ik zelden terug naar die tijd.

Er is een tijd geweest dat architecten niet alleen verantwoordelijk waren voor gebouwen, maar ook voor rivieren. Christopher Wren bouwde de St. Paul's Cathedral, maar verlegde ook het ondergrondse deel van de Fleet en verbreedde de loop, zodat hij kon worden gebruikt voor het transport van steenkool. Maar de Fleet eindigde als riool. En toen ook dat droogviel, werden de statige gewelven en arcades van Wren geheime ontmoetingsplaatsen onder de stad, waar zich 's nachts mensen verzamelden in de niet-meer-vochtige bedding van de rivier. Niets is blijvend. Zelfs literaire of artistieke faam kan de wereldse zaken om ons heen niet beschermen. De vijver die Constable schilderde, droogde op en raakte bedolven onder Hampstead Heath. Een smal zijriviertje van de Effra bij Herne Hill, dat Ruskin prachtig natekende en omschreef als een 'sloot vol kikkerdril', bestaat nu misschien alleen nog maar op een archieftekening. Het oude stadje Tyburn verdween en ging zelfs voor geografen en historici verloren. Evenzo vreesde ik dat mijn zorgvuldig gedocumenteerde gebouwen langs Lower Richmond Road maar een kort leven beschoren zouden zijn, net als de belangrijke gebouwen die verloren waren gegaan in de oorlog, net zoals we vaders en moeders verliezen.

Hoe kwam het dat de afwezigheid van onze ouders ons schijnbaar zo koud liet? Mijn vader, die we met bestemming Singapore in de Avro Tudor hadden zien stappen, had ik nauwelijks gekend. Maar waar was mijn moeder? Ik had de gewoonte om boven in een langzaam rijdende bus te gaan zitten en naar de lege straten daarbeneden te turen. Er waren delen van de stad waar je niemand zag, afgezien van een paar kinderen die er in hun eentje liepen, als kleine, lusteloze spookverschijningen. Het was een tijd van oorlogsschimmen: de grauwe gebouwen onverlicht, zelfs 's avonds, hun verbrijzelde vensters nog afgedekt met zwart doek waar glas had gezeten. De stad leek nog steeds gewond, onzeker. Hier golden geen regels meer. Alles was toch al gebeurd?

Ik zal bekennen dat ik soms het gevoel had dat De Mot gevaarlijk was. Er zat een oneffenheidje aan hem. Niet dat hij onaardig tegen ons deed, maar als vrijgezel wist hij niet hoe je kinderen de waarheid moest brengen – en zo voelde het vaak, alsof De Mot een orde verstoorde die ongemoeid had moeten blijven in ons huis. Je ziet het weleens als een kind een mop hoort die eigenlijk alleen voor volwassenen is bestemd. Deze man, van wie we eerst dachten dat hij stil en verlegen was, kwam me nu gevaarlijk voor met al zijn geheimen. Dus hoewel ik liever niet wilde geloven wat hij die avond bij de gashaard allemaal vertelde, borg ik die informatie toch op in mijn zak.

In die eerste weken dat we na het vertrek van mijn moeder alleen waren met De Mot, kwamen er maar twee mensen op bezoek: De Schicht van Pimlico en de operazangeres van Bigg's Row. Als ik van school thuiskwam, zat ze soms met De Mot aan onze eettafel bladmuziek door te bladeren en potloodaantekeningen te maken over de muzikale lijn van het stuk. Maar dat was voordat het druk werd bij ons thuis. Tijdens de kerstvakantie was het huis volgestroomd met kennissen van De Mot; de meesten bleven tot 's avonds laat hangen en hun gesprekken drongen door tot in onze slaapkamers, waar wij lagen te slapen. Om middernacht waren het trappenhuis en de woonkamer nog helverlicht. Zelfs op dat tijdstip was het gesprek nooit luchtig. Er hing altijd een zekere spanning en er werd dringend om adviezen gevraagd. 'Welk verdovend middel is het minst traceerbaar bij windhonden?' was een vraag die ik een keer hoorde. Om de een of andere reden keken mijn zus en ik niet op van dat soort gesprekken. Ze verschilden voor ons niet veel van die keer dat De Mot met mijn moeder had gepraat over hun oorlogsverrichtingen.

Maar wie waren het allemaal? Mensen met wie De Mot tijdens de oorlog had samengewerkt? Je kon de breedsprakige imker, meneer Florence, die in een kwade reuk stond vanwege een niet nader gespecificeerde misstap uit het verleden, horen vertellen hoe hij tijdens de Italiaanse veldtocht zijn dubieuze talent had ontdekt voor het toedienen van narcotica. De Schicht beweerde dat er op de Theems nu zó veel illegale sonars actief waren dat de gemeenteraad van Greenwich begon te geloven dat er een walvis de riviermonding was binnengezwommen. Het was duidelijk dat de vrienden van De Mot net iets ter linkerzijde van de nieuwe Labourpartij stonden – een kilometer of vijf. En ons huis, zo ordentelijk en sober toen mijn ouders er hadden gewoond, gonsde nu als een bijenkorf door deze drukke, twistzieke lieden die ergens in de loop van de oorlog legaal een grens hadden overschreden, en nu plotseling te horen kregen dat dat in vredestijd niet langer was toegestaan.

Zo was er een 'couturier' die nooit met zijn echte naam werd aangesproken – alleen met zijn bijnaam 'Citronella' – en die tijdens de oorlog zijn succesvolle carrière als fourniturenhandelaar had verruild voor een functie als spion voor de regering, en daarna in één moeite door zijn carrière had voortgezet als couturier van minder belangrijke leden van de koninklijke familie. Als we na school onze *crumpets* zaten te roosteren bij de gashaard snapten we niet waarom De Mot zich met zulke mensen omringde. Het huis leek in botsing te zijn gekomen met de buitenwereld.

De avonden eindigden met het plotselinge, gelijktijdige vertrek van de hele groep, en dan was het stil. Als Rachel en ik nog wakker waren, wisten we inmiddels wat De Mot nu ging doen. We hadden hem een paar keer zien staan met tussen zijn vingers, heel voorzichtig, een grammofoonplaat, waar hij eerst het stof van afblies en vervolgens zacht met zijn mouw overheen streek. Langzaam vulde de benedenverdieping zich met een crescendo. Het was niet langer de vredige muziek die we altijd uit zijn kamer hoorden komen toen mijn moeder er nog was. Dit klonk wild en chaotisch, onbeschaafd. Wat hij 's avonds laat op de grammofoon van onze ouders legde deed eerder denken aan een storm, iets wat met veel geraas van grote hoogte naar beneden donderde. Pas als die onheilspellende muziek was afgelopen, zette De Mot een andere plaat op – een zacht zingende solostem – en na ongeveer een minuut beeldde ik me in dat een andere vrouw begon mee te zingen, iemand van wie ik dacht dat het mijn moeder was. Hier wachtte ik op, en niet veel later viel ik in slaap.

Begin oktober zei De Mot dat als ik wat geld wilde verdienen, hij waarschijnlijk wel een baantje voor me kon regelen voor de herfstvakantie. Ik knikte aarzelend.

‘De gruwelijke welwillendheid van de liftboy’

In de kelder van het Criterion stonden negen gigantische snelwassers aan één stuk door te draaien. Het was een grauw universum, geen ramen, afgesneden van alle daglicht. Samen met Tim Cornford en een man die Tolroy heette, laadde ik de tafelkleden in de machines, en als de was klaar was, sjouwden we de kleden naar machines aan de andere kant van de ruimte die met stoom de kreukels eruit sloegen. Omdat de kleren die we aanhadden zwaar waren van het vocht, trokken we ze uit en haalden alles door de mangel voordat we de gestreken tafelkleden op trolleys laadden en ze de gang in duwden.

Ik had verwacht dat ik Rachel na mijn eerste dag uitgebreid zou vertellen hoe het allemaal was geweest. Maar uiteindelijk hield ik mijn mond – eerst alleen maar omdat ik me schaamde voor mijn pijnlijke schouders en benen en voor de huivering van genot waarmee ik een trifle had verorberd die ik had weggegrist van de desserttrolley voor die avond. Het enige wat ik na thuiskomst deed, was mijn natte kleren te drogen hangen over de trapleuning en in bed kruipen. Ik was in een kolkende poel beland die al mijn energie opslokte, en ik kreeg mijn voogd, die het als de spil van duizend spaken razend druk had, nog maar zelden te zien. Thuis weigerde hij te luisteren naar alles wat maar enigszins riekte naar zelfbeklag. Wat ik op het werk uitspookte en hoe ik daar werd behandeld, interesseerde hem niet.

Toen ik de kans kreeg om voor anderhalve keer mijn normale loon 's avonds te werken, greep ik die met beide handen aan. Ik werd liftboy, onzichtbaar en verveeld in mijn met fluweel beklede kooi; op een andere avond stond ik met een wit jasje aan in de toiletruimte te doen alsof ik onmisbaar was voor gasten die me eigenlijk helemaal niet nodig hadden. Fooien waren welkom, maar op die avonden was er geen fooi en kwam ik pas na middernacht thuis, terwijl ik om zes uur alweer op moest. Nee, ik werkte liever in de wasserij. Op een avond – het was al over twaalven – kreeg ik na afloop van een of ander feest te horen dat ik moest helpen om kunstwerken uit de kelder te halen. Schijnbaar waren tijdens de oorlog de belangrijkste beeldhouwwerken en schilderijen uit Londen weggevoerd en verborgen in leimijnen in Wales. De minder waardevolle werken waren ondergebracht in de kelders van grote hotels en een tijdlang vergeten, maar nu kwamen ze geleidelijk aan weer bovengronds.

Niemand wist precies hoe ver de tunnels onder het Criterion zich uitstrekten, misschien wel tot voorbij Piccadilly Circus, maar de hitte daarbeneden was ondraaglijk en de mannen van de avondploeg waren bijna even naakt als de beelden die ze al zwoegend uit het donker bevrijdden. Ik had als taak deze mannen en vrouwen, sommige met ontbrekende ledematen, andere opgebaard met honden aan hun voeten of worstelend met een hert, in de handmatige lift vanuit dit tunnellabyrint naar de lobby te brengen, en even zag de lobby er net zo uit als tijdens het dagelijkse spitsuur, wanneer de gasten binnenstroomden: een rij bestofte heiligen, sommige met pijlen in de oksels, keurig achter elkaar, alsof ze stonden te wachten tot ze zich bij de receptie konden melden. Mijn hand streek langs het middel van een godin toen ik mijn arm uitstrekte naar de koperen hendel om ons naar de volgende verdieping te brengen, nauwelijks in staat me te verroeren in die krappe personeelslift. Toen trok ik het schaarhek open en gleden ze allemaal op laadborden de

Grote Hal in. Zo veel heiligen en helden die ik niet kende. Tegen zonsopkomst waren ze op weg naar verschillende musea en privécollecties in de stad.

Na die korte vakantie bestudeerde ik peinzend mijn spiegelbeeld in de schooltoiletten om te zien of ik was veranderd of iets had geleerd, en richtte vervolgens mijn aandacht weer op wiskunde en de geografie van Brazilië.

Rachel en ik hielden vaak een wedstrijdje wie De Schicht het best kon nadoen. Hij had bijvoorbeeld een steelse manier van lopen, alsof hij zijn energie bewaarde voor later. (Misschien wacht hij op de schwer, zei Rachel.) Mijn zus, die altijd al beter was geweest in toneelspelen, kon heel goed iemand nadoen die kruipend en sluipend probeerde een zoeklicht te ontwijken. Anders dan bij De Mot stond bij De Schicht alles in het teken van beweeglijkheid. Hij leek zich het meest op zijn gemak te voelen in nauwe ruimtes. Op jonge leeftijd had hij tenslotte successen beleefd als De Schicht van Pimlico, ineengedoken in de kleine, vierkante boksring, en wij vermoedden – zonder enige grond – dat hij ooit een paar maanden van zijn leven in de al even krappe twee bij drie meter van een gevangeniscel had doorgebracht.

We waren nieuwsgierig naar gevangenissen. Zo'n twee weken voordat mijn moeder vertrok, hadden Rachel en ik besloten om haar door Londen te volgen, naar het voorbeeld van de spoorzoekers in *De laatste der Mohikanen*. We namen de bus, stapten twee keer over en zagen haar toen tot onze ontzetting praten met een bijzonder lange man, die haar bij de elleboog nam en zo met haar de Wormwood Scrubs-gevangenis in liep. In de veronderstelling dat we haar nooit meer terug zouden zien dropen wij af naar huis en gingen in onze lege woonkamer zitten, niet wetend wat te doen. Maar onze verwarring werd des te groter toen ze op tijd thuiskwam om het avondeten klaar te maken. Na de vondst van de koffer was ik er half van overtuigd dat mijn moeder helemaal niet in het Verre Oosten zat, maar gehoorzaam naar die gevangenispoort was teruggegaan om haar uitgestelde straf voor een of andere misdaad uit te zitten. Hoe dan ook, als onze moeder achter de tralies kon verdwijnen, dan moest de openlijk anarchistische Schicht daar toch zeker ook ooit zijn terechtgekomen. Hij leek ons zo iemand die pas echt in zijn element is als hij in een claustrofobische tunnel op weg is naar de vrijheid.

De vakantie daarop ging ik weer bij het Criterion werken, als bordenwasser. Ditmaal had ik veel gezelschap om me heen en – belangrijker nog – kon ik luisteren naar de talloze verhalen die werden verteld of verzonnen. Dat een van hen in het met kippen gevulde ruim van een Pools schip het land was binnengesmokkeld en vervolgens bij Southampton bedekt met veren in zee was gesprongen; dat een ander de buitenechtelijke zoon was van een Engelse cricketspeler die ergens buiten de grenslijn van een veld in Antigua of Port of Spain met zijn moeder had gevreeën – al deze bekentenissen werden met veel gevoel voor dramatiek uitgeschreeuwd, te midden van dat alomtegenwoordige kabaal van borden, vorken en water dat als de tijd zelf uit de kranen stroomde. Ik was inmiddels vijftien en genoot met volle teugen.

Tijdens de stilte van de gespreide eetpauzes hing er een andere sfeer. In de dertig minuten die de lunch duurde, zaten er een paar op een harde stoel, de rest zat op de grond. En dan kwamen de anekdotes over seks, vol woorden als 'pruim', waarin een rol was weggelegd voor zussen of broers of moeders van beste vrienden, die jonge jongens en meisjes verleidden en wegwijs maakten met een edelmoedigheid en gebrek aan bezitsdrang die de meesten van hen in het echte leven nooit zouden meemaken. De breed uitgemeten, gedetailleerde lessen over gemeenschap in al haar verschijningsvormen van meneer Nkoma, een opmerkelijke man met een litteken op zijn wang, namen de hele lunchpauze in beslag, waarna ik de rest van de middag tijdens het boenen van de potten en pannen stond te bekomen van wat ik allemaal te horen had gekregen. En als ik de volgende dag of de dag daarop het geluk had naast meneer Nkoma aan Spoelbak 1 te staan, volgde een nieuwe seksuele episode – alsof het een lang, doorwrocht feuilleton was over de jeugd van mijn nieuwe vriend. Hij beschreef een magisch universum, waar tijd geen rol speelde en echtgenoten schijnbaar altijd afwezig waren, evenals kinderen. De jonge Nkoma had op pianoles gezeten bij ene mevrouw Rafferty en, als een soort ontknoping van al zijn schijnbaar fictieve vertellingen, rolde meneer Nkoma op een namiddag, toen we in een feestzaal met een man of twaalf het podium stonden te versieren voor het evenement van die avond, een kruk naar de piano en nam plaats om ons werk te begeleiden met een weldadige melodie. Hij speelde tien minuten en iedereen viel stil. Geen zang, alleen zijn geoefende handen, die zo wellustig en bekwaam over de toetsen vlogen dat we ons alleen maar konden verbazen over de waarachtigheid van de verhalen die we eerder als verzinsels hadden afgedaan. En toen hij klaar was bleef hij secondenlang zitten, waarna hij de pianoklep zachtjes dichtdeed, alsof die handeling zelf het eind was van het verhaal, alsof daarin de waarheid vervat was, het bewijs van wat mevrouw Rafferty hem zesduizend kilometer van Piccadilly Circus in het stadje Ti Rocher had geleerd.

Welk effect had die kennismaking met de vertelkunst op de jongen die ik toen was? Als ik aan die momenten terugdenk, zie ik niet de zesenveertigjarige meneer Nkoma met zijn litteken voor me, maar Harry Nkoma, een jongen, net als ik toen, en mevrouw Rafferty die een groot glas zuurzaksap voor hem inschenkt, hem uitnodigt te gaan zitten en rustig een hele reeks vragen stelt over wat hij met zijn leven wil. Want áls er al iets verzonnen was, dan denk ik dat zich dat beperkte tot de beeldende sekspassages waarop hij zijn kleine lunchpauzepubliek zo gul trakteerde, dat de oudere man de kennis die hij in zijn latere leven had opgedaan waarschijnlijk als een laagje over zijn onschuldige jeugd heen had gelegd. De waarheid zat in de jongen met zijn litteken of misschien nog zonder litteken, die met twee andere loopjongens aanbelde bij mevrouw Rafferty, waarna zij hem bij die eerste ontmoeting had gevraagd: 'Zit jij niet op dezelfde school als mijn zoon?' en Harry Nkoma had geantwoord: 'Ja, mevrouw.'

'En wat wil jij met je leven?' Hij keek uit het raam, schonk weinig aandacht aan haar. 'Ik wil in een band spelen. Als drummer.'

'Och,' zei ze, 'drummen kan iedereen. Nee, jij moet piano leren spelen.'

'Ze was zo mooi.' Ik weet nog dat Harry Nkoma dat zei toen hij als een ware romancier haar felgekleurde jurk, haar smalle, blote voeten en de slanke, donkere tenen met de lichte nagellak beschreef. Na al die jaren herinnerde hij zich nog steeds haar scherp afgetekende armspieren. En net als Harry Nkoma werd ik blindelings verliefd op deze vrouw, die simpelweg wist hoe ze tegen een jonge puber moest praten, de tijd nam om te luisteren en na te denken over wat hij had gezegd of over wat zij ging zeggen, stiltes liet vallen, iets te drinken voor hem haalde, wat volgens Harry's volwassen versie allemaal een aanloop was naar die erotische verhalen waar wij niet eens van durfden dromen en waarop we geen van allen voorbereid waren toen we daar op de grond bij de spoelbakken van het Criterion zaten, terwijl meneer Nkoma boven ons op een van de twee beschikbare stoelen troonde.

Haar handen voelden aan als bladeren op zijn huid, vertelde hij. Nadat hij in haar was klaargekomen – dat merkwaardige, schokkende, magische moment – hadden haar handen net zolang zijn haar uit zijn gezicht gestreken tot zijn hart tot bedaren kwam. Hij had het gevoel dat eindelijk al zijn zenuwen waren verstild. Het drong tot hem door dat ze bijna al haar kleren aanhad. Uiteindelijk was het allemaal vrij haastig gegaan: geen onzekerheid, geen kwelling. Toen kleedde ze zich langzaam uit en boog zich opzij zodat ze zijn laatste druppel kon oplikken. Ze wasten zich bij een buitenkraan. Ze goot drie of vier emmers water over zijn hoofd en het vloeide omlaag, zijn lichaam plotseling doelloos. Ze hief de emmer boven haar eigen hoofd en het water gleed langs haar lichaam; ze liet haar hand met de stroom mee omlaaggaan om zich te reinigen. 'Je kunt concerten geven in andere delen van de wereld,' zei ze later, op een andere middag. 'Zou je dat willen?'

'Ja.'

'Dan zal ik het je leren.'

Ik zat zwijgend op de grond te luisteren naar deze vorm van eerlijk ruilen, waarvan ik al wist dat die nergens anders ter wereld bestond, dat die alleen in dromen voorkwam.

In de trolleyruimte, tussen de keuken en de dienstliften naar de eetzalen, werd een partijtje grabbelbal gespeeld. Op welk punt de betreffende anekdote ook was aanbeland, hoe moe de ploeg ook was, de laatste tien minuten van onze lunch gingen op aan een treffen tussen twee teams van vijf spelers op de kale, rechthoekige betonvloer van twee meter breed. Bij grabbelbal ging het niet zozeer om passeren of rennen, als wel om evenwicht en brute kracht: je ploeg drong zich naar voren met een furie die des te furieuzer leek omdat het in stilte moest gebeuren. Geen gevloek, geen gekreun of kreten van pijn die iets verrieden van de anarchie die in de trolleyruimte heerste, alsof er een stomme film over een oproer werd afgespeeld. Piepende schoenen en het geluid van vallende lichamen, dat waren de enige tekenen van onze wetteloosheid. Na afloop bleven we even hijgend liggen, waarna we opstonden en weer aan het werk gingen. Meneer Nkoma en ik liepen terug naar de grote spoelbakken, staken breekbare glazen tussen de roterende borstels en mikten ze een tel later in kokend water waar ze, zodra ze boven kwamen drijven, weer uit werden gevist door de afdroger, die ze vervolgens opstapelde. In een kwartier tijd werkten we meer dan honderd glazen weg. Borden en bestek kostten meer tijd, maar op dat moment hield iemand anders zich daarmee bezig, en Harry Nkoma en ik waren met zijn tweeën; onze recente lunchanekdotes zakten weg in een hoognodige slaap, hun natuurlijke staat. In onze oren klonk alleen maar het kabaal van de keuken, de kranen die hun water uitstortten, de enorme natte borstels die zoemden voor onze neus.

Hoe komt het dat ik zo veel herinneringen heb aan die dagen en avonden in het Criterion – dat kleine stukje voorjaar uit een jongenstijd, een schijnbaar onbelangrijke periode? De mannen en vrouwen die ik op Ruvigny Gardens ontmoette zorgden immers voor meer vuurwerk, werden belangrijker op het pad van mijn leven. Misschien doordat dat de enige momenten waren waarop die jongen alleen was, als vreemde tussen vreemden, doordat hij zelf zijn bondgenoten en tegenstanders kon kiezen uit degenen die naast hem bij de spoelbakken stonden of meespeelden in de grabbelbalteams. Toen ik per ongeluk Tim Cornfords neus brak, moest hij dat verhullen om de rest van de middag te kunnen blijven werken en geen loon mis te lopen. Hij bleef even verdwaasd zitten, boende onder een kraan het bloed uit zijn hemd en ging weer verder met het verven van een afgesleten vloerplank, zodat die droog zou zijn voor de gasten kwamen. Want om zes uur 's avonds waren de meeste personeelsleden die op de begane grond werkten uit het pand vertrokken, als schoenlappertjes die moeten verdwijnen voordat de werkelijke eigenaren terugkeren.

Inmiddels was ik blij dat het De Mot niet kon schelen hoe ik me staande hield op het werk en wat voor problemen ik er tegenkwam. Ik hield alles wat ik daar hoorde verborgen, niet alleen voor hem maar ook voor mijn zus, met wie ik tot dan toe alles had gedeeld. Er kwam een eind aan de seksfabels van Harry Nkoma, maar de middagen met mevrouw Rafferty bleven, en er volgde een kortstondige en aarzelende vriendschap tussen Harry en mij. Ik weet nog dat we ons schor schreeuwden bij een paar voetbalwedstrijden die we samen bezochten, dat we aan het eind van een uitputtende dag onze gekookte handen naast elkaar hielden en het rimpelige vlees van al die vingers vergeleken – ook van die behendige vingers die zo verrassend piano hadden gespeeld en een zaal vol Criterion-personeel stil hadden gekregen. Waar is hij uiteindelijk terechtgekomen met dat talent? Hij liep al tegen de vijftig. Het zou me niets verbazen als Harry mensen is blijven biologeren met zijn verhalen. Maar waar was de toekomst die mevrouw Rafferty hem had beloofd? Daar zou ik nooit achter komen. Ik verloor hem uit het oog. Als we tegelijk klaar waren, liepen we altijd samen naar de bushalte. Ik was in nog geen half uur thuis. Hij had daar twee bussen en anderhalf uur voor nodig. Het kwam nooit bij ons op om de ander thuis te bezoeken.

•

Zo nu en dan hoorden we iemand De Mot 'Walter' noemen, maar Rachel en ik vonden de vaagheid van de naam die wij voor hem hadden gekozen beter bij hem passen. We hadden nog steeds geen vastomlijnd beeld van hem. Beschermde hij ons wel echt? Ik moet naar waarheden en veiligheid hebben verlangd, net als dat jochie van zes dat ooit naar hem toe was gegaan om aan zijn gevaarlijke vader te ontkomen.

Welk inwendig filter zorgde er bijvoorbeeld voor dat De Mot juist koos voor deze specifieke personen die bij ons over de vloer kwamen? Rachel en ik glommen van opwinding over hun aanwezigheid, al voelde het verkeerd. Als onze moeder ooit op het idee was gekomen om ons te bellen vanaf haar onbekende verblijfplaats, dan hadden we er vast omheen gedraaid en beweerd dat alles in orde was, zonder te reppen van de vreemden die toevallig op dat moment samendromden in ons huis. Ze hadden weinig weg van een standaardgezin, niet eens van de Zwitserse familie Robinson op hun onbewoonde eiland. Het huis voelde eerder aan als een nachtelijke dierentuin, met mollen en kauwtjes en rondscharrelende beesten die toevallig de gedaante hadden van schakers, een tuinier, een mogelijke windhondendief en een traag bewegende operazangeres. Als ik me nu probeer te herinneren wat die figuren zoal uitvoerden, zie ik surrealistische, ongeordende momenten voor me. Zoals meneer Florence die zijn beroker, waarmee hij doorgaans zijn bijen kalmeerde en bedwelmde, leegpompte in het gezicht van een bewaker in de Dulwich Picture Gallery, zodat die de walmen van brandend hout vermengd met een slaapopwekkend gas inhaleerde. De handen van de geüniformeerde man werden op dat moment achter zijn stoel vastgehouden, en het duurde even voordat zijn hoofd vooroverzakte en hij net zo kalm was als een slapende bij, zodat wij met twee of drie aquarellen het museum uit konden lopen, terwijl meneer Florence nog een laatste rookwolk in het bewusteloze gezicht pompte. ‘Mooi zo!’ bromde hij zachtjes, tevreden, alsof hij een volmaakt rechte lijn had getekend, en hij gaf mij de gloeiende beroker om die veilig op te bergen. Ik heb veel van dat soort fragmentarische en zondige momenten opgeslagen, net zo betekenisloos als die ongebruikte spullen in de koffer van mijn moeder. En die gebeurtenissen zijn in chronologisch opzicht door elkaar gehusseld, vanuit een soort zelfbehoud.

Elke dag namen Rachel en ik de bus en vervolgens de trein vanaf Victoria Station naar onze respectieve scholen, en voordat de bel ging hing ik nog een kwartiertje rond met de andere jongens, die opgewonden discussieerden over de radioprogramma's van de avond ervoor: een aflevering van *Mystery Hour* of een korte komedie die het wat humor betreft vrijwel uitsluitend moest hebben van standaardfrasen die steeds terugkwamen. Maar inmiddels hoorde ik die programma's bijna nooit meer, want we werden tijdens het luisteren voortdurend onderbroken door mensen die langskwamen voor De Mot, of hij nam ons mee de stad in, waarna ik te moe was om nieuwsgierig te zijn naar een nieuwe *Mystery Hour*. Ik ben ervan overtuigd dat Rachel, net als ik, haar mond hield over ons nieuwe gezinsleven en over het bestaan van De Schicht en de bijenman, die nog in een kwade reuk stond vanwege een misstap in zijn verleden, en al helemaal niet over het feit dat onze ouders waren 'weggegaan'. Ik vermoed dat ze, net als ikzelf, deed alsof ze naar al die programma's had geluisterd en knikte en lachte en zei dat ze wakker had gelegen van een thriller die we geen van beiden hadden gehoord.

De Mot bleef soms twee of drie dagen weg, meestal onaangekondigd. Dan aten we 's avonds alleen en ondernamen de volgende ochtend de tocht naar school. Hij vertelde een keer dat De Schicht op die momenten altijd even met zijn auto langsreed om te controleren of het huis 'niet in lichterlaaie' stond, en dat we al die tijd dus volkomen veilig waren geweest, al was het niet bepaald een geruststellend idee dat De Schicht op die avonden zo dichtbij was geweest. Er waren ook avonden dat we rond middernacht de loeiende motor van zijn Morris hoorden, als hij – met het gas- en rempedaal tegelijkertijd ingedrukt – onze voogd afzette, en dan herkenden we zijn dronken lach die door de straat galmde terwijl hij wegreed.

De muziekminnende Mot leek blind te zijn voor het onverbloemde anarchisme van De Schicht. Alles wat de oud-bokser deed was op het randje en kieperde er bijna overheen. Het ergst waren de ritten in de uitpuilende auto: zij met zijn tweeën voorin en Rachel en ik met soms wel drie windhonden op elkaar gepropt achterin, op weg naar Whitechapel. We vroegen ons af of die honden die zo nerveus zaten te bibberen, met hun knokige knieën diep in onze schoot gedrukt, wel van De Schicht waren, want meestal bleek hij hun namen te zijn vergeten. Er was er een bij die het liefst als een sjaal om mijn nek hing, met zijn warme buik tegen me aan, en één keer, ergens in de buurt van Clapham, presteerde hij het om mijn overhemd onder te piesen, hetzij uit angst, hetzij uit nood. Ik zou na de hondenraces naar een vriend van school gaan, en toen ik mijn ongenoegen uitte, moest De Schicht zo onbedaarlijk lachen dat hij bijna tegen een knipperbol botste. Nee, veilig voelden we ons niet bij hem. Het was duidelijk dat hij ons vooral als een last zag en ons liever 'bij Walter thuis' had achtergelaten – want zo noemde hij het huis van onze ouders. Ik was er niet eens zeker van dat dit zijn auto was, want het viel me op dat de nummerborden van de blauwe Morris nogal eens werden verwisseld. De Mot voelde zich evenwel op zijn gemak in het kielzog van De Schicht. Verlegen mensen verschuilen zich graag achter dat soort types. Hoe dan ook, de spanning die we voelden als De Mot de deur uit ging had niet te maken met de afwezigheid van onze voogd, maar met de wetenschap dat De Schicht met zijn onwillige, onverschillige houding toestemming had om een oogje in het zeil te houden.

Op een dag had ik slaande ruzie met Rachel over een boek dat ik kwijt was. Ze had ontkend dat ze het had gepakt, maar daarna had ik het in haar kamer zien liggen. Ze sloeg me met maaiende armen in het gezicht. Toen ik haar bij haar nek pakte, verstijfde ze, viel op de grond en begon te schokken en met haar hoofd en hielen op de houten vloer te bonken. Er klonk een katachtig geluid, haar pupillen draaiden weg en maakten plaats voor het wit van haar ogen; haar armen maaiden nog steeds in het rond. De deur ging open, en samen met het geroezemoes van het volk beneden kwam De Schicht de kamer binnen. Hij moest net langs de deur zijn gelopen. 'Ga weg!' schreeuwde ik. Hij deed de deur achter zich dicht, knielde neer, pakte mijn boek, het ontvreemde *Swallows and Amazons*, en op het moment dat Rachel naar lucht hapte, duwde hij het met kracht tussen haar tanden. Hij trok een deken die op bed lag over haar heen, ging naast haar liggen en nam haar in zijn armen. Tot alleen het geluid van haar ademhaling nog klonk.

'Ze had mijn boek gepikt,' fluisterde ik nerveus.

'Haal even wat koud water en wrijf het over haar gezicht, dat geeft wat verkoeling.'

Ik gehoorzaamde. Twintig minuten later zaten we nog steeds met zijn drieën op de grond. We hoorden de kennissen van De Mot beneden.

'Is dit al eens eerder gebeurd?'

'Nee.'

'Ik had vroeger een hond met epilepsie,' zei hij terloops. 'Eens in de zo veel tijd ging hij af als een zevenklapper.' De Schicht leunde tegen het bed, gaf me een knipoog en stak een sigaret op. Hij wist dat Rachel het verschrikkelijk vond als hij in haar nabijheid rookte. Nu keek ze hem alleen maar zwijgend aan. 'Dat is een flutboek,' merkte hij op, terwijl hij met zijn vingers over de tandafdruk van Rachel op het omslag wreef. 'Je moet goed op je zus passen, Nathaniel. Ik zal je laten zien wat je moet doen.'

Wat stond ik soms versteld van deze Schicht van Pimlico als die andere kant van hem naar boven kwam. Wat een enorme steun was hij die avond, terwijl beneden het feestje van De Mot verderging.

In die tijd was men huiveriger voor de gevolgen van epilepsie, en bovendien werd algemeen aangenomen dat veelvuldige attaques het geheugen aantastten. Rachel bracht deze belemmeringen ter sprake nadat ze er in de bibliotheek over had gelezen. Ik denk dat we het leven kiezen waarin we ons het veiligst voelen; voor mij is dat een afgelegen dorp, een ommuurde tuin. Maar Rachel wuifde dat soort overwegingen weg. 'Het is gewoon "schwer",' zei ze vaak tegen me, met een beweging van haar vingers om de aanhalingstekens te benadrukken.

•

Sinds een poosje ging De Schicht uit met een vrouw die geregeld het huis van mijn ouders kwam binnenwandelen, samen met hem of alleen op het tijdstip dat ze daar met hem had afgesproken. Bij haar eerste bezoek kwam De Schicht te laat om te kunnen uitleggen wie ze was, waardoor mijn zus en ik, die net thuis waren van school, ons aan haar moesten voorstellen in het vacuüm dat door zijn afwezigheid was ontstaan. Dat betekende dat we haar goed konden observeren. Omdat we moesten opletten dat we niets loslieten over andere vrouwen die De Schicht naar ons huis had meegenomen, gaven we nogal onnozele antwoorden op de vragen die ze over hem stelde, alsof we ons niet meer zo veel konden herinneren over de mensen met wie hij zich inliet en zelfs waren vergeten wat hij deed of waar hij zou kunnen zijn. We wisten dat hij zich niet graag in de kaart liet kijken.

Maar Olive Lawrence was verfrissend. De Schicht, die er toch zulke eenzijdige ideeën op nahield over de rol die vrouwen in de wereld hoorden te vervullen, leek een bijna suïcidale voorliefde te hebben voor extreem onafhankelijke vrouwen. Ze werden direct op de proef gesteld: hij nam ze mee naar drukke, lawaaierige sportevenementen in Whitechapel of in het Wembleystadion, waar het onmogelijk was om een persoonlijk gesprek te voeren. De trioweddenschappen moesten maar voor genoeg vertier zorgen. Bovendien waren er wat De Schicht betreft geen andere openbare gelegenheden die een bezoek waard waren. Hij was nog nooit van zijn leven in een theater geweest. Mensen die deden alsof ze echt waren of die op het podium teksten declameerden uit een vooraf uitgeschreven dialoog vond hij maar onbetrouwbaar, en een man als hij, die de grenzen van de wet opzocht, moest er zeker van kunnen zijn dat wat hij hoorde ook waar was. Alleen de bioscoop kon hem bekoren; om de een of andere reden geloofde hij dat films de waarheid vastlegden. Maar de vrouwen tot wie hij zich aangetrokken voelde, waren geenszins onderdanige of plooibare maagden die zich zonder morren naar zijn regels voegden. Een van hen maakte muurschilderingen. En na Olive Lawrence was er een twistzieke Russin.

Olive Lawrence, die die middag zonder hem binnenkwam, zodat wij drieën onszelf aan elkaar moesten voorstellen, was geograaf en etnograaf. Ze vertelde dat ze vaak op de Hebriden zat om de luchtstromen te registreren, en dat ze regelmatig in haar eentje door het Verre Oosten reisde. Iets in deze werkende vrouwen wekte het vermoeden dat het niet De Schicht was die hén selecteerde, maar dat zij De Schicht uitkozen; alsof Olive Lawrence, een specialiste in verre culturen, plotseling een man tegen het lijf was gelopen die haar aan een bijna uitgestorven, middeleeuwse mensensoort deed denken, iemand die niet op de hoogte was van de basale fatsoensnormen die in de afgelopen honderd jaar waren geïntroduceerd. Een man die blijkbaar nog nooit had gehoord van mensen die alleen groente aten of de deur openhielden voor een vrouw. Wat was er voor een vrouw als Olive Lawrence nou boeiender dan deze man die in het verleden was blijven hangen, of misschien was ontsnapt uit een pas ontdekte sekte die vreemd genoeg ook in haar eigen woonplaats actief bleek te zijn. In hun omgang met De Schicht hadden deze vrouwen echter maar weinig te kiezen. De enige regels die golden waren de zijne.

Olive Lawrence nam het uur dat ze met ons doorbracht in afwachting van haar nieuwe vrijer te baat om op licht verwonderde toon te vertellen over de eerste keer dat ze samen uit eten waren geweest. Hij had haar ontdekt tussen de vrienden van De Mot en haar vervolgens meegetroond naar een Grieks restaurant, een pijpenla met scheepslampen en vijf tafeltjes, waar hij voorstelde om hun nieuwe intimiteit – die in feite nog geen vorm had gekregen, maar dat zou snel volgen – te bezegelen met een flinke schaal geitenvlees en een fles rode wijn. Schoot er toen iets door haar hoofd, een soort stormwaarschuwing? Maar ze schikte zich.

'En zet ook de gekookte kop op tafel,' verzocht hij de kelner. Dat duistere, gruwelijke zinnetje werd op achteloze toon uitgesproken, alsof hij om een plukje venkel vroeg. Ze trok bleek weg toen hij over die geitenkop begon, en de gasten om hen heen gingen langzamer eten zodat ze de ophanden zijnde relationele twist konden volgen. De Schicht hield dan wel niet van theater, maar wat volgde was een Strindbergwaardige voorstelling van anderhalf uur, gadegeslagen door vijf of zes andere stellen. We wisten dat De Schicht een schrokop was, want al die keren dat we tijdens het hondenraceseizoen in zijn Morris zaten, tikte hij al rijdend een paar rauwe eieren kapot, slikte de inhoud in één keer door en gooide de schalen op de achterbank. Maar in de Star of Argiropoulos nam hij alle tijd. Olive Lawrence zat tegenover ons op een rechte keukenstoel en vertelde het hele voorval in geuren en kleuren na: dat hij steeds weer aandrong en zij steeds weer weigerde, dat hij net zolang op haar inpraatte, haar overreedde, intimideerde, misschien zelfs verleidde – ze wist niet precies welke van de vier, dat was ze vergeten, want het was allemaal zeer verwarrend, als een soort nachtmerrie – tot ze het karkas at van een geit die, daar was ze van overtuigd, was geslacht in een kelder in de buurt van Paddington.

En na het karkas de kop.

Zo te horen had De Schicht gewonnen. En de intimiteit waarop hij had gerekend kreeg inderdaad een paar uur later vorm in zijn appartement. De twee flessen wijn hadden een rol gespeeld, zei ze, nog steeds bedrukt. Of misschien kwam het doordat hij, volstrekt zeker van zijn zaak, tijdens die hele discussie over de geitenkop en over dat ene oog dat ze moest doorslikken geen spoor van agressie had getoond. Het oog had de substantie van snot. Zo zei ze het letterlijk. En de kop had de substantie van… Tja, waarvan eigenlijk? Ze at ervan omdat ze zag dat hij er echt in geloofde. Het was iets wat ze nooit zou vergeten.

Tegen de tijd dat De Schicht eindelijk binnenkwam, zich uitputtend in niet bepaald geloofwaardige verklaringen voor het feit dat hij zo laat was, hadden wij besloten dat we haar wel mochten.

Ze had gesproken over Azië en over de verste uithoeken van de wereld alsof het buitenwijken van Londen waren waar je zo naartoe kon. Daarbij sprak ze op een heel andere toon dan toen ze haar Griekse maaltijd beschreef. Op onze vraag wat voor werk ze deed, vertelde ze dat heel precies. ‘Et-no-gra-fie,’ zei ze, waarbij ze de lettergrepen oprekte alsof we het woord stukje voor stukje moesten opschrijven. Ze vertelde over de mooie momenten die ze op haar reizen had beleefd, dat ze door de rivierdelta’s van Zuid-India was gevaren op een boot met alleen een piepkleine tweetaktmotor diep binnenin. Ze beschreef de snelle veranderingen tijdens een moesson: het ene moment was je drijfnat, vijf minuten later werden je kleren gedroogd door de zon. Ze vertelde over een roze verlichte tent die onderdak bood aan een beeldje van een lagere god, dat daar heerlijk in de schaduw stond terwijl de wereld buiten de tent werd verzengd door de hitte. Ze trakteerde ons op beschrijvingen die we eerder hadden verwacht in brieven van onze onbereikbare moeder. Ze was langs de Chiloangorivier in Angola getrokken, door streken met een vooroudercultus waar geesten de plaats innamen van goden. Haar verhalen zinderden.

Net als De Schicht was ze lang en dun, met een flinke dos ongekamd haar dat ongetwijfeld steeds weer in een ander model werd gekneed, al naargelang het klimaat waarin ze zich op dat moment bevond. Een onafhankelijk wezen. Ik denk dat ze zonder bezwaar het vlees van een geit zou hebben gegeten als ze hem zelf in een Turks weiland had gedood. Het naar binnen gekeerde leven van Londen moet haar onrustig hebben gemaakt. Achteraf gezien was het waarschijnlijk te danken aan het enorme contrast tussen haar en De Schicht dat ze langer bij elkaar bleven dan we hadden gedacht. En toch, hoe fascinerend ze hem ook vond, ze leek te popelen om weer op reis te gaan. Misschien was ze alleen maar even in Londen om haar rapporten te schrijven en zou ze daarna weer vertrekken. Ze wilde per se nog eens terug naar die kleine god in zijn roze tent. Wat betekende dat ze al haar verbintenissen en huiselijke voorwerpen moest achterlaten.

Wat ons echter het meest verwonderde was haar relatie met De Mot. Als De Schicht en Olive Lawrence, met hun botsende meningen over zo'n beetje elk denkbaar onderwerp, elkaar weer eens in de haren vlogen in de woonkamer of, erger nog, in zijn auto, waar het geluid geen kant op kon en De Mot tussen twee vuren kwam te zitten, weigerde hij partij te kiezen. Het was duidelijk dat hij zakelijk gezien om wat voor reden dan ook niet zonder De Schicht kon, maar we merkten dat De Mot van haar in de ban was, al zou ze hoogstwaarschijnlijk snel weer verdwijnen. Wij genoten van het gezelschap van dit drietal en van hun ruzies. De Schicht bleek complexer dan we dachten, genuanceerder, met die rare, ruimhartige gewoonte van hem om vrouwen op te zoeken die tegen zijn mening durfden in te gaan. Niet dat hij daardoor van mening veranderde. En als er weer eens een ruzie oplaaide tussen De Schicht en Olive Lawrence verkneukelden we ons om de tweestrijd in De Mot, om zijn opgelatenheid. Dan was hij ineens de ober die alleen maar de glasscherven kon opvegen.

Van iedereen die bij ons in de woonkamer zat, was Olive de enige die over een helder beoordelingsvermogen leek te beschikken. Haar ideeën over De Schicht waren consistent. Ze zag niet alleen zijn vlotte, eigenzinnige charme, maar ook zijn ergerlijke kanten; ze werd zowel aangetrokken als afgestoten door de onversneden masculiene smaak die zo evident was in zijn wanordelijke appartement in de Pelican Stairs. En ik had haar ook naar De Mot zien kijken met een blik alsof ze nooit helemaal zeker wist of hij goede of kwade bedoelingen had. Welke invloed had hij op De Schicht, haar minnaar van dat moment? En had hij als voogd het beste voor met de feitelijk ouderloze kinderen die ze had leren kennen? Ze richtte zich altijd op verborgen eigenschappen. Ze woog iemands karakter, had vaak genoeg aan een paar kruimels van iemands persoonlijkheid, zelfs aan diens vrijblijvende stilzwijgen.

'Het leven van de stad speelt zich voor de helft in het donker af,' waarschuwde Olive Lawrence ons. 'Dan vervagen de normen. In het donker zijn er mensen die vlees eten omdat ze geen keus hebben – misschien eten ze wel een vogel, een hondje.' Als Olive Lawrence aan het woord was, klonk het alsof ze voor zichzelf haar gedachten op een rijtje zette, als een monoloog die ergens in de schaduw van haar kennis ontstond, een idee waar ze nog niet zeker van was. Op een avond moest en zou ze ons met de bus meenemen naar Streatham Common om de flauwe heuvel naar de Rookery op te lopen. Rachel voelde zich niet op haar gemak zo open en bloot in het donker; ze wilde naar huis en zei dat ze het koud had. Maar we liepen door tot we uiteindelijk tussen de bomen stonden en de stad achter ons was opgelost.

Om ons heen klonken onvertaalbare geluiden: iets wat door de lucht vloog, een reeks voetstappen. Ik hoorde Rachel ademhalen, maar Olive Lawrence was muisstil. Toen begon ze in het donker te praten om de nauwelijks hoorbare klanken voor ons te duiden. 'Het is een warme avond... en de toon die de krekels zingen is een d... Ze hebben zo'n lieflijke, zachte fluitklank, maar die maken ze door hun vleugels over elkaar te wrijven, niet met hun adem, en dat ze zo druk met elkaar converseren, betekent dat er regen op komst is. Daardoor is het nu zo donker, de wolken staan tussen ons en de maan in. Hoor je dat?' We zagen dat haar witte hand een plek aanwees, niet ver links van ons. 'Dat geschraap is een das. Hij is niet aan het graven, het zijn alleen maar zijn klauwen die bewegen. Het heeft eigenlijk iets heel kwetsbaars. Misschien wordt hij net wakker uit een enge droom. Heeft hij alleen maar de laatste flarden van een vluchtige, onrustige nachtmerrie in zijn kop. Nachtmerries hebben we allemaal. Rachel, liefje, voor jou is het misschien een verbeelding van je angst voor een attaque. Maar in een droom hoeven we niet bang te zijn, net zoals we niets te duchten hebben van de regen zolang we onder de bomen staan. In deze maand bliksemt het zelden, het is hier veilig. Kom, zullen we verdergaan? Misschien volgen de krekels ons wel; zo te horen zitten de takken en struiken er vol mee, vol met hoge c's en d's. Aan het eind van de zomer, als ze eitjes leggen, halen ze zelfs de f. Het lijkt wel of hun kreten van bovenaf op je neervallen, hè? Zo te horen is het een belangrijke avond voor ze. Dit is iets om te onthouden.

Jouw verhaal is maar een van de vele, en misschien niet het belangrijkste. Het draait niet om het ik.'

Van alle stemmen die ik in mijn jeugd hoorde, was die van haar de kalmste. Er klonk nooit overtuigingsdrang in door. Ze had alleen maar een tactiele nieuwsgierigheid naar alles wat haar interesseerde, en die kalmte in haar stem gaf je de gelegenheid om heel dicht bij haar te komen. Bij daglicht onderschepte ze altijd je blik tijdens het praten of luisteren; dan was ze met haar volle aandacht bij jou. Net zoals ze op die avond met haar volle aandacht bij ons tweeën was. Een avond waarvan ze wilde dat we hem zouden onthouden, en dat deed ik ook. Rachel en ik zouden nooit in ons eentje door dat donkere bos hebben gelopen. Maar we vertrouwden erop dat Olive Lawrence een routekaart in haar hoofd had, gebaseerd op een zwakke gloed in de verte of op een verandering in de wind die haar precies liet weten waar ze was en welke kant ze uit ging.

Er waren echter ook momenten waarop een ander soort ontspanning bezit van haar nam en ze onbekommerd met opgetrokken benen in slaap viel in de leren stoel van mijn vader, ook al zat de kamer vol met vrienden van De Mot, nog steeds met die vastberaden blik op haar gezicht, geconcentreerd, alsof ze informatie in zich bleef opnemen. Ze was de eerste vrouw, de eerste persoon zelfs, die ik dat ooit zag doen, zo ongedwongen en vrij van schaamte slapen in het bijzijn van anderen. Een half uur later werd ze dan verkwikt wakker, als de anderen net moe begonnen te worden, sloeg het halfhartige aanbod van De Schicht om haar naar huis te brengen af en liep met ferme pas de donkere avond in – alsof ze zin had om in haar eentje door de stad te wandelen, met een nieuw idee in haar hoofd. Dan ging ik naar boven om haar vanuit mijn slaapkamerraam de lichtcirkels van de straatlantaarns in en uit te zien lopen. Ik hoorde haar zachtjes fluiten, alsof ze zich een deuntje herinnerde, iets wat ik niet kende.

Ondanks onze nachtelijke excursies wist ik dat Olive voor haar werk meestal overdag in touw was om de invloed van de elementen op de kustlijn te meten. Blijkbaar had ze in de beginfase van de oorlog, toen ze nog maar net twintig was, voor de admiraliteit gewerkt, waar ze zich bezighield met zeestromen en getijden (iets wat ze pas in alle bescheidenheid toegaf nadat iemand uit de entourage van De Mot het bijna had verraden). Er lagen talloze landschappen in haar besloten. Ze kon het geluid van de bossen lezen, ze had geregistreerd hoe frequent het water bij hoogtij over de kade bij de Battersea Bridge stroomde. Ik vraag me altijd af waarom Rachel en ik het nooit hebben aangedurfd om net zo'n leven te leiden als zij, met haar als lichtend voorbeeld van onafhankelijkheid, gecombineerd met empathie voor alles om zich heen. Maar vergeet niet dat we Olive Lawrence niet zo lang hebben gekend. En toch, die avondwandelingen waarop we met haar door het platgebombardeerde havengebied liepen, of door de galmende voetgangerstunnel bij Greenwich waar onze drie stemmen een lied zongen dat zij ons had geleerd, *Under stars chilled by the winter, under an August moon*, die zal ik nooit vergeten.

Ze was lang. En lenig. Waarschijnlijk moest ze wel lenig zijn als minnares van De Schicht, in die korte periode van hun onwaarschijnlijke verhouding. Ik weet het niet. Ik weet het niet. Wat weet zo'n jongen nou helemaal? In die tijd zag ik haar altijd als een soeverein iemand, bijvoorbeeld als ze in die halfvolle woonkamer lag te slapen, zich afsluitend voor alle anderen. Is dat de censuur of de tact van de jeugd? Het kost me geen enkele moeite om me voor te stellen dat ze op de grond naast een hond ligt met haar armen om hem heen, zonder zich erom te bekommeren dat zijn kop zo zwaar op haar nek rust dat ze amper adem krijgt. Maar dansend met een man dicht tegen zich aan? Dan zie ik voor me dat ze het benauwd krijgt. Ze genoot van open ruimtes en avonden in weer en wind, alsof ze daar nooit ingetoomd of volledig ontmaskerd kon worden. En toch sprong zij eruit tussen al die bekenden en onbekenden die het huis aan Ruvigny Gardens in en uit liepen. Zij was de uitzondering, de buitenstaander aan onze tafel die door De Schicht in het huis van mijn ouders was ontdekt en, verrassender nog, met wie hij het had aangelegd, zodat ze al snel bekend kwam te staan als 'het meisje van De Schicht'.

'Ik stuur jullie wel een ansichtkaart,' zei Olivia Lawrence toen ze ten slotte uit Londen vertrok. En zo verdween ze uit ons leven.

Maar ergens vanaf de oever van de Zwarte Zee of vanuit het postkantoortje van een dorp niet ver van Alexandrië stuurde ze ons inderdaad een platonisch minnebriefje over een wolkensysteem in de bergen, waaruit een andere wereld naar voren kwam, haar andere leven. Die kaartjes waren ons dierbaar, vooral omdat we wisten dat ze nu geen contact meer had met De Schicht. Ze was zonder om te kijken uit zijn leven vertrokken. Dat een vrouw een ansichtkaart stuurde omdat ze dat aan twee kinderen ver weg had beloofd, wees op groothartigheid en eenzaamheid, een verborgen behoefte in haar. Het was een teken van twee tegengestelde gemoedstoestanden. Of misschien ook niet. Wat wist zo'n jongen nou helemaal...

Als ik dit soort gedachten over Olive Lawrence aan het papier toevertrouw, heb ik soms bijna het idee dat ik een mogelijke versie van mijn moeder aan het scheppen ben, mijn verdwenen moeder die zich bezighield met dingen waar ik niets van afwist. Beide vrouwen verbleven op een onbekende locatie, maar natuurlijk was alleen Olive Lawrence zo attent om ons kaartjes te sturen vanaf de plek waar ze zat, al was ze ons dat geenszins verplicht.

Achteraf zie ik ook nog de derde punt van de driehoek die deze twee vrouwen vormden. En dat is Rachel, die in die tijd behoefte had aan een hechte band met een moeder die haar beschermde zoals alleen een moeder dat kan. Toen ze die avond tussen Olive en mij die licht glooiende helling naar Streatham Woods op wandelde, was er iemand die tegen haar zei dat ze geen gevaar liep daar in het donker met ons, dat ze zelfs in haar dromen of tijdens het onstuimige tumult van haar attaques geen gevaar liep. Niets dan zingende krekels boven ons hoofd, niets dan het geschraap van een das die zich nog eens lekker omdraait, niets dan de stilte gevolgd door de plotselinge fluistering van de naderende regen.

Wat dacht onze moeder dat er in haar afwezigheid met ons zou gebeuren? Dacht ze dat ons leven er net zo uit zou zien als in het destijds zo populaire *The Admirable Crichton,* waar ze met ons naartoe was geweest in de West End – ons eerste toneelstuk – en waarin een geniale butler (misschien wel de evenknie van onze Mot) de leden van een aristocratisch gezin in het gareel hield en hen zodoende hielp stand te houden in een soort omgekeerde wereld op een onbewoond eiland? Dacht ze echt dat de schaal van onze wereld niet zou barsten?

Soms begon De Mot, onder invloed van het mysterieuze drankje dat hij altijd dronk, op opgewekte toon volstrekt onbegrijpelijke taal tegen ons uit te slaan; hij leek zichzelf heel goed te kunnen volgen, al dwaalde de ene zin soms wel heel ver af van het pad dat de andere was ingeslagen. Toen Rachel op een avond niet kon slapen, trok hij *The Golden Bowl* uit mijn moeders boekenkast en begon hij ons voor te lezen. De passages, met hun labyrintische zinnen die voortkronkelden en uiteindelijk in het niets opgingen, deden ons allebei denken aan De Mot zelf als hij met zijn dronken hoofd gezag probeerde uit te stralen. Dan was het alsof zijn verheven manier van spreken volledig losstond van zijn lichaam. En er waren meer avonden waarop hij vreemd gedrag vertoonde. Zo werd er een keer op de radio verteld over een man die voor het Savoy Hotel in een vlaag van waanzin de passagiers uit een Hillman Minx had gesleurd en vervolgens de auto in brand had gestoken. De Mot, die nog maar een uurtje thuis was, hoorde de reportage gespannen aan en kreunde: 'O god, ik hoop maar dat ik dat niet was!' Hij keek naar zijn handen alsof hij daar misschien paraffineresten op zou aantreffen, maar toen hij onze bezorgde blikken zag, verwierp hij die mogelijkheid met een knipoog. Het was duidelijk dat we nu zelfs zijn grappen niet meer begrepen. Anders dan hij had De Schicht, die weliswaar veel inventiever was, geen gevoel voor humor, net als iedereen die zich niet helemaal aan de wet houdt.

De Mot beschikte echter wel over een bijna betrouwbare onverstoorbaarheid. En misschien was hij inderdaad onze geniale Crichton, ook als hij zijn blauwe glaasje, dat ooit op een fles oogspoeling had gezeten, volschonk met dat troebele vocht, om het in één teug achterover te slaan alsof het sherry was. Wij hadden geen bezwaar tegen die gewoonte. Het was het enige moment waarop hij zo ontspannen was dat hij ons in alles onze zin gaf, en Rachel wist hem dan altijd zover te krijgen dat hij ons meenam naar delen van de stad die hij goed leek te kennen. De Mot was zeer geïnteresseerd in verlaten gebouwen, waaronder het negentiende-eeuwse ziekenhuis in Southwark, uit de periode lang voordat er verdovingsmiddelen werden gebruikt. Op de een of andere manier wist hij ons toegang te verschaffen en vervolgens ontstak hij de natriumlampen die hun licht over de muren van de donkere operatieruimte lieten flakkeren. Hij kende zo veel ongebruikte locaties in de stad, die verlicht werden door negentiende-eeuwse lampen en ons duister en onheilspellend voorkwamen. Ik vroeg me af of Rachels latere leven in de theaterwereld zijn oorsprong had in die schemerige avonden. Ze moet in de gaten hebben gekregen dat je ongelukkige of gevaarlijke aspecten van je leven kon verduisteren en onzichtbaar kon maken, of op zijn minst op afstand kon houden; ik denk dat haar uiteindelijke talent voor het voetlicht en fictief onweer haar hielp om echt van vals te onderscheiden, veilig van onveilig.

Inmiddels had De Schicht het aangelegd met de Russin, die zo heetgebakerd was dat hij van haar af moest zien te komen voor ze erachter kwam waar hij woonde. Dat betekende natuurlijk dat ook zij op de raarste momenten op Ruvigny Gardens langskwam om te kijken of hij daar was, te ruiken of zijn geur in de lucht hing. Hij was op zijn hoede en parkeerde zijn auto nooit in onze straat.

De nabijheid van al die vriendinnen van De Schicht had tot gevolg dat ik ineens dichter in de buurt van vrouwen kwam dan ooit, mijn moeder en zus niet meegerekend. Op mijn school zaten alleen maar jongens. Eigenlijk had ik in die periode mijn aandacht en vriendschap op hen moeten richten. Maar de ongedwongen, intieme gesprekken die we met Olive Lawrence hadden en de directheid waarmee ze over haar wensen en zelfs haar verlangens sprak, voerden me mee naar een wereld die compleet anders was dan alles wat ik tot dan toe had gekend. Ik raakte geïntrigeerd door vrouwen die zich buiten mijn eigen kringetje bevonden, bij wie verwantschap of seksuele motieven geen rol speelden. Over dat soort vriendschappen had ik geen controle en ze waren kort en vluchtig. Ze vervingen het gezinsleven, en toch kon ik afstand bewaren, wat nou eenmaal in mijn aard zit. Maar ik hield van de waarheden die ik van vreemden te horen kreeg. Zelfs tijdens die tumultueuze weken met de versmade Russin bleef ik vaker thuis dan nodig was en haastte ik me na school naar huis, alleen maar om haar met die misnoegde blik door onze woonkamer te zien ijsberen. Dan liep ik langs haar heen en raakte in het voorbijgaan haar arm aan om dat moment in me op te slaan. Ik stelde een keer voor om met haar naar de hondenrenbaan in Whitechapel te gaan, zogenaamd om haar te helpen De Schicht te vinden, maar ze wimpelde het aanbod af, misschien omdat ze wel doorhad dat ik een andere reden had om haar het huis uit te krijgen. Maar hóé dicht ze bij De Schicht in de buurt was – die stiekem *The Beano* zat te lezen op mijn kamer – wist ze niet. Hoe het ook zij, ik had me de prikkelende geneugten van vrouwelijk gezelschap eigen gemaakt.

Agnes Street

Die zomer vond ik in World's End een baantje in een restaurant met een hoge omloopsnelheid. Ik stond weer bij de spoelbak en viel in als er een ober ziek was. Ik had gehoopt de pianospelende fabulant Nkoma hier tegen te komen, maar ik kende niemand. Het personeel bestond voornamelijk uit bijdehante serveersters – uit Noord-Londen en van buiten de stad – en ik kon mijn ogen niet van ze afhouden: zoals ze tegen hun meerderen spraken, zoals ze lachten en bleven uitstralen dat ze het ondanks het zware werk naar hun zin hadden. Ze hadden een hogere status dan wij in de keuken en vonden het nauwelijks de moeite waard om met ons te praten. Dat was niet erg. Ook van een afstandje kwam ik al van alles over ze te weten. Als ik daar schuchter stond te werken, omringd door de niet-aflatende drukte van dat restaurant, vermaakte ik me om hun gevatte antwoorden en gelach. Dan kwamen ze voorbij met drie dienbladen, deden je een oneerbaar voorstel en liepen alweer weg terwijl jij nog stond te stotteren. Ze rolden hun mouwen op om hun lange, slanke armspieren te laten zien. Ze waren vrijpostig en dan ineens weer afstandelijk. Toen een van de meisjes, dat haar haar naar achteren had gebonden met een groen lint, me tijdens mijn lunchpauze in een hoekje zag zitten, vroeg ze of ze het plakje ham op mijn boterham mocht 'lenen'. Ik stond met mijn mond vol tanden. Waarschijnlijk heb ik het haar zwijgend aangereikt. Toen ik vroeg hoe ze heette, leek ze overvallen door mijn brutaliteit; ze rende terug en regelde een groepje van drie of vier serveersters die om me heen kwamen staan om over de gevaren van begeerte te zingen. Ik stond op het punt een onafgebakend domein tussen de puberteit en de volwassenheid te betreden.

Toen ik een paar weken later zonder kleren aan met dat meisje op een versleten tapijt in een leegstaand huis lag, was de weg naar haar toe voor mij onzichtbaar. Passie was in mijn hoofd nog iets abstracts, omgeven door hordes en regels die ik nog niet kende. Wat kon wel en wat mocht niet? Ze lag naast me, maar gaf zich niet aan me over. Was ze net zo zenuwachtig als ik? Bovendien zat de ware dramatiek van dat moment niet in ons, maar in de situatie, want we waren onrechtmatig een huis aan Agnes Street binnengegaan met sleutels die ze had geleend van haar broer, die bij een makelaarskantoor werkte. Er stond een 'Te koop'-bord buiten; binnen ontbrak het aan meubilair, er lag alleen tapijt. Het begon al donker te worden en ik kon haar reacties alleen maar interpreteren met behulp van een straatlantaarn of een van de lucifers die we later een voor een boven een stukje tapijt hielden om te zien of er bloedvlekken op zaten, alsof er een moord had plaatsgevonden. Het voelde niet bijster romantisch. Romantisch was de energie en sprankeling van Olive Lawrence, romantisch was de laaiende seksuele furie van de Russin die door De Schicht was versmaad en die er door haar intense achterdocht alleen maar mooier op werd.

Een andere avond, hoogzomer. We nemen een koud bad in het huis aan Agnes Street. Er is geen handdoek om ons mee af te drogen, niet eens een gordijn waar we ons tegenaan kunnen wrijven. Ze trekt haar donkerblonde haar naar achteren en schudt dan haar hoofd, zodat het haar uitwaaiert tot een aura.

'Alle anderen zitten nu waarschijnlijk aan de cocktails,' zegt ze.

We lopen de lege kamers door tot we droog zijn. Dit is ons intiemste moment sinds we rond een uur of zes naar binnen zijn gegaan. De plot van seks of samengebalde begeerte ligt achter ons, alleen wij zijn er nog, naakt en onzichtbaar voor elkaar in het donker. Als het schijnsel van koplampen voorbijglijdt, zie ik dat ze glimlacht omdat zij hetzelfde denkt. Een moment van verstandhouding.

'Kijk,' zegt ze, en ze maakt een handstand in het donker.

'Ik zag het niet. Doe nog eens.' En dit meisje dat eerst zo onvriendelijk leek, komt met salto's naar me toe en zegt: 'En nu moet je mijn voeten pakken.' Dan: 'Dank je wel' als ik haar langzaam laat zakken.

Ze gaat op de grond zitten. 'Ik wou dat we een raam open konden doen. Door de straat konden rennen.'

'Ik weet niet eens meer welke straat dit is.'

'Agnes Street. De tuin! Kom...'

Beneden op de gang geeft ze me een duw omdat ze vindt dat ik sneller moet, en ik draai me om en pak haar hand beet. We stoeien wat tegen de trap zonder elkaar te kunnen zien. Ze buigt zich naar voren, bijt in mijn nek en maakt zich los uit mijn armen. 'Kom op!' zegt ze. 'Hierheen!' Loopt tegen een muur op. Het is alsof we allebei verwoed proberen te ontsnappen aan deze intimiteit, terwijl intimiteit het enige is wat ons kan helpen ontsnappen. We liggen op de grond en zoenen alles waar we bij kunnen. Tijdens het neuken timmeren haar vuisten op mijn schouders. Dit is iets anders dan de liefde bedrijven.

'Niet doen! Niet loslaten!'

'Nee!'

Als ik me losruk uit haar steeds knellender arm, stoot ik met mijn hoofd ergens tegenaan – een muur, een balustrade –, waarna ik hard neerkom op haar borst, me er plotseling van bewust hoe klein ze is. Ergens op dat moment zijn we ons niet meer bewust van elkaar, ontdekken we simpelweg het plezier in de bezigheid. Sommigen vinden het nooit, of vinden het niet meer terug. Daarna vallen we in het donker in slaap.

'Hallo. Waar zijn we?' vraagt ze.

Ik rol op mijn rug en neem haar mee, zodat zij bovenop ligt. Met haar kleine handen wurmt ze mijn lippen open.

'Ing Akngeg Skriek,' zeg ik.

'Hoe heet je ook alweer?' Ze moet lachen.

'Nathaniel.'

'O, deftig, hoor! Ik hou van je, Nathaniel.'

Het lukt ons nauwelijks om ons aan te kleden. We lopen langzaam door het donker naar de voordeur en houden elkaars hand vast alsof we elkaar anders zouden kwijtraken.

De Mot was vaak weg, maar net als zijn aanwezigheid deed zijn afwezigheid er eigenlijk zelden toe. Mijn zus en ik waren op onszelf aangewezen, leerden voor onszelf te zorgen, en 's avonds ging Rachel eropuit. Ze liet niets los over waar ze naartoe ging, net zoals ik mijn mond hield over mijn leven op Agnes Street. School vonden we inmiddels allebei overbodig. Als ik kletste met jongens die mijn vrienden hadden moeten zijn, met wie ik normaal gesproken een band had moeten opbouwen, zweeg ik over wat zich bij mij thuis afspeelde. Dat hoorde in één vakje, mijn leven op school in een ander. Als we jong zijn worden we niet zozeer geplaagd door schaamte over onze leefomstandigheden, als wel door de angst dat anderen die leefomstandigheden ontdekken en afwijzen.

Op een avond gingen Rachel en ik naar een film die om zeven uur begon en namen we plaats op de voorste rij van de Gaumont Cinema. Op een gegeven moment duikelde het vliegtuig van onze held naar beneden, en hij kon er niet uit doordat zijn voet klem zat tussen de pedalen. Spannende muziek schalde door het theater, begeleid door het gekrijs van de vliegtuigmotor. Ik ging er zo in op dat ik niet doorhad wat er naast me gebeurde.

'Gaat het wel?'

Ik keek naar rechts. Tussen de stem die 'Gaat het wel?' had gevraagd en mij zat Rachel te stuiptrekken; uit haar mond klonk gekreun, een soort geloei waarvan ik wist dat het zou aanzwellen. Ze schudde heen en weer. Ik maakte haar schoudertas open en pakte de houten liniaal om hem tussen haar tanden te stoppen, maar het was al te laat. Ik moest haar mond met mijn vingers openwrikken, maar haar smalle, kleine tanden klemden zich uit alle macht op elkaar. Ik gaf haar een klap en terwijl ze naar lucht hapte, duwde ik de liniaal naar binnen en trok haar op de grond. Boven ons viel het vliegtuig te pletter.

Rachels dolende ogen zochten houvast in de mijne, een veilige uitweg van de plek waar ze was. De man zat ook over haar heen gebogen.

'Wie is dit?'

'Mijn zus. Ze heeft epilepsie. Ze moet iets eten.'

Hij gaf het ijsje dat hij in zijn hand had aan mij. Ik drukte het tegen haar lippen. Haar hoofd ging met een ruk naar achteren, maar toen ze doorhad wat het was hapte ze gulzig toe. We zaten samen in het donker op dat smerige tapijt van de Gaumont. Ik probeerde haar op te tillen en de zaal uit te krijgen, maar omdat haar slappe lichaam te zwaar was ging ik op de grond liggen en drukte haar tegen me aan zoals ik De Schicht had zien doen. In het licht van het scherm zag ze eruit alsof ze nog steeds iets gruwelijks gadesloeg. Wat natuurlijk ook zo was, want als ze een toeval had gehad, vertelde ze me naderhand altijd in alle rust wat ze had gezien. De stemmen op het scherm schalden door het theater, gingen verder met het verhaal, en wij bleven daar tien minuten op de grond liggen, met mijn jas over haar heen om haar een beschermd gevoel te geven. Tegenwoordig zijn er medicijnen om het lichaam zo'n zware optater te besparen, maar toen waren die er nog niet. Althans, niet voor zover wij wisten.

We liepen naar een zijuitgang en glipten door de donkere gordijnen naar de verlichte wereld. Ik loodste haar mee naar een tearoom. Ze was uitgeput. Ik spoorde haar aan om iets te eten. Ze dronk wat melk. Toen liepen we naar huis. Ze zei niets over wat er was gebeurd, alsof het er al niet meer toe deed, een levensgevaarlijke kust waar ze zojuist rakelings langs was gevaren. Ze had altijd pas een dag later behoefte om het erover te hebben – niet over de schaamte of chaos die in haar had gewoed, maar omdat ze de opwinding wilde omschrijven die opbouwde naar wat er zou gebeuren voordat alles uiteenviel. Vanaf dat moment kon ze zich niets meer herinneren, omdat haar hersenen niet meer bezig waren met herinneren. Maar ik wist dat ze in de Gaumont, toen ze zag dat de piloot zich probeerde los te wringen, een lichte opwinding had gevoeld en even zelf met hem mee viel.

Dat ik het in dit verhaal niet zo vaak over mijn zus heb, komt doordat we afzonderlijke herinneringen hebben. We zagen allebei tekenen bij de ander waar we niets mee deden. Haar geheime lippenstift, die ene jongen op de motor, dat ze slap van het lachen naar huis strompelde, of dat ze ineens opvallend graag met De Mot praatte. Ik vermoed dat ze hem inmiddels als een soort biechtvader zag, maar zelf hield ik mijn geheimen voor me, bleef ik op afstand. Hoe dan ook, Rachels versie van onze tijd op Ruvigny Gardens, die weliswaar in bepaalde opzichten overeenkwam met de mijne, werd verteld op een andere toon, met de nadruk op andere dingen. Later bleek dat we alleen hecht waren geweest in die eerste periode, toen we samen een dubbelleven leidden. Maar nu, al die jaren later, staan we ver van elkaar af en zijn we op onszelf aangewezen.

Op het tapijt liggen etenswaren in bruin vetvrij papier: brood met kaas, plakken ham, een fles cider – allemaal gepikt bij het restaurant waar we werken. We zitten in een andere kamer, in een ander huis zonder meubels en met kale muren. Het onweer dringt binnen in dit pand waar niemand woont. Volgens het schema van haar broer zal het wel even duren voor het verkocht wordt, dus we hebben er een gewoonte van gemaakt om hier aan het eind van de dag ons kamp op te slaan, als de kans klein is dat er nog klanten van hem langskomen.

'Mogen we een raam openzetten?'

'Nee, dan vergeten we het.'

Ze houdt zich streng aan de regels van haar broer. Ik moest zelfs door hem worden gekeurd – hij bekeek me van top tot teen en zei dat ik er wel een beetje te jong uitzag. Vreemde auditie. Max heette hij.

We neuken op de plek waar de eettafel moet hebben gestaan. Mijn vingers wrijven over de kuiltjes die de poten op het tapijt hebben achtergelaten. We zouden nu onder die tafel hebben gelegen, normaal gesproken had er een maaltijd boven ons hoofd gestaan. Dat zeg ik tegen Agnes terwijl ik naar boven staar, niets ziend in het donker.

'Wat ben je toch een rare. Jij bent de enige die op zo'n moment dit soort dingen denkt.'

De storm ontlaadt zich boven ons hoofd, slaat de soepterrines aan diggelen, zwiept lepels op de grond. De achtergevel, die is beschadigd door een bom, is nog steeds niet herbouwd en het droge onweer dringt luidruchtig binnen, verkent onze naaktheid. We zijn weerloos, zo zonder meubels, zonder zelfs maar een alibi voor onze aanwezigheid daar, en het enige wat we hebben is vetvrij papier bij wijze van bord en een oude hondenbak om water uit te drinken. 'Afgelopen weekend droomde ik dat ik met je neukte,' zegt ze, 'en dat er iets heel dicht bij ons in de kamer was.' Ik ben het niet gewend om over seks te praten. Maar Agnes – zo laat ze zich nu noemen – doet dat wel, op een heerlijke manier. Het gaat haar heel natuurlijk af. Over de beste manier om haar een orgasme te bezorgen, waar ik haar precies moet aanraken, hoe hard, hoe zacht. 'Hier, ik doe het wel even voor. Geef je hand eens...' Mijn bedeesde reactie die ze mild bespot, haar glimlach als ze mijn verlegenheid ziet. 'Je hebt nog heel wat jaren om hieraan te wennen, jongen, om te blijven groeien. Pure weelde.' Een korte stilte en dan: 'Weet je... je zou me kunnen vertellen wat jij wilt.'

Op dit moment is onze sympathie voor elkaar even groot als onze begeerte. Ze vertelt over haar seksuele verleden. 'Ik had een cocktailjurk geleend voor een afspraakje. Ik werd dronken... het was mijn eerste keer. Toen ik wakker werd, lag ik in een kamer waar verder niemand was. En ook geen jurk. Ik liep naar de ondergrondse en ging terug naar huis met alleen mijn regenjas aan.' Een korte stilte waarin ze wacht tot ik iets zeg. 'Is jou ooit zoiets overkomen? Je mag het in het Frans vertellen als je wilt. Zou het dan makkelijker zijn?'

'Ik had een onvoldoende voor Frans,' lieg ik.

'Ik geloof er geen snars van.'

Ik was niet alleen dol op haar ongeremde manier van spreken, maar ook op haar knoestige, rijmende accent, een wereld van verschil met de taal van de jongens op mijn school. En er was nog iets wat Agnes onderscheidde van alle anderen. De Agnes van die zomer was niet de Agnes die ze later zou worden. Dat wist ik toen al. Kwam de toekomstige vrouw zoals ik me haar inbeeldde overeen met wat ze voor zichzelf wenste? En geloofde zij misschien dat ook ik verder zou komen? Bij de anderen die ik in die periode van mijn leven kende lag het anders. In die tijd zaten wij tieners vast in wat we al dachten te zijn, en dus altijd zouden blijven. Het was een Engelse gewoonte, de ziekte van die tijd.

Die avond, toen we ons midden in die eerste zomerstorm wanhopig aan elkaar vastklampten, vond ik bij thuiskomst een cadeautje in mijn broekzak. Ik vouwde het verkreukelde vetvrije papier dat als bord had gediend open en vond een houtskooltekening van ons tweeën, liggend op onze rug, hand in hand, met boven ons de overweldigende storm die we niet konden zien – zwarte wolken, bliksemschichten, een vervaarlijke hemel. Ze was dol op tekenen. Ergens op de paden van mijn leven ben ik dat tekeningetje kwijtgeraakt, ook al had ik het willen bewaren. Ik weet nog hoe het eruitzag, en af en toe ging ik op zoek naar een versie ervan, in de hoop een echo van dat oude schetsje in een galerie te zien hangen. Maar ik heb er nooit een gevonden. Lange tijd wist ik niets meer van haar dan 'Agnes Street', waar het huis stond dat we samen waren binnengegaan. Tijdens onze clandestiene dagen en nachten in al die ontmantelde huizen verkondigde ze op defensief lacherige toon dat dat haar nom de plume zou worden. 'Nom de plume', ze sprak het plechtig uit. 'Je weet wel wat dat betekent, hè?'

Stilletjes verlieten we het huis. We moesten vroeg op ons werk zijn. Bij de bushalte liep een man te ijsberen; hij keek onze kant op toen we kwamen aanlopen en wierp vervolgens een blik op het huis, alsof hij zich afvroeg waarom we daaruit waren gekomen. Hij stapte ook in de bus en ging achter ons zitten. Was het toeval? Was het een spook uit de oorlog, dat rondwaarde in het gebouw waar we binnen waren gedrongen? We waren niet bang, maar voelden ons wel schuldig. Agnes maakte zich zorgen over de baan van haar broer. Maar toen we opstonden om uit te stappen, stond hij ook op en liep achter ons aan. De bus stopte. We wachtten bij de uitgang. Toen de bus weer optrok en vaart begon te maken, sprong Agnes eruit, wankelde even en zwaaide naar mij. Ik zwaaide en liep terug langs de man, en later, ergens in het centrum van de stad, sprong ik eruit zonder dat hij me te pakken kreeg.

De mosselboot

Op onze eerste dag op de Theems voeren Rachel en ik met De Schicht naar het westen tot we de stad bijna uit waren. Ik zou nu een goede kaart van de rivier nodig hebben om alle plekken aan te wijzen waar we een tussenstop maakten of voorbijkwamen, en waarvan ik de namen in die weken uit mijn hoofd leerde, samen met de getijdentabellen, de wirwar van voetpaden, de oude tolhuizen, de boothellingen die we aandeden, de bouwterreinen en verzamelplaatsen die we vanaf de boot leerden herkennen: Ship Lane, Bulls Alley, Mortlake, het Harrods-magazijn, elektriciteitscentrales, samen met de pakweg twintig al dan niet naamloze kanalen die zo'n tweehonderd jaar eerder waren uitgegraven, als spaken die vanaf de Theems naar het noorden wezen. In bed lag ik altijd alle aftakkingen van de rivier op te dreunen. Dat doe ik nog steeds. Ze klonken als Engelse koningsnamen, en ik vond ze een stuk spannender dan voetbalteams of wiskundige formules. Soms voeren we naar het oosten, tot voorbij Woolwich en Barking, en zelfs in het donker wisten we waar we waren door af te gaan op het geluid van de rivier of de trekkracht van het tij. Voorbij Barking lagen Caspian Wharf, Erith Reach, Tilbury Cut, Lower Hope Reach, Blyth Sands, het Isle of Grain, de brede riviermonding en daarachter de zee.

Er waren nog meer verborgen locaties langs de Theems waar we zeeschepen troffen; als die hun verrassende lading hadden gelost, gingen we een stukje lopen met de dieren, die aarzelend van boord waren gegaan, allemaal aan één lang touw; zo konden ze na die reis van vier of vijf uur vanuit Calais een kleine en grote boodschap doen. Daarna leidden we ze met zachte hand naar onze mosselboot voor nog een kort tochtje, en uiteindelijk werden ze opgehaald door mensen die we maar heel even zagen en van wie we nooit wisten hoe ze heetten.

Onze betrokkenheid bij al die bedrijvigheid op de rivier was begonnen toen De Schicht ons op een middag hoorde praten over het naderende weekend. Langs zijn neus weg, alsof Rachel en ik er niet bij waren, vroeg hij aan De Mot of we toevallig tijd hadden om hem ergens bij te helpen.

'Overdag of 's avonds?'

'Waarschijnlijk allebei.'

'En is het veilig?' vroeg De Mot op gedempte toon, alsof wij het niet mochten horen.

'Volstrekt veilig,' antwoordde De Schicht hardop terwijl hij naar ons tweeën keek, met een gemaakte glimlach en een achteloos handgebaar dat de indruk moest wekken dat er geen enkel gevaar aan kleefde. De vraag of het legaal was kwam geen moment ter sprake.

'Ik neem aan dat jullie kunnen zwemmen?' mompelde De Mot. Wij knikten.

'Ze houden toch wel van honden, hè?' vroeg De Schicht terloops. En ditmaal was het De Mot die knikte, al had hij geen idee of dat wel zo was.

•

'Is het niet schitterend?' riep De Schicht dat eerste weekend uit, met één hand op het stuurrad, terwijl hij met de andere probeerde een boterham uit zijn broekzak te halen. Hij leek met zijn hoofd niet helemaal bij het besturen van de boot te zijn. Er stond een koude wind die het water uitschulpte en ons van alle kanten sidderend belaagde. Ik nam aan dat we veilig waren met hem aan het roer. Ik wist niets van boten, maar hield al direct van die geuren die niets met het land te maken hadden: de olie op het water, het pekelnat, de dampen die uit de achtersteven sputterden, en ik leerde houden van de duizend-en-een geluiden van de rivier om ons heen; ze brachten ons tot zwijgen, alsof we in deze jachtige wereld plotseling een bedachtzaam universum waren binnengegaan. Het was inderdaad schitterend. Bijna schampten we de boog van een brug; De Schicht leunde op het nippertje opzij, alsof de boot dan vanzelf zou volgen. Daarna een bijna-aanvaring met een viertal roeiers, die moeizaam overeind bleven in ons kielwater. We hoorden hun geschreeuw en zagen De Schicht naar hen zwaaien alsof het de voorzienigheid was, alsof niemand er iets aan kon doen. Die middag zouden we bij de Church Ferry Stairs twintig windhonden ophalen bij een geruisloze boot en ze geruisloos naar een andere locatie stroomafwaarts brengen. We hadden geen idee dat er schepen waren die dit soort vracht vervoerden, wisten niets van de strenge wetten tegen de illegale import van dieren in Groot-Brittannië. Maar De Schicht was blijkbaar overal van op de hoogte.

Onze theorieën over waarom De Schicht zo'n ineengedoken houding had, veranderden compleet toen we samen die mosselboot op liepen. Rachel en ik schuifelden behoedzaam de glibberige loopplank af, terwijl De Schicht nauwelijks keek waar hij ging, zich half omdraaide om in de gaten te houden of Rachel niet uitgleed en tegelijkertijd zijn sigaret in de tien centimeter brede spleet tussen de kade en de wiegelende boot gooide. Treetjes waarop wij ons onzeker voelden, waren voor hem zo comfortabel als een dansvloer, en die behoedzame, ineengedoken houding maakte plaats voor nonchalance nu hij over de paar decimeter brede dolboorden liep die glommen van de regen en het vet. Later beweerde hij dat hij was verwekt op een rivier, tijdens een storm die vierentwintig uur had gewoed. Doordat er al generatieslang schuitvoerders in zijn familie zaten, had hij een rivierlichaam dat alleen aan wal een accent vertoonde. Hij kende elk stroombed tussen Twickenham en Lower Hope Point en kon uit geuren of laadgeluiden precies afleiden bij welke kade hij was. Zijn vader was 'vrijman van de Theems' geweest, iets waarover hij opschepte, hoewel hij hem ook omschreef als een wrede man die hem in zijn tienerjaren had gedwongen om bokser te worden.

De Schicht kende een heel arsenaal aan fluitsignalen, want elke schuit had zijn eigen sein, zo vertelde hij. Dat signaal leerde je als je op een nieuwe boot kwam werken. Het was het enige sein dat je op het water mocht gebruiken om je kenbaar te maken of om anderen te waarschuwen, en elk signaal was gebaseerd op de roep van een vogel. Hij zei dat hij rivierlui had ontmoet die tijdens een boswandeling, met vaste grond onder de voeten, ineens hun eigen bootfluitje hadden gehoord, terwijl er geen rivier te bekennen was. Dan bleek het een torenvalk te zijn die zijn nest beschermde, een vogelsoort die kennelijk vroeger, honderd jaar geleden, aan de rivier had geleefd en zijn geluid had uitgeleend aan schuitvoerders die het van generatie op generatie hadden doorgegeven.

Na dat weekend wilde ik De Schicht met de honden blijven helpen, terwijl Rachel steeds vaker het gezelschap opzocht van De Mot. Ik vermoedde dat ze zich volwassener wilde voelen. Maar ik wachtte altijd in mijn waterdichte jas tot De Schicht voor kwam rijden met zijn auto. Die eerste keren dat we elkaar op Ruvigny Gardens troffen had hij nauwelijks aandacht aan me geschonken: ik was gewoon een jongen in een huis waar hij toevallig op bezoek was. Nu kwam ik echter tot de ontdekking dat De Schicht iemand was van wie je makkelijk dingen kon leren. Hij was minder met je begaan dan De Mot, maar liet je precies weten wat je voor hem moest doen, en ook wat je niet over hem aan anderen mocht vertellen. 'Laat je niet in de kaart kijken, Nathaniel,' zei hij altijd, 'laat je nooit in de kaart kijken.' Hij bleek iemand nodig te hebben zoals ik: een min of meer betrouwbaar iemand die hem twee of drie keer in de week hielp windhonden op te halen bij een van die geruisloze Europese schepen, en dus haalde hij me over om mijn baantje bij het restaurant op te zeggen, zodat we samen de honden met de mosselboot door het donker naar wisselende locaties konden brengen, waarna een busje zijn levende lading nog verder weg zou brengen.

Per boottocht konden we zo'n twintig van die schuwe reizigers vervoeren. Ze zaten bibberend aan dek tijdens onze reizen, die wel tot middernacht konden duren, en schrokken snel van harde geluiden of het zoeklicht van een motorsloep die plotseling naast ons opdook. De Schicht was gespitst op 'opsporingslieden', zoals hij ze noemde, wat betekende dat ik tussen de dieren onder de dekens moest kruipen en ze in die smerige hondenlucht moest kalmeren als de rivierpolitie voorbijkwam. 'Die richten zich op ernstigere zaken,' beweerde De Schicht ter rechtvaardiging van zijn louche praktijken.

Het werd duidelijk dat de goederen die wij leverden geen garantie boden op financieel gewin. Het was maar de vraag of deze dieren geschikt waren als renhonden, niemand wist of ze snel of langzaam waren. Hun enige waarde school erin dat ze een 'onzekere factor' inbrachten, en omdat het publiek niet wist wat ze waard waren, stonden ze garant voor roekeloze weddenschappen door vreemden die afgingen op uiterlijk, en niet op officiële stambomen, die een aanbeveling vormden of juist verrieden dat de dieren waardeloos waren. Met een roekeloze weddenschap viel makkelijk geld te verdienen. Je zette ponden in op een hond zonder verleden, op basis van een schijnbaar slimme blik van het aangelijnde beest of de vorm van zijn dijbeen, of omdat je in het voorbijgaan iets opving van iemand die hopelijk wist waar hij het over had – wat in werkelijkheid niet zo was. Onze honden waren scharminkels zonder geregistreerd verleden, ontvoerd uit een Frans kasteel dan wel gered uit een vleesfabriek om ze een tweede kans te gunnen. Ze waren net zo anoniem als vechthanen.

Tijdens die maanloze avonden op de rivier kalmeerde ik ze simpelweg door streng mijn tienerhoofd op te heffen zodra ze probeerden te blaffen. Het voelde alsof ik een orkest tot stilte maande, alsof ik het hoogste gezag voerde, wat zijn eigen charme had. De Schicht stond in de stuurhut en voerde ons door de nacht, onder het neuriën van 'But Not for Me'. Het klonk altijd als een zucht zoals hij dat liedje voor zich uit zong, elders met zijn gedachten, zich amper bewust van de tekst die over zijn lippen kwam. Ik wist trouwens dat de droevige sfeer van dat liedje geenszins zijn complexe stelsel van elkaar overlappende relaties met vrouwen weerspiegelde. Dat wist ik doordat ik op sommige avonden een alibi voor hem moest verzinnen of vanuit een telefooncel valse berichten moest doorgeven als excuus voor zijn afwezigheid. Vrouwen wisten nooit precies wat zijn werktijden waren, laat staan wat dat werk eigenlijk inhield.

In die dagen en nachten, toen ik deelgenoot werd van het obscure werkschema van De Schicht, trad ik toe tot een onwaarschijnlijk allegaartje van bootsmokkelaars, dierenartsen, vervalsers en hondenrenbanen in de graafschappen rondom Londen. Omgekochte dierenartsen gaven de nieuwkomers hun inentingen. Soms hadden we tijdelijke hondenpensions nodig. Vervalsers typten geboortecertificaten en eigendomsbewijzen uit die zogenaamd aantoonden dat de honden in Gloucestershire of Dorset waren geworpen – honden die tot dan toe nooit een woord Engels hadden gehoord.

Die eerste magische zomer van mijn leven smokkelden we op het hoogtepunt van het renseizoen meer dan vijfenveertig honden per week. Met de mosselboot haalden we de dieren, die als de dood waren voor pistoolschoten, op bij een werf in de buurt van Limehouse, en voeren dan in het donker stroomopwaarts naar Lower Thames Street, in het hart van Londen. Vervolgens legden we dezelfde route in omgekeerde richting af; die terugtochten 's avonds laat over de rivier, nu zonder honden op de boot, waren de enige momenten waarop De Schicht niet gebonden was aan een ingewikkelde dienstregeling en er geen onderbrekingen waren. Ik was inmiddels nieuwsgierig naar de wereld van De Schicht. Op die avonden was hij heel open over zichzelf en over wat er allemaal bij die hondenraces kwam kijken, en af en toe stelde hij mij een vraag. 'Je was toch nog heel jong toen je Walter leerde kennen?' vroeg hij een keer. En toen ik hem verbaasd aankeek, trok hij de zin terug als een te vrijpostige hand op een dij. 'Ah, ik begrijp het,' zei hij.

Toen ik vroeg hoe hij Olive Lawrence had leren kennen, leidde ik die vraag in met de bekentenis dat ik haar aardig vond. 'O, dat had ik al gemerkt,' zei hij. Daar keek ik van op, want De Schicht leek zich nooit bepaald te bekommeren om of te interesseren voor mijn reacties.

'Maar hoe heb je haar leren kennen?'

Hij wees naar de wolkeloze hemel. 'Ik had advies nodig, en zij weet alles van... ze is geograaf, *et-no-graaf*.' Hij rekte het woord net zo op als zij had gedaan. 'Geen idee dat dat soort mensen bestonden! Die nog steeds het weer aflezen aan de maan of aan de vorm van een wolk. Enfin, ik kon haar goed gebruiken bij iets waar ik bij betrokken was, en ik hou van vrouwen die slimmer zijn dan ik. Maar vergis je niet, ze... nou ja, ze is bijzonder. Die enkels! Ik had niet gedacht dat ze het met me zou aanleggen. Ze komt uit Mayfair, snap je? Houdt van lippenstift en zijde en zo. Ze is de dochter van een advocaat, maar ik denk niet dat haar vader me zal helpen als ik in de nesten zit. Hoe dan ook, ze ging maar door over lensvormige wolken en aambeeldwolken en hoe je een blauwe lucht moet lezen. Al was ik meer geïnteresseerd in die enkels. Ze heeft die hazewindlijn die ik zo mooi vind, maar ze geeft zich nooit helemaal gewonnen. Je krijgt maar vat op een klein stukje van haar leven. Ik bedoel, waar is ze nu? Ze laat niets van zich horen. En toch, die avond met de geit, weet je, volgens mij vond ze dat wel leuk. Ze zou het natuurlijk nooit toegeven, maar het leek alsof we tijdens dat etentje een vredesverdrag ondertekenden. Wat een vrouw... maar niet voor mij.' Geweldig vond ik het als De Schicht zo tegen me praatte, alsof ik een gelijke was die ervaring had met de grillige subtiliteiten van vrouwen. Bovendien bood deze andere versie van het geitenincident mij inzicht in een diepere laag van de nieuwe wereld die ik betrad. Ik voelde me als een rups die van kleur verandert en zich al balancerend van de ene bladsoort naar de andere verplaatst.

We gleden verder door het donkere, stille water van de rivier, die van ons alleen leek, tot de monding aan toe. We kwamen langs industriegebouwen met hun zwakke lichten, vaag als sterren, net alsof we in een tijdcapsule uit de oorlogsjaren zaten, toen er verduisteringsregels en avondklokken golden, toen er alleen oorlogsschemer was en op dit deel van de rivier uitsluitend blinde boten mochten varen. Ik keek naar de tengere bokser die ik eerst zo nors en vijandig had gevonden, maar die zich nu vriendelijk pratend naar me omdraaide, zoekend naar de juiste woorden voor de enkels van Olive Lawrence, en voor haar kennis van cyanometers en windsystemen. Ik realiseerde me dat hij die informatie waarschijnlijk had opgeslagen voor bepaalde aspecten van zijn werk, al leidde dat alles hem tegelijkertijd ook af van die trage, blauwe hartslag in haar hals.

Hij greep mijn hand, legde die op het stuurrad en liep naar de reling om zijn blaas te legen in de Theems. Hij zuchtte grommend. Al zijn bezigheden werden begeleid door een deuntje, en dat gold vermoedelijk ook voor de amoureuze momenten met Olive Lawrence, als haar hals klopte onder een dun laagje zweet. Ik dacht terug aan de eerste keer dat ik De Schicht had zien urineren, tijdens een verkenningsbezoek aan de Dulwich Picture Gallery, fluitend, met in de vingers van zijn rechterhand zowel een sigaret als zijn penis, die op de rand van het urinoir was gericht. 'Even mijn zwager een hand geven', zoals hij het noemde. Nu ik aan het roer van het schip stond, kon ik die plichtsgetrouwe monoloog horen. *I have found more clouds of grey... than any Russian play... could guarantee...* Hij mompelde het in de beslotenheid van zichzelf, vrouwloos op dit late uur.

De boot vertraagde. We legden aan bij de stootrand van de onverlichte kade en klommen aan wal. Het was één uur 's nachts. We liepen naar zijn Morris, stapten in en bleven even zitten, hadden wat tijd nodig om ons te verbinden met een ander element. Toen drukte zijn voet de koppeling in, de sleutel werd omgedraaid en het geluid van de auto verbrak de stilte. Hij reed altijd hard – bijna roekeloos – door de zigzaggende, onverlichte straatjes. Dit waren delen van de stad die sinds de oorlog maar gedeeltelijk werden bewoond. We kwamen langs straten vol puin en nu en dan een open vuur. Hij stak een sigaret op en liet de raampjes open. We gingen nooit rechtstreeks naar huis; hij zwenkte linksaf, rechtsaf, wist precies wanneer hij moest afremmen, sloeg plotseling een onzichtbare steeg in, alsof hij een ontsnappingsroute uitprobeerde. Of zocht hij bewust het gevaar op om wakker te blijven op dat late tijdstip? *Is het veilig?* Geluidloos richtte ik die vraag van De Mot tot de lucht buiten mijn raam. Een enkele keer, als hij dacht dat ik niet moe was, stapte De Schicht uit omdat hij zogenaamd moe was en ging hij op de bijrijdersstoel zitten om mij te laten rijden. Hij keek van opzij mee terwijl ik met de koppeling klungelde en hortend en stotend over Cobbins Brook Bridge reed. Als we dan het centrum naderden, waren onze gesprekken verstomd.

Ik was vaak uitgeput door al die verschillende klussen die ik te doen kreeg. Er moesten bot- en bloedonderzoeken worden gefingeerd. Er moesten zegels van de Londense windhondenvereniging worden vervalst, zodat onze immigranten werden toegelaten op alle honderdvijftig renbanen in het land, alsof ze allemaal voorbereidingen troffen om met een valse identiteit binnen te komen bij het bal van de Graaf van Monte Cristo. Onder de rashonden vond een enorme bastaardering plaats die de windhondenindustrie nooit meer te boven zou komen. Toen Olive Lawrence er voor haar vertrek achter was gekomen wat De Schicht allemaal uitspookte, had ze met een zucht gezegd: 'En daarna? Geïmporteerde jachthonden? Een geïmporteerd kind dat uit de buurt van Bordeaux is ontvoerd?'

'Toe maar, Bordeaux!' kaatste De Schicht terug.

Toch waren onze avonden op de mosselboot me dierbaar. De boot, van oorsprong een zeilkotter, was nu uitgerust met een moderne dieselmotor. De Schicht leende hem van 'een respectabele havenkoopman' die hem maar drie dagen per week nodig had; tenzij er, zo waarschuwde hij, ineens een koninklijk huwelijk werd aangekondigd, want dan zou er in allerijl goedkoop serviesgoed met een koninklijke beeltenis moeten worden geïmporteerd dat werd gebakken en verscheept door een of andere satanische fabriek in Le Havre. In dat geval moest het hondentransport wachten. Hij vertelde dat de lange grijze boot in Nederland was gebouwd en ooit laag over de mosselbanken had gevaren. Hij was anders dan andere boten, een zeldzame verschijning op de Theems. Het laadruim kon open worden gezet om het vol te laten lopen met zout water, zodat de mosseloogst vers bleef tot ze in de haven aankwamen. Maar voor ons was het belangrijkste pluspunt van de kotter de geringe diepgang, die ons in staat stelde de hele Theems te bevaren, van de monding tot aan Richmond in het westen, of zelfs tot aan Teddington, waar de rivier te ondiep was voor de meeste sleepboten en schuiten. De Schicht zette de boot ook in voor andere activiteiten, waarvoor hij de kanalen en vaarten op voer die zich in noordelijke en oostelijke richting vanaf de Theems naar Newton's Pool en Waltham Abbey uitstrekten.

Ik koester die namen nog steeds... Erith Reach, Caspian Wharf, maar ook de namen van de straten waar ik ver na middernacht met De Schicht doorheen reed, richting de stad. Dan hadden we net een turbulente boottocht achter de rug en probeerde hij me wakker te houden door zijn favoriete films na te vertellen. Zijn stem kreeg een aristocratische klank als hij dialogen uit *Trouble in Paradise* naspeelde: 'Weet u die man nog die de Bank van Constantinopel binnenliep en met de Bank van Constantinopel weer naar buiten kwam? Dat ben ik!' Terwijl de auto over de onverlichte wegen stoof, draaide hij zich naar me toe om smakelijk te vertellen over de hebbelijkheden van Olive tijdens hun ruzies, of om de namen op te sommen van de belangrijkste straten waar we doorheen reden: Crooked Mile, Sewardstone Street of een begraafplaats waar we langskwamen, en dan zei hij: 'Leer ze uit je hoofd, Nathaniel, voor als ik je op een avond alleen op pad moet sturen.' We reden met zulke hoge snelheden dat we vaak in nog geen half uur de binnenstad bereikten. Af en toe zong De Schicht luidkeels een liedje, over '*het meisje dat in het huwelijk trad, maar prompt haar eed vergat*', of '*de madam in vuur en vlam*'. Dat deed hij vol geestdrift, met een plotseling armgebaar alsof hij zichzelf onderbrak toen hem nóg een verhaal over passie en verraad te binnen schoot.

Hondenraces waren toen al een schaamteloos clandestiene manier om geld te verdienen. Miljoenen ponden wisselden van eigenaar. Enorme menigtes kwamen naar het White City-stadion of het Stamford Bridge-stadion, of ze bezochten de tijdelijke banen die overal in het land waren opgedoken. De Schicht had zich niet lichtvaardig in de branche gestort. Allereerst had hij zich in het werkterrein verdiept. De sport had een paria-achtige status en hij wist dat de overheid er uiteindelijk tegen zou gaan optreden. Barse redactionele commentaren in de *Daily Herald* waarschuwden het publiek dat hondenraces leidden tot 'moreel verval, voortkomend uit passief vermaak'. Maar volgens De Schicht was het publiek verre van passief. Hij was erbij geweest toen in het Harringay-stadion een favoriet met een quotering van drie tegen één werd gediskwalificeerd, waarop de menigte de starthokken tot de grond toe had afgebrand, en hij was een van de velen die door de politie met een brandslang omver waren gespoten. Hij ging ervan uit dat er nu snel hondenlicenties, geregistreerde stambomen, stopwatches en zelfs officiële regels voor de snelheid van de kunsthaas zouden komen. Het toeval zou een veel kleinere rol gaan spelen, gokken zou een kwestie worden van gezond verstand. Hij moest snel een kiertje zien te vinden dat hem toegang verschafte tot de branche, iets ontdekken wat tot dan toe over het hoofd was gezien, en dan moest hij zich in de marge wurmen tussen alles waarover al was nagedacht en dat wat nog bij niemand was opgekomen. En wat De Schicht op de renbanen opviel, was dat je met al die vrijwel identieke dieren onmogelijk het ware talent eruit kon pikken.

In de tijd dat wij hem leerden kennen op Ruvigny Gardens importeerde hij een twijfelachtige populatie ongeregistreerde buitenlandse honden. Hij hield zich toen al een paar jaar bezig met allerlei vormen van zwendel. Hij had de kunst van het drogeren verder verfijnd, niet zozeer om de kracht en het uithoudingsvermogen van de honden te vergroten, maar eerder om een hypnotische traagheid in ze op te wekken met fenobarbital, een kalmeringsmiddel dat werd gebruikt bij epileptische aanvallen. Bij deze procedure was het moment van toedienen cruciaal. Als ze het middel te kort voor de race kregen, vielen de dieren in hun starthok in slaap en moesten ze worden weggedragen door een van de starters met hun bolhoeden. Zat er echter twee uur tussen de inname en de race, dan begonnen ze overtuigend, maar werden ze duizelig in de bochten. Een bepaalde groep honden kreeg lever met een drupje fenobarbital – bijvoorbeeld de honden met een gestroomde vacht, of de reuen – zodat je wist dat je daar juist niet op moest wedden.

Er werden andere brouwsels uitgeprobeerd, thuis in elkaar geflanst met behulp van een scheikundeset. Als honden vloeistoffen kregen toegediend die afkomstig waren van de genitaliën van mensen met een geslachtsziekte, werden ze plotseling afgeleid door jeuk of overvallen door ongewenste erecties, waardoor ze in de laatste honderd meter vertraagden. Vervolgens ging De Schicht chloorbutanoltabletten gebruiken, in grote hoeveelheden ingeslagen bij een tandarts en opgelost in warm water. Ook dit middel leidde tot een hypnotische trance. Hij zei dat Noord-Amerikaanse parkwachten het gebruikten om forellen te verdoven tijdens het merken.

Waar en wanneer in zijn verleden had De Schicht dit soort scheikundige en medicinale kennis opgedaan? Ik wist dat hij nieuwsgierig was en bij iedereen informatie kon lospeuteren, zelfs bij een nietsvermoedende scheikundige die naast hem in de bus zat. Net zoals hij bij Olive Lawrence van alles had opgestoken over weersystemen. Toch gaf hij zich niet snel bloot, een eigenschap die hij misschien had overgehouden aan zijn tijd als de bokser uit Pimlico, toen zijn voeten licht waren maar zijn woorden ernstig, ondoorgrondelijk maar nieuwsgierig naar andermans lichaamstaal – iemand met een goede tegenstoot, iemand die scherp observeerde, om vervolgens de stijl van de ander na te bootsen. Pas veel later zou ik het verband leggen tussen zijn ervaring met deze verdovende middelen en het feit dat hij de epilepsie van mijn zus had herkend.

Toen ik met hem ging samenwerken waren de hoogtijdagen van het drogeren bijna geteld. Jaarlijks werden de hondenraces door vierendertig miljoen mensen bezocht. Maar omdat de clubs nu speeksel- en urinetests invoerden, moest De Schicht een andere oplossing vinden om te voorkomen dat de weddenschappen voortaan louter gebaseerd zouden zijn op logica en talent. Vanaf dat moment zette De Schicht clandestiene camouflagehonden in om verwarring te zaaien en het toeval terug te brengen op de baan, en ik raakte nauw betrokken bij zijn plannen, vergezelde hem zo vaak mogelijk op zijn boot, die door de getijdenstroom Londen in of uit werd gevoerd op die nachtelijke tochten waarnaar ik soms nog steeds terugverlang.

Het was een verzengende zomer geweest. We waren niet altijd aangewezen op de mosselboot. Soms haalden we vier of vijf honden op bij een goed verborgen schuilkelder in Ealing Park Gardens en reden we Londen uit met die honden op de achterbank, waar ze uitdrukkingsloos als vorsten uit de raampjes van de Morris staarden. We lieten ze op het sportveld van een provinciestadje tegen de plaatselijke honden lopen, keken hoe ze als koolwitjes over de uitgezette baan dartelden, en als we dan terugreden naar Londen had De Schicht meer geld op zak en lagen de honden uitgeput achterin. Rennen wilden ze altijd wel, het maakte niet uit welke kant op.

Of onze geïmporteerde camouflagehonden geboren renners waren of zouden bezwijken aan een ziekte wisten we nooit. Maar de anderen ook niet, en daarin zat de financiële kracht. Het enige wat we wisten over de honden die op onze achterbank lagen te luieren als we onderweg waren naar Somerset of Cheshire, was dat ze net van de boot kwamen. De Schicht zette nooit op ze in. Ze waren de nutteloze kaarten in een kaartspel die een favoriet moesten verhullen. Overal schoten amateurbanen als paddenstoelen uit de grond, en zodra we bericht kregen over een nieuwe, gingen we eropaf. Dan zat ik te hannesen met een grote vouwkaart van de omgeving, op zoek naar een dorp of vluchtelingenkamp met een illegale derderangsrenbaan. Bij sommige van die banen joegen de honden op een bosje duivenveren dat vastzat aan een tak die door een auto over een open veld werd gesleurd. Bij een van de banen die we bezochten werd een kunstrat gebruikt.

Ik weet nog dat De Schicht, als hij tijdens die ritten voor een stoplicht moest wachten, altijd achteroverleunde om de angstige dieren zachtjes te aaien. Ik geloof niet dat hij dat deed omdat hij zo van honden hield. Maar hij wist dat ze nog maar een dag eerder op Engelse bodem waren gestapt. Misschien dacht hij dat ze er rustig van zouden worden, dat ze dan vonden dat ze hem iets verschuldigd waren als ze een paar uur later voor hem over die verre banen raasden. Ze zouden maar korte tijd bij hem zijn: aan het eind van de dag gingen er minder honden mee terug naar Londen, want een aantal van hen bleef gewoon doorrennen en verdween voorgoed in het bos. Hij verkocht er een paar aan een dominee uit Yeovil of misschien aan iemand uit het Poolse vluchtelingenkamp in Doddington Park. De Schicht hechtte geen enkele sentimentele waarde aan afstamming of eigendom. Hij deed net zo badinerend over de stambomen van honden als over die van mensen. 'Het is nooit je familie die voor problemen zorgt,' verkondigde hij, alsof hij een citaat uit het boek Job aanhaalde dat tot dan toe gek genoeg over het hoofd was gezien, 'maar die verdomde bloedverwanten! Links laten liggen, die lui! Je moet uitzoeken wie een waardevolle vader kan zijn. Het is belangrijk om edele stambomen te bezoedelen met wisselkinderen.' De Schicht had nooit contact gehouden met zijn eigen familie. Per slot van rekening had die hem op zijn zestiende min of meer verkocht aan de boksringen van Pimlico.

Op een avond kwam hij Ruvigny Gardens 13 binnen met een zwaar boek dat hij met enige moeite had weggehaald uit een plaatselijk postkantoor, waar het met een ketting aan de toonbank was bevestigd. Het was een register met de namen van alle personen die werden verdacht van strafbare feiten, uitgegeven door de windhondenvereniging die het publiek graag wilde waarschuwen voor 'renbaanzwendel'. Naast arrestatiefoto's, waar de geportretteerde soms wazig, soms ijdel op stond, was er een overzicht van incidenten die varieerden van vervalsing en het afdrukken van totoformulieren tot gerommel met verdovende middelen, wedstrijdmanipulatie en zakkenrollen, en er werd zelfs gewaarschuwd voor personen die zich in de menigte begaven met de intentie mannen te verleiden. De Schicht vroeg of Rachel en ik de driehonderd pagina's met criminelen wilden doorbladeren om te zien of hij ertussen stond. Maar natuurlijk stond hij er niet tussen. 'Ze hebben geen flauw idee wie ik ben!' riep hij trots.

Inmiddels was hij zeer bedreven in het omzeilen van de regels voor hondenraces. Ooit biechtte hij ietwat verlegen een verhaal op over de eerste keer dat hij de regels had overtreden. Tijdens een race had hij een levende kat de baan op gegooid. De hond waar hij zijn geld op had ingezet – de eerste en laatste keer dat hij had gewed – was in de eerste bocht tegen een hek gebotst. Nu was er een kat voor de andere honden gegooid, die zo waren afgeleid dat alleen de kunsthaas de race nog voortzette, geholpen door een 2pk-motor op 1500 toeren per minuut. De race werd ongeldig verklaard en de kat verdween, net als De Schicht nadat die zijn inleg had teruggekregen.

Geen van zijn vriendinnen wilde hem ooit vergezellen op deze excursies buiten de stad, maar omdat ik nooit van mijn leven een hond had gehad, zat ik graag achterin met hun snuit, die gevoelig was voor lichaamswarmte, op mijn schouder. Ze waren levendig, speels gezelschap voor een eenzelvige jongen.

Toen we rond de schemering de stad weer binnenreden, lagen de honden tegen elkaar aan te slapen. Zelfs van de helle stadsverlichting werden ze niet wakker, zelfs van de broodkorst niet die De Schicht een half uur eerder over zijn schouder had gegooid. De Schicht bleek een etentje te hebben dat hij niet wilde afzeggen en haalde me over om de honden met zijn Morris terug te brengen naar de schuilkelder in Ealing Park Gardens. Hij zou me eeuwig dankbaar zijn. Ik zette hem af bij een metrostation waar hij zijn nieuwste maîtresse zou treffen, met de geur van windhonden nog in zijn kleren. Ik had geen rijbewijs, maar ik had wel een auto. En dus reed ik met de honden vanuit de krochten van de stad richting Mill Hill.

Ik had met Agnes afgesproken in het zoveelste lege huis en draaide bij aankomst de autoraampjes op een kiertje, zodat de honden frisse lucht kregen. Ik liep naar het huis, en toen ik me omdraaide zag ik dat ze me intens zielig aankeken, een toonbeeld van teleurstelling. Agnes deed open. 'Wacht even,' zei ik. Ik rende terug en nam de honden mee het voortuintje in, zodat ze konden plassen. Toen ik ze terugdreef naar de Morris, stelde Agnes voor om met zijn allen naar binnen te gaan. Zonder aarzelen zoefden de honden langs me heen en sprongen de donkerte van het huis in.

We legden de sleutels bij de voordeur op de grond en gingen het opgewonden geblaf achterna. Ook in dit drie verdiepingen hoge huis konden we geen licht aandoen. Dit was het grootste huis waar we allebei ooit waren geweest, en het was nog intact.

Haar broer was een stapje opgeklommen in het naoorlogse onroerend goed. Op de blauwe gasring warmden we twee blikjes soep op, waarna we een plekje op de eerste verdieping zochten waar we elkaar konden zien en konden praten in het schijnsel van een straatlantaarn. We voelden ons nu meer op ons gemak, de spanning over wat er tussen ons zou gaan of zou kunnen of juist niet mocht gebeuren was een beetje geluwd. We namen slokjes van de soep. De honden renden de kamer in en uit. We hadden elkaar al een tijdje niet gezien, en onze hoop dat er een vurige nacht zou volgen kwam uit, maar op een andere manier dan we hadden verwacht. Ik wist niet genoeg over het verleden van Agnes, maar zoals ik al zei had er in mijn ouderlijk huis nooit een hond rondgelopen, en nu, in de grote, halfdonkere kamers van dit geleende huis, werkten we ze tegen de grond, hun lange snuit warm tegen ons blote hart. We renden van de ene kamer naar de andere, meden de ramen waar straatverlichting doorheen viel en communiceerden met fluitsignalen. Een van de honden belandde tegelijkertijd in haar armen en de mijne. Ze hief haar gezicht op naar het plafond en jankte erdoorheen naar de maan. In het halflicht leken de honden net bleke miereneters. We volgden ze naar verre kamers. We kwamen ze tegen als ze afdaalden van de smalle, donkere trap.

'Waar ben je?'

'Achter je.'

Een van de vensters vulde zich met het licht van koplampen en ik zag Agnes, ontbloot tot aan haar middel, met op haar heup een bungelende hond die ze naar een lagere overloop tilde – de hond waarvan we hadden ontdekt dat hij bang was voor trappen: een memorabel moment uit mijn leven, veilig opgeborgen in de weinige herinneringen die ik aan die tijd heb, zo half-enhalf gearchiveerd en gecategoriseerd. Agnes, met hond. Anders dan andere herinneringen is deze voorzien van een datum en locatie – het was een van de laatste dagen van die verzengende zomer – en ik zou graag weten of die jeugdvriendin van lang geleden het zich nog herinnert, of ze nog terugdenkt aan die geleende huizen overal in Noord- en Oost-Londen, en aan het huis met drie verdiepingen in Mill Hill, waar we tegen honden aan botsten die door het dolle heen waren na urenlang achter in een auto te hebben gezeten en die nu op hun racepoten de onbeklede trap op en af trippelden, alsof ze hoge hakken aanhadden. Het leek wel alsof Agnes en ik al onze andere verlangens hadden afgeschud en alleen nog maar mee wilden rennen met hun hoge geblaf en vruchteloze viriliteit.

We waren gereduceerd tot bedienden, tot butlers die kommen neerzetten met vers water dat ze bijzonder ongracieus opslobberden of die restanten van hun achterovergedrukte broodjes in de lucht gooiden, zodat ze opsprongen tot op ooghoogte. Ze trokken zich niets aan van de donder toen die kwam, maar toen het begon te regenen, hielden ze ineens stil en vlogen ze naar de grote ramen om met een schuine kop naar het bijna subliminale getik te luisteren. 'Laten we vannacht hier blijven,' zei ze. En toen de dieren zich oprolden om te gaan slapen, gingen wij naast ze op de grond liggen alsof dit, al die honden om ons heen, het leven was waarnaar we verlangden, het gezelschap dat we wensten – een wild, overbodig, cruciaal, onvergetelijk menselijk moment uit die periode in Londen. Toen ik wakker werd, lag een van de honden met zijn smalle, slapende snuit vlak naast me, kalm ademend in mijn gezicht, druk met zijn dromen. Hij hoorde aan de verandering in mijn ademhaling dat ik niet meer sliep en deed zijn ogen open. Daarna veranderde hij van houding en legde zijn poot zachtjes op mijn voorhoofd, als een uiting van zorgzaam mededogen of van superioriteit. Het voelde als wijsheid. 'Waar kom je vandaan?' vroeg ik. 'Uit welk land? Kun je me dat vertellen?' Ik draaide me om en zag dat Agnes, aangekleed en wel, met haar handen in haar zakken naar me stond te kijken.

Agnes van World's End. Van Agnes Street, van Mill Hill en Limeburner's Yard, waar ze die cocktailjurk was kwijtgeraakt. Toen al wist ik dat ik dit deel van mijn leven verborgen moest houden voor De Schicht en De Mot. Zij hoorden bij de wereld waarin ik leefde sinds mijn ouders waren verdwenen. En Agnes bij de wereld waarin ik nu in mijn eentje mijn toevlucht zocht.

•

De herfst was aangebroken. De renbanen en sportvelden gingen dicht en wij moesten weer naar school. Maar ik was nog steeds zo nauw betrokken bij de wereld van De Schicht, en zo belangrijk als tussenpersoon, dat hij me zonder al te veel moeite wist over te halen om te spijbelen toen school weer begon. Aanvankelijk miste ik maar twee lesdagen per week, maar al snel wendde ik allerhande ziektes voor, van de bof waar ik net over had gelezen tot een willekeurige ziekte die op dat moment toevallig heerste, en met mijn nieuwe contacten kon ik vervalste brieven over mijn fysieke gesteldheid overleggen. Rachel wist hier tot op zekere hoogte van af, zeker toen het drie dagen per week waren geworden, maar De Schicht zei dat ik het niet aan De Mot moest vertellen, begeleid door dat ingewikkelde handgebaar waarvan ik inmiddels wist wat het betekende. Hoe dan ook, dit werk was intrigerender dan blokken voor mijn eindexamen, waar ik eigenlijk mijn tijd aan hoorde te besteden.

De mosselboot van De Schicht voer uit met een nieuw doel. Hij transporteerde nu Europees porselein voor 'de respectabele havenkoopman'. Volle kisten waren een hanteerbaarder lading dan windhonden, maar hij beweerde dat hij het niet alleen kon vanwege zijn slechte rug: 'Te veel staande seks in donkere stallen of doodlopende steegjes...' Hij gooide het eruit als een spectaculair weetje. En dus haalde hij Rachel over om voor een paar shilling zakgeld in het weekend mee te varen op onze boot. Ditmaal voeren we over smalle kanalen die vanaf de Theems naar het noorden liepen en waarvan we tot dan toe niet wisten dat ze bestonden. Elke reis had een ander vertrekpunt en einddoel. De ene keer was het de achteringang van het douanekantoor in Canning Town, de andere keer dobberden we over de ondiepe vaarten bij Rotherhithe Mill. We hadden geen twintig honden meer die we stil moesten zien te krijgen, en het werk gebeurde overdag, in de stilte van de herfst. De dagen werden kouder.

Doordat ik zo veel met De Schicht optrok, voelde ik me nu bij hem op mijn gemak. Als de boot op zondagochtend onder de bomen door gleed, zat hij op een kist de kranten af te speuren naar schandaaltjes in de hogere kringen, en de pareltjes las hij hardop voor. 'Nathaniel! De graaf van Wiltshire heeft zichzelf per ongeluk verstikt doordat hij halfnaakt een touw om zijn hals had gebonden en het andere eind aan een grote grasmaaier had vastgemaakt...' Hij weigerde uit te leggen waarom iemand van adel zoiets zou doen. Hoe dan ook, doordat het gazon afliep, was de grasmaaier onverstoorbaar naar beneden gerold en had hij het half ontklede lichaam van de graaf meegesleurd en gewurgd. De grasmaaier, zo sloot de *News of the World* af, was al drie generaties in de familie van de graaf. Mijn serieuzere zus besteedde geen aandacht aan dergelijke verhalen en concentreerde zich op het uit haar hoofd leren van haar tekst in *Julius Caesar*, omdat ze dat semester Marcus Antonius zou spelen in het toneelstuk van school. Inmiddels ging ik er helemaal van uit dat ik zou zakken voor mijn eindexamen en ik stak geen energie meer in het herlezen van *Swallows and Amazons*, dat 'flutboek', zoals De Schicht het had genoemd.

Nu en dan leunde hij met zijn hoofd achterover en probeerde hij een gesprek met me aan te knopen, waarbij hij zijn betrokkenheid toonde door te vragen hoe het op school ging.

'Prima,' zei ik dan.

'En met wiskunde – weet je wat een gelijkbenige driehoek is?'

'Ja, natuurlijk.'

'Mooi zo.'

Niet dat we op die jonge leeftijd worden geraakt door iets als betrokkenheid, of die nu geveinsd is of niet. Maar nu, achteraf gezien, ontroert het me.

We stuurden onze boot een geul in die steeds smaller werd. De sfeer was nu anders; het zonlicht viel door de vergelende bladeren, de geur van natte aarde steeg op uit de rivieroevers. Bij Limehouse Reach, waar volgens De Schicht eeuwen geleden ongebluste kalk werd gemaakt, hadden we de boot volgeladen met kisten. Immigranten uit India waren daar aan wal gegaan en het nieuwe land binnengetreden zonder dat ze de plaatselijke taal spraken. Ik vertelde De Schicht dat ik op de radio een aflevering van Sherlock Holmes had gehoord, getiteld 'De man met de opgekrulde lip', die zich afspeelde op de plek waar we die ochtend het porselein hadden ingeladen, maar hij schudde bedenkelijk zijn hoofd, alsof literatuur niets van doen had met de wereld waarin hij thuishoorde. De enige boeken die ik hem had zien lezen waren cowboyverhalen en pikante romannetjes, in het bijzonder een werkje waarin beide genres zich verenigden, getiteld *Het Wulpse Westen*.

Op sommige middagen moesten we de boot door het steeds smaller wordende Romford Canal loodsen, en dan stonden mijn zus en ik elk aan een kant van het dek aanwijzingen te roepen naar De Schicht, die aan het roer stond. De laatste honderd meter van de geul waren bijna helemaal overwoekerd. Aan het eind stond een vrachtwagen te wachten, met twee mannen die naar de boot toe kwamen en zwijgend de kisten van boord haalden; De Schicht gaf amper een teken van herkenning. Toen lieten we de boot achteruitgaan, als een hond die in een hoek wordt gedreven, tot de vaargeul na ongeveer een kwart mijl weer breder werd.

Romford Canal was slechts een van onze bestemmingen. Een andere reis voerde ons over het Gunpowder Mills Canal. In het verleden hadden daar alleen ondiepe schuiten gevaren die munitie vervoerden. Het onschuldig ogende kanaal was bijna tweehonderd jaar lang voor dit doel gebruikt, want het kwam uit bij Waltham Abbey, een vriendelijk bouwwerk waar al in de twaalfde eeuw monniken woonden. Tijdens de laatste oorlog hadden er duizenden mensen op het terrein van de abdij gewerkt, en de explosieven die er vandaan kwamen waren langs deze nog steeds bestaande geulen en zijrivieren naar de Theems vervoerd. Het was altijd minder gevaarlijk om munitie over stille waterwegen te vervoeren dan over de openbare weg. Soms werden de trekschuiten getrokken door paarden, soms door groepen mannen aan weerszijden van het kanaal.

Maar nu waren de munitiefabrieken ontmanteld en slibden de ongebruikte kanalen dicht, zodat ze steeds smaller werden tussen hun overwoekerde oevers. En nu dreven Rachel en ik, de handlangers van De Schicht, elk weekend door de stilte van die waterwegen, luisterend naar een nieuwe generatie vogelgeluiden. Wat we vervoerden was waarschijnlijk niet gevaarlijk, maar echt zeker wisten we dat nooit. En met al die telkens wisselende routes en bestemmingen geloofden Rachel en ik De Schicht niet meer helemaal als hij vertelde dat we Europees porselein bezorgden om de handelaar terug te betalen die hem tijdens het hondenrenseizoen zijn boot had uitgeleend.

Hoe dan ook, tot het weer te guur werd voeren we door die zelden gebruikte waterwegen en stuurden we de boot over de versmallende rivieren. De Schicht zonder overhemd, zijn witte, geribde borstkas ontbloot in de oktoberzon, en mijn zus studerend op de momenten in *Julius Caesar* waarop ze op en af moest. Tot de bruine bakstenen van Waltham Abbey in zicht kwamen.

We manoeuvreerden de boot naar de oever en hoorden wederom fluitsignalen, waarop er wederom mannen verschenen die onze kisten op een nabij geparkeerde vrachtwagen laadden. Ook ditmaal werd er geen woord gewisseld. De Schicht stond daar half ontkleed en keek hen aan zonder teken van herkenning of knikje met zijn hoofd. Zijn hand lag op mijn schouder, wat mij verbond met hem, of hem met mij, en dat gaf me een veilig gevoel. De mannen vertrokken; onder de overhangende takken hobbelde de vrachtwagen over een zandweggetje uit het zicht. Die twee tieners op de boot, de ene gebogen over haar huiswerk, de andere met een slordige schoolpet op, moeten er volstrekt onschuldig hebben uitgezien.

Hoe zat ons gezin nu eigenlijk in elkaar? Achteraf gezien waren Rachel en ik bijna even anoniem als de honden met hun gefingeerde papieren. Net als zij hadden we ons bevrijd, golden voor ons minder regels, was er minder orde. Maar wat waren we geworden? Als je niet goed weet welke kant je als jongere op moet, word je later soms niet zozeer geremd, zoals je misschien zou verwachten, maar eerder clandestien: je merkt dat je al snel onzichtbaar bent, niet wordt herkend in de wereld. Wie was Knoop nu? Wie was Sijs? Had ik de geniepige trekjes van een dief opgedaan door mijn omgang met Agnes? Of door mijn vele gespijbel om op pad te kunnen gaan met De Schicht? Niet voor de lol of uit brutaliteit, maar om de spanning en het gevaar? Toen mijn rapport kwam, zette ik een ketel water op en stoomde de officiele envelop open om te kijken wat voor cijfers ik had. Uit de opmerkingen van de leraren sprak zo'n diepe minachting dat ik het niet aan De Mot durfde te geven, die het zou bewaren voor als mijn ouders terugkwamen. Ik verbrandde het op het gasfornuis. Er stond domweg te veel informatie in. De dagen dat ik van school was weggebleven waren niet meer te tellen. En woorden als 'matig' keerden als een refrein terug in bijna elke opmerking. Ik veegde de as op een van de traptreden onder de loper, alsof ik de resten terugdeed in de envelop, en die hele week klaagde ik dat mijn rapport maar niet kwam, terwijl dat van Rachel er allang was.

De meeste wetten die ik in die periode van mijn leven overtrad waren onbeduidend. Agnes pikte eten uit de restaurants waar ze werkte, tot ze op een avond voor ze van haar werk vertrok een dikke plak bevroren ham onder haar oksel verstopte. Toen ze werd opgehouden omdat ze op het laatste moment nog een paar klusjes moest doen, raakte ze onderkoeld en viel ze flauw bij de ingang, waardoor de ham vanonder haar blouse op het linoleum gleed. Op de een of andere manier was iedereen zo bezorgd – ze was zeer geliefd – dat haar werkgevers het vergrijp door de vingers zagen.

De Mot bleef ons maar herinneren aan de schwer en hamerde erop dat we ons moesten voorbereiden op moeilijke tijden. Maar ik huppelde over alles heen wat ingewikkeld of onverteerbaar zou kunnen zijn, zonder er een gedachte aan vuil te maken. De illegale wereld voelde voor mij eerder magisch dan gevaarlijk. Zelfs dat De Schicht me voorstelde aan iemand als de Grote Vervalser van Letchworth vond ik vooral opwindend, net als de telkens veranderende regels van Agnes.

Onze ouders waren inmiddels langer weg dan het afgesproken jaar – en de waterpas in Rachel, of wat het ook mocht zijn, was gekanteld. Ze was nu een nachtmens. De Mot beval haar bij zijn vriendin de operazangeres aan voor een avondbaantje in Covent Garden. Rachel was in de ban van alles wat met het podium te maken had – de slappe metalen plaat die het geluid van donder voortbracht, valluiken, toneelrook, de blauwe reflecties van de schijnwerpers. Net zoals ik door De Schicht was veranderd, bloeide Rachel nu op in de theaterwereld; ze werd souffleur, niet om de tenoren op weg te helpen met hun Franse of Italiaanse aria's, maar voor de rekwisietenafdeling, die een teken nodig had om het podium op te snellen met stoffen rivieren of om in zestig seconden duisternis een stadsmuur te ontmantelen. We ervoeren onze dagen en nachten dan ook niet als die periode vol schwer waarvoor De Mot ons had gewaarschuwd. Voor ons waren het wonderbaarlijke poorten naar de wereld.

Eén keer nam ik na een lange avond met Agnes de ondergrondse naar huis. Ik moest heel vaak overstappen om weer in het centrum van Londen te komen en ik was slaperig. Op Aldwych stapte ik uit de Piccadilly-lijn en nam een lift waarvan ik wist dat hij rammelend en schuddend vanuit de diepte van het metrostation drie niveaus omhoogging. Die verlaten liftkooi bood tijdens het spitsuur plaats aan zeker vijftig forenzen, maar nu was ik de enige. In het midden hing een zwakke bollamp. Na mij stapte een man met een wandelstok in, gevolgd door nog een man. Het schaarhek ging dicht en de lift steeg langzaam op in het donker. Elke tien seconden, als we langs een verdieping kwamen, zag ik ze naar me kijken. Een van hen was de man die een paar weken eerder bij Agnes en mij in de bus was gestapt. Hij zwaaide met zijn stok en verbrijzelde de gloeilamp, terwijl de ander aan de noodrem trok. Er ging een alarm af. De remmen blokkeerden. Ineens hingen we stil in de lucht en probeerden we stuiterend op onze voorvoeten ons evenwicht te bewaren in die donkere, bungelende kooi.

Mijn verveelde avonden in het Criterion waren mijn redding. Ik wist dat de meeste liften op schouder- of enkelhoogte een schakelaar hadden om de rem mee te ontgrendelen. Een van de twee. Beide mannen kwamen op me af en ik week achteruit, naar een hoek van de kooi. Ik voelde de schakelaar bij mijn enkel en trapte de geblokkeerde rem los. Er begonnen rode lichten te knipperen in onze kooi. De lift kwam weer in beweging en toen schaarden de deuren op straatniveau open. De mannen deden een stap naar achteren en de ene smeet zijn stok midden op de vloer. Ik rende de nacht in.

Een beetje lacherig van schrik kwam ik thuis. Daar trof ik De Mot aan en ik vertelde hem over mijn slimme ontsnapping – mijn baantje als liftboy had zijn vruchten afgeworpen. Ze dachten zeker dat ik geld had, zei ik.

•

De dag daarop kwam ene Arthur McCash stilletjes ons huis binnen. De Mot stelde hem voor als een vriend die hij voor het avondeten had uitgenodigd. Hij was lang en graatmager. Bril op. Dikke bos bruin haar. Zo iemand van wie je wist dat hij er altijd uit zou blijven zien als een jongen in zijn laatste studiejaar. Iets te tenger voor groepssporten. Squash misschien. Maar die eerste indruk bleek niet te kloppen. Ik weet nog dat hij die avond bij ons aan tafel de enige was die een oude fles mosterd open kreeg. Hij draaide hem achteloos open en zette hem op tafel. Doordat hij zijn mouwen had opgerold, zag ik de krachtige spierbundels op zijn armen.

Wat wisten of ontdekten we nou eigenlijk helemaal over Arthur McCash? Hij sprak Frans, en nog meer talen, al zei hij nooit iets over die gave. Misschien dacht hij dat hij ermee geplaagd zou worden. Er ging zelfs een gerucht – of was het een grap? – dat hij Esperanto kende, die zogenaamd universele taal die niemand sprak. Olive Lawrence, die Aramees sprak, had zulke kennis misschien wel kunnen waarderen, maar zij was al uit ons leven verdwenen. McCash beweerde dat hij onlangs in de Levant was geweest voor onderzoek naar gewassen. Later kreeg ik te horen dat het personage Simon Boulderstone in Olivia Mannings Balkan-trilogie mogelijk op hem was gebaseerd. Achteraf zou ik het bijna geloven – hij leek uit een ander tijdperk te komen, zo'n Engelsman die gelukkiger is in een woestijnklimaat.

In tegenstelling tot de andere bezoekers was McCash stil en bescheiden. Hij slaagde er altijd in zich te installeren naast degene die het hardst tekeerging – dan werd er van hem tenminste niet verwacht dat hij zich in het gesprek zou mengen. Om dubieuze grappen knikte hij goedkeurend, al maakte hij ze zelf nooit – behalve toen hij op een avond, mogelijk onder invloed, tot onze verrassing een limerick ten gehore bracht waarin Alfred Lunt en Noël Coward voorkwamen en die de hele kamer schokte. De volgende dag al konden ook degenen die bij hem in de buurt hadden gezeten zich niet meer precies herinneren hoe de limerick ging.

Arthur McCash zette mijn ideeën over de bezigheden van De Mot op losse schroeven. Wat had hij in dit gezelschap te zoeken? Hij leek heel anders dan de rest van die eigenzinnige groep, gedroeg zich alsof hij machteloos was en geen eigenwaarde had, of juist zo veel dat hij er niet mee te koop wilde lopen. Hij hield zich op de vlakte. Nu pas zie ik in dat het misschien met verlegenheid te maken had, dat hij mogelijk zelfs een andere persoonlijkheid verborgen hield. Rachel en ik waren niet de enigen die jong waren.

Ik weet nog steeds niet hoe oud deze figuren die bezit hadden genomen van ons huis precies waren. Jonge ogen kunnen leeftijden nooit goed schatten, en ik denk dat de oorlog het nog moeilijker had gemaakt om leeftijden of sociale klassen te herkennen. Wij hadden het idee dat De Mot net zo oud was als mijn ouders en De Schicht een paar jaar jonger, maar alleen omdat hij zich minder goed liet sturen. Olive Lawrence schatten we nog weer jonger. Ik denk dat ze die indruk wekte omdat ze altijd om zich heen keek, op zoek naar iets om op af te gaan, iets wat haar volledig in beslag zou nemen en haar leven een nieuwe wending zou geven. Ze stond open voor nieuwe dingen. Het zou ons niets verbazen als ze tien jaar later een heel ander gevoel voor humor had, terwijl De Schicht, die weliswaar vol schimmige verrassingen zat, duidelijk een pad volgde dat hij al jaren geleden had platgetreden. Hij was onverbeterlijk, dat was zijn charme. Dat maakte hem in onze ogen veilig.

Toen ik op een middag op Victoria Station uit de trein stapte, voelde ik een hand op mijn schouder. 'Kom, Nathaniel. We gaan een kop thee drinken. Zal ik je schooltas nemen? Die ziet er zwaar uit.' Arthur McCash pakte mijn tas beet en liep naar een van de stationsrestauraties. 'Wat lees je voor boeken?' vroeg hij over zijn schouder, terwijl hij stevig doorliep. Hij haalde twee scones en thee. We gingen zitten. Hij veegde het tafelzeil schoon met een papieren servetje en zette daarna zijn ellebogen erop. Ik kon alleen maar denken aan hoe hij achter me was opgedoken, zijn hand op mijn schouder had gelegd en mijn tas had overgenomen. Dat waren geen normale handelingen voor iemand die in feite een vreemde voor me was. Boven ons hoofd gingen de treinaankondigingen luid en onverstaanbaar door.

'Mijn favoriete schrijvers zijn Frans,' zei hij. 'Spreek jij Frans?'

Ik schudde mijn hoofd. 'Mijn moeder spreekt Frans,' zei ik. 'Maar ik weet niet waar ze is.' Het verraste me dat dat er zo makkelijk uit kwam.

Hij bekeek de zijkant van zijn kopje. Even later bracht hij het omhoog en dronk langzaam van de hete thee, terwijl hij me over de rand aankeek. Ik keek terug. Hij was een kennis van De Mot, hij was in ons huis geweest.

'Ik moet je eens een Sherlock Holmes geven,' zei hij. 'Die vind je vast goed.'

'Ik heb hem op de radio gehoord.'

'Maar je moet hem ook lezen.' Toen begon hij als in trance iets te citeren, met hoge, ingehouden stem.

'Het verbaasde me je daar aan te treffen, Holmes.'

'Ik was even verbaasd om jou te zien.'

'Ik was op zoek naar een vriend.'

'En ik naar een vijand.'

De zwijgzame McCash werd geestdriftig van zijn eigen toneelstukje, waardoor de zinnen iets grappigs kregen.

'Ik hoorde dat je benarde momenten hebt beleefd in de lift van de ondergrondse... Walter heeft me erover verteld.' En vervolgens hoorde hij me er uitvoerig over uit, over waar het precies was gebeurd en hoe de mannen eruitzagen. Toen, na een korte stilte, zei hij: 'Je moeder maakt zich vast zorgen, denk je niet? Dat je 's avonds zo laat op pad bent?'

Ik keek hem ongelovig aan. 'Waar is ze dan?'

'Je moeder is weg. Ze doet iets belangrijks.'

'Waar is ze dan? Loopt ze gevaar?'

Hij maakte een gebaar alsof hij zijn lippen verzegelde en stond op.

Ik was van slag. 'Moet ik het tegen mijn zus zeggen?'

'Ik heb Rachel al gesproken,' zei hij. 'Je moeder maakt het goed. Maar wees voorzichtig.'

Ik keek hem na tot hij opging in de stationsmenigte.

Het voelde alsof ik het allemaal ter plekke had gedroomd. Toen hij echter de volgende dag weer naar Ruvigny Gardens kwam, stopte hij me een pocket met verhalen van Conan Doyle toe, en ik begon ze te lezen. Maar hoe nieuwsgierig ik ook was naar verklaringen voor wat er in ons leven gebeurde, voor mij waren er geen mistige straten of achterafsteegjes waar ik aanwijzingen kon vinden over de verblijfplaats van mijn moeder, of over de reden dat Arthur McCash bij ons over de vloer kwam.

•

'Vaak lag ik de hele nacht wakker, verlangend naar een grote parel.'

Ik sliep bijna. 'Wat?' zei ik.

'Dat komt uit een boek. Over het verlangen van een oude man. Ik ben het nooit vergeten. Elke avond zeg ik het hardop tegen mezelf.' Het hoofd van Agnes op mijn schouder, haar ogen die door het donker naar me keken. 'Vertel jij ook eens iets,' fluisterde ze. 'Iets wat je nooit bent vergeten... zoiets als dit.'

'Ik... ik weet zo gauw niets.'

'Het maakt niet uit wat. Wie je leuk vindt. Wat je leuk vindt.'

'Mijn zus, misschien.'

'Wat vind je leuk aan haar?'

Ik haalde mijn schouders op, een beweging die ze voelde. 'Ik weet niet. We zien elkaar de laatste tijd nauwelijks meer. Ik denk dat we ons veilig voelden bij elkaar.'

'Bedoel je dan dat je je doorgaans niet veilig voelt?'

'Ik weet niet.'

'Waarom voel je je niet veilig? En nou niet alleen je schouders ophalen.'

Ik staarde naar het donker in die grote lege kamer waar we sliepen.

'Wat zijn je ouders voor mensen, Nathaniel?'

'O, prima lui. Hij werkt in het centrum.'

'Misschien kun je me een keer bij je thuis uitnodigen?'

'Oké.'

'Wanneer dan?'

'Ik weet niet. Ik denk niet dat je ze leuk zult vinden.'

'Dus het zijn prima lui, maar ik zal ze niet leuk vinden?'

Ik lachte. 'Ze zijn gewoon niet zo interessant,' zei ik.

'Net als ik?'

'Nee. Jij bent wel interessant.'

'In welke zin?'

'Dat weet ik niet zo goed.'

Ze zweeg.

'Bij jou heb ik het gevoel dat er van alles kan gebeuren,' zei ik.

'Ik ben een arbeidersmeisje. Ik praat plat. Je wilt me zeker niet aan je ouders voorstellen.'

'Je snapt het niet, het is momenteel zo raar bij ons thuis. Echt heel raar.'

'Hoezo?'

'Er zijn altijd mensen. Rare mensen.'

'Dan voel ik me er vast wel thuis.' Weer zweeg ze, wachtend tot ik antwoord zou geven. 'Kom je bij mij? Om mijn ouders te ontmoeten?'

'Ja.'

'Ja?'

'Ja. Dat zou ik leuk vinden.'

'Dat verbaast me. Je wilt niet dat ik bij jou thuis kom, maar je komt wel bij mij.'

Ik zei niks. En toen: 'Wat heb je toch een mooie stem.'

'Zak in de stront.' Haar hoofd draaide weg in het donker.

Waar waren we die nacht? In welk huis? In welk deel van Londen? Ik had geen flauw idee. Ik wilde bij niemand zo graag zijn als bij haar. En tegelijkertijd was het een opluchting dat het misschien wel voorbij was tussen ons. Want hoewel ik me het meest op mijn gemak voelde bij dit meisje dat me in en uit en door al die huizen had gesleurd, met al die vragen die ze zo vrijuit stelde, werd het steeds lastiger om mijn dubbelleven uit te leggen. Ergens vond ik het wel leuk dat ik niets van haar wist. Ik wist niet hoe haar ouders heetten. Ik had haar nooit gevraagd wat ze deden. Alleen naar haar was ik nieuwsgierig, ook al was Agnes Street niet haar echte naam, maar simpelweg het adres van het eerste huis waar we naartoe gingen in een buurt die ik nu ben vergeten. Ze had me ooit eens schoorvoetend haar echte naam verteld toen we samen aan het werk waren in het restaurant. Ze vond hem niet mooi, had ze gezegd, en wilde een betere, zeker toen ze die van mij had gehoord. Eerst had ze me geplaagd met de bekakte, pretentieuze klank van 'Nathaniel', dat ze zelfs oprekte tot vier lettergrepen. En later, nadat ze me in het bijzijn van de anderen met mijn naam had geplaagd, was ze naar me toe gekomen in de stilte van mijn lunchpauze en had ze gevraagd of ze dat plakje ham van mijn broodje mocht 'lenen'. En ik had met mijn mond vol tanden gestaan.

Dat overkwam me altijd bij haar. Zij was degene die praatte, maar ik wist dat ze er ook naar verlangde om te kunnen luisteren, dat zag ik aan de openheid waarmee ze alles om zich heen tegemoet trad. Bijvoorbeeld dat ze erop had gestaan om de windhonden mee naar binnen te nemen toen ik die avond aankwam met de auto van De Schicht, waarop ze tussen haar benen door waren gesprongen en later hun pijlvormige snoet naar het geluid van onze ademhaling toe hadden gericht toen we in elkaars armen lagen.

Uiteindelijk ging ik inderdaad bij haar ouders eten. Ik moest een paar keer bij haar langs in de keuken van het restaurant voordat ze geloofde dat ik het meende. Blijkbaar voelde ze aan dat ik het alleen maar uit beleefdheid deed. We waren niet meer alleen samen geweest sinds die keer dat ze het in het donker had voorgesteld. Ze woonden in een huurflatje met één slaapkamer, dus ze moest 's avonds haar matras in de woonkamer leggen. Ik zag hoe lief ze was voor haar bedeesde ouders, die zich opgelaten voelden in mijn bijzijn, hoe ze hen op hun gemak wist te stellen. De onstuimigheid en de zucht naar avontuur die ik zag in de Agnes van het werk en van de huizen waar we afspraken, bestonden hier niet. Het viel me nu juist op hoe vastbesloten ze was om aan haar wereld te ontsnappen, door acht uur per dag te werken, door te liegen over haar leeftijd, zodat ze avonddiensten kon draaien zodra de kans zich voordeed.

Ze snoof de wereld om haar heen in zich op. Ze wilde alle vaardigheden leren, alles waar mensen het over hadden. Met mijn zwijgzaamheid was ik waarschijnlijk een ramp voor haar. Ze dacht vast dat ik van nature gereserveerd was, gesloten over mijn angsten, gesloten over mijn familie. Toen kwam ze me op een dag tegen met De Schicht, dus stelde ik hem maar aan haar voor als mijn vader.

De Schicht was de enige van dat bijeengeraapte groepje stamgasten van Ruvigny Gardens die Agnes zou ontmoeten. Ik moest een scenario verzinnen waarin mijn moeder veel moest reizen. Ik loog niet zozeer om haar op een dwaalspoor te brengen, als wel om de pijn weg te nemen die ik haar had bezorgd doordat ik mijn onbegrijpelijke thuissituatie voor haar verborgen hield – en misschien ook voor mezelf. Maar Agnes had genoeg aan de ontmoeting met De Schicht om zich geaccepteerd te voelen. Mijn leven was nu helderder voor haar, al was het er voor mij alleen maar verwarrender op geworden.

In zijn plotselinge nieuwe rol als mijn vader nam De Schicht tegenover Agnes een beschermende, gemoedelijke houding aan. Zij verwonderde zich over zijn manier van doen en vond hem een 'portret'. Op een zaterdag vroeg hij haar mee naar een renbaan, wat voor haar eindelijk verklaarde waarom ik die avond in Mill Hill met vier windhonden was komen aanzetten. 'De mooiste avond van mijn leven, tot nu toe,' mompelde ze tegen hem. Ze vond het heerlijk om met De Schicht te bakkeleien. En ik zag direct wat Olive Lawrence zo in hem had aangetrokken. Als hij zich een dubieuze opmerking permitteerde, liet hij toe dat Agnes zogenaamd zijn keel dichtkneep. Ik werd samen met mijn vader uitgenodigd voor een tweede etentje bij haar bedeesde ouders, en hij bracht een fles buitenlandse drank mee in een poging indruk op hen te maken. Dat deed bijna niemand in die tijd. Zoals de meeste mensen hadden ze niet eens een kurkentrekker, dus nam hij de fles mee naar het balkon en sloeg de hals stuk op de balustrade. 'Kijk goed of er geen glas in zit,' voegde hij er opgewekt aan toe. Hij vroeg zich hardop af of iemand aan tafel ooit geit had gegeten. 'Nathaniels moeder is er dol op,' verkondigde hij. Hij stelde voor om de praatzender op de radio te verruilen voor iets levendigers, met muziek, zodat hij kon dansen met de moeder van Agnes, die doodsbenauwd begon te giechelen en zich vastklampte aan haar stoel. Ik luisterde met gespitste oren naar alles wat hij die avond zei, om te controleren of hij zich niet vergiste in de naam van mijn school, van mijn moeder en de rest van ons verzonnen verhaal – bijvoorbeeld dat mijn moeder nu voor haar werk op de Hebriden zat. De Schicht genoot van deze breedsprakige vaderrol, hoewel hij altijd het liefst anderen aan het praten kreeg.

De ouders vond hij aardig, maar Agnes vond hij geweldig, dus ging ik Agnes ook geweldig vinden. Ik zag andere facetten van haar nu ik haar bekeek door de ogen van De Schicht. Hij had snel door hoe mensen in elkaar zaten. Na het eten liep ze met ons mee de trap van het flatgebouw af naar de auto. 'Natuurlijk! De Morris,' zei ze, 'waar de honden in zaten!' En alle nervositeit die ik misschien nog voelde omdat ik mijn echte vader had vervangen door De Schicht zakte meteen weg. Vanaf dat moment maakten Agnes en ik ons vrolijk om het excentrieke gedrag van mijn vader. En als ik samen met mijn zus en die zogenaamde vader in de geleende boot de Lee op voer, zag ik ons drieën nu dan ook bijna als een geloofwaardig gezin.

Toen De Mot mijn zus een keer ergens mee naartoe wilde nemen in het weekend, opperde ik dat Agnes haar plaats kon innemen op de boot. De Schicht aarzelde even, maar het idee dat deze 'mieterse meid', zoals hij haar noemde, met ons mee zou gaan, stond hem wel aan. Ze had vast wel een vaag idee van het werk dat De Schicht deed, maar ze stond versteld van de locaties waar we haar mee naartoe namen. Dit Engeland kende ze niet. Toen we aankwamen bij Newton's Pool dook ze in haar katoenen jurk van de boot. Waarna ze wit als porselein en bedekt met modder op de kant klauterde. 'Als een windhond die te lang opgesloten heeft gezeten,' hoorde ik hem achter me zeggen. Ik keek alleen maar. Ze gebaarde dat we naar haar toe moesten komen, klom de boot weer in en bleef een tijdje staan; de herfstkou klampte zich in het zonlicht aan haar vast, om haar voeten vormden zich plassen water. 'Geef je overhemd eens,' zei ze. We legden aan en aten onze boterhammen op.

Ik had een tweede kaart in mijn hoofd geprent die me nog steeds helder voor de geest staat, eentje die de waterwegen ten noorden van de Theems indeelt in rivieren, kanalen en vaargeulen. Met drie sluizen waar we twintig minuten moesten wachten terwijl het rivierwater die donkere ruimtes waar we in hingen in of uit stroomde, zodat we naar een andere hoogte zakten of stegen. Agnes was vol ontzag over het draaiende en omhoogkruipende industriële mechaniek dat ons omringde. Het was een splinternieuwe oude wereld voor dit zeventienjarige meisje, dat normaliter werd ingeperkt door haar lage stand en geldgebrek – zaken waar ze waarschijnlijk nooit van zou loskomen – en die zo droevig dat citaat over het verlangen naar de parel had aangehaald. Die weekenden waren haar eerste kennismaking met een landelijke omgeving, en ik wist dat De Schicht voorgoed een plekje in haar hart had veroverd door haar mee te nemen op de boot die voor zover zij wist van hem was. Ze omhelsde me, nog steeds rillend in mijn overhemd, omdat ik haar op dit riviertochtje had uitgenodigd. We voeren onder een baldakijn van bomen door, dat simultaan in het water aan ons voorbijtrok. We gleden de schaduw van een smalle brug in, in stilte omdat het volgens De Schicht ongeluk bracht om onder een brug te praten, te fluiten of zelfs maar te zuchten. De regels die hij uitvaardigde – onder een ladder door lopen bracht geen ongeluk, maar een speelkaart van straat oprapen bracht enorm veel geluk – zijn me altijd bijgebleven, en Agnes misschien ook wel.

Als De Schicht een krant of totoformulier las, spreidde hij het papier altijd uit op één dij, die over de andere was geslagen, en liet hij zijn hoofd op zijn hand rusten, alsof hij moe was. Altijd dezelfde houding. Op een van die riviermiddagen zag ik dat Agnes hem zat te schetsen terwijl hij verzonken was in de verwikkelingen van zijn zondagskrant. Ik stond op, liep achter haar langs en keek in het voorbijgaan onopvallend naar beneden om te zien wat ze had gemaakt. Het zou de enige tekening zijn die ik ooit van haar te zien kreeg, afgezien van het schetsje op het vetvrije papier dat ze me na dat nachtelijke noodweer had gegeven. Maar ze was niet De Schicht aan het tekenen, zoals ik dacht, maar mij. Gewoon een jongen die naar iets of iemand keek. Alsof dit de persoon was die ik eigenlijk was, of misschien zou worden: iemand die niet zo nodig zichzelf hoefde te leren kennen, maar zich liever op anderen richtte. Toen al realiseerde ik me hoeveel waarheid daarin school. Het was geen schets ván mij, maar óver mij. Ik durfde niet te vragen of ik hem beter mocht bekijken en ik heb geen idee wat ermee is gebeurd. Misschien heeft ze hem wel aan 'mijn vader' gegeven, ook al vond ze zichzelf niet bijzonder getalenteerd. Ze had vanaf haar veertiende gewerkt, had haar school nooit afgemaakt en volgde op woensdagavond op een ambachtsschool tekenlessen die haar misschien een kleine kans op ontsnapping zouden bieden. Verkwikt door die andere wereld ging ze de volgende ochtend dan weer aan het werk. Het was het enige pleziertje dat losstond van haar gewone bestaan, waar ze aan alle kanten werd ingesnoerd. Tijdens onze avonden in geleende huizen schrok ze vaak wakker uit een diepe slaap, en als ze mij dan naar haar zag kijken, brak er op haar gezicht een schuldbewuste, verrukkelijke glimlach door. Dat waren denk ik de momenten waarop ik me het sterkst met haar verbonden voelde.

Onze boottochten van dat najaar moeten haar een glimp hebben geboden van een jeugd die voor haar onbereikbaar was: hele weekenden op pad met je vriendje en zijn vader. Agnes bleef maar roepen: 'O, ik ben zo dol op je vader! Jij vast ook!' Vervolgens werd ze weer nieuwsgierig naar mijn moeder. De Schicht, die haar nooit had ontmoet, ging zich te buiten aan overdadige beschrijvingen van haar kapsels en kleding. Toen ik doorkreeg dat hij mijn moeder modelleerde naar Olive Lawrence, kon ik makkelijker meepraten en zijn details aanvullen met de mijne. Dit soort valse informatie droeg eraan bij dat ons leven op de boot nog huiselijker werd. Hoewel de boot spaarzaam was ingericht, bood hij meer meubilair dan de huizen waar Agnes en ik doorgaans afspraken. En inmiddels waren er sluiswachters die ze herkende en naar wie ze zwaaide als we langskwamen. Ze bracht een paar boekjes mee over de bomen en de flora en fauna van vijvers die voor haar tot dan toe naamloos waren geweest. En toen een over Waltham Abbey, zodat ze allerlei informatie kon spuien over wat daar was vervaardigd: schietkatoen in de jaren zestig van de negentiende eeuw, en daarna grendelgeweren, karabijnen, machinepistolen, seinpistolen, mortiergranaten, allemaal gemaakt in dat klooster, slechts enkele kilometers ten noorden van de Theems. Als een spons zoog Agnes informatie op, en na twee tochtjes wist ze al meer over wat zich allemaal in de abdij had afgespeeld dan de sluiswachters die we passeerden. Ze vertelde ons dat het een monnik was geweest, een monnik!, die in de dertiende eeuw schreef over de samenstelling van buskruit, maar omdat hij schrok van zijn eigen ontdekking had hij de details in het Latijn uitgeschreven.

Soms zou ik die momenten in de geulen en kanalen ten noorden van de Theems door andere ogen willen bekijken om te begrijpen wat ons overkwam. Ik had een beschermd leven geleid. Nu mijn ouders hun handen van mij hadden afgetrokken, verslond ik alles om me heen. Wat onze moeder ook deed en waar ze ook was, ik was gek genoeg tevreden. Ook al werden er dingen voor ons achtergehouden.

Ik herinner me dat ik op een avond met Agnes aan het dansen was in een jazzclub in Bromley, The White Hart. Het was druk op de dansvloer en ik meende ergens langs de kant mijn moeder te zien. Ik draaide me met een ruk om, maar ze was al weg. Het enige wat me van dat moment is bijgebleven, is een flits van een gezicht dat me nieuwsgierig bekeek.

'Wat is er? Wat is er?' vroeg Agnes.

'Niks.'

'Vertel nou.'

'Ik dacht dat ik mijn moeder zag.'

'Die zit toch heel ergens anders?'

'Ja, dat dacht ik ook.'

Roerloos en verstijfd stond ik op de deinende dansvloer.

Is dit de manier waarop we de waarheid ontdekken, door ons te ontwikkelen? Door dit soort ongeverifieerde fragmenten bij elkaar te scharrelen? Niet alleen van mijn moeder, maar ook van Agnes, Rachel, Nkoma (waar is die nu?). Zullen al die mensen die voor mij onvolledig en onvindbaar zijn gebleven, helder en duidelijk in beeld verschijnen als ik terugkijk? Hoe overleven we anders die lange weg vol hobbels en bobbels die we in de puberteit hebben moeten afleggen zonder over een waarheidsgetrouw zelfbeeld te beschikken? 'Het draait niet om het ik,' was een halve wijsheid die Olive Lawrence ooit eens tegen me prevelde.

Nu denk ik terug aan die mysterieuze vrachtwagens die ons opwachtten om in stilte de kisten zonder opschrift op te halen, aan de vrouw die me – achteraf gezien met zo veel nieuwsgierigheid en plezier – gadesloeg terwijl ik met Agnes danste. En aan het vertrek van Olive Lawrence, de komst van Arthur McCash, de vele stiltes van De Mot... Gewapend met het heden keer je terug naar die vroegere tijd, en hoe donker die wereld toen ook was, ditmaal kun je haar verlichten. Je neemt je volwassen ik mee. Je beleeft het niet opnieuw, maar bent er opnieuw getuige van. Tenzij je natuurlijk, net als mijn zus, het hele stelletje vervloekt en wraak op ze wilt nemen.

Schwer

Het was bijna Kerstmis en Rachel zat naast me op de achterbank van de Morris. De Mot nam ons met de auto van De Schicht mee naar het kleine Bark Theatre, waar we De Schicht zouden treffen. De Mot had net in een steegje naast het theater geparkeerd toen er een man naast hem in de auto sprong, zijn hoofd van achteren beetpakte, het met een zwiep voorover tegen het stuur en vervolgens tegen de deur sloeg, waarna hij het weer naar achteren trok en de hele handeling herhaalde, terwijl op datzelfde moment iemand anders naast Rachel op de achterbank glipte, een lap tegen haar gezicht drukte en op zijn plek hield terwijl zij tegenstribbelde, zijn blik strak op mij gericht. 'Nathaniel Williams?' Het was de man van de bus, die keer met Agnes, en van die avond in de lift. Rachels lichaam zakte op zijn schoot. Hij strekte zijn arm uit, greep me bij mijn haar en drukte dezelfde lap tegen mijn gezicht met de woorden: 'Nathaniel en Rachel?' Ik wist al dat het chloroform was en hield mijn adem in tot ik naar lucht moest happen. De schwer, zou ik hebben gedacht als ik bij bewustzijn was geweest.

Ik kwam bij in een grote, schaars verlichte kamer. Ik hoorde iemand zingen. Het klonk mijlenver weg. Met mijn lippen probeerde ik de woorden 'de man van de bus' te vormen om het niet te vergeten. Waar was mijn zus? Toen moet ik weer zijn weggezakt. Een hand schudde me wakker in het donker.

'Hallo, Knoop.'

Ik herkende de stem van mijn moeder. Toen hoorde ik haar weglopen. Ik tilde mijn hoofd op en zag dat ze een stoel achter zich aan trok. Aan de andere kant van de kamer zat Arthur McCash ineengedoken aan een lange tafel, met bloed op zijn witte overhemd. Mijn moeder ging naast hem zitten.

'Van wie is dat bloed?' vroeg mijn moeder.

'Van mij. Misschien ook van Walter. Toen ik hem optilde. Zijn hoofd...'

'Niet van Rachel?'

'Nee.'

'Weet je dat zeker?' vroeg ze.

'Het is mijn bloed, Rose.' Het verbaasde me dat hij wist hoe mijn moeder heette. 'Rachel is veilig, ergens in het theater. Ik zag dat ze naar binnen werd gedragen. En de jongen is hier.'

Ze keek over haar schouder naar mij op de bank. Ik denk niet dat ze wist dat ik wakker was. Ze draaide zich weer om naar McCash en zei met gedempte stem: 'Want als dat niet zo is, dan keer ik me publiekelijk tegen jullie, dan zijn jullie geen van allen veilig. Dit was jullie verantwoordelijkheid. Dit was de afspraak. Ik begrijp niet dat ze zo dicht in de buurt van mijn kinderen hebben kunnen komen.'

McCash trok zijn jasje dichter om zich heen, alsof hij zichzelf wilde beschermen. 'We wisten dat ze Nathaniel schaduwden. Een groep uit Joegoslavië. Italianen, misschien. Daar zijn we nog niet achter.'

Toen begonnen ze te praten over plaatsen die ik niet kende. Ze trok de sjaal van haar hals en wikkelde hem als een verband om zijn pols.

'Waar nog meer?'

Hij wees naar zijn borst. 'Vooral hier,' zei hij.

Ze kwam dichterbij. 'Oké. O, oké... oké.' Ze bleef die woorden maar herhalen terwijl ze zijn overhemd openmaakte en lostrok van het al stollende bloed.

Ze pakte een vaas die op tafel stond, trok de paar bloemen eruit en goot het water over zijn ontblote borst, zodat ze de wonden beter kon zien. 'Weer die messen,' mompelde ze. 'Felon heeft me zo vaak gewaarschuwd dat ze achter ons aan zouden komen. Wraak zouden nemen. Als het niet de overlevenden zelf waren, dan wel hun familie, hun kinderen.' Ze depte het bloed van zijn buikwonden op. Ik besefte dat hij die moest hebben opgelopen toen hij Rachel en mij beschermde. 'Mensen vergeten niet. Zelfs kinderen niet. Waarom zouden ze ook...' Ze klonk verbitterd.

McCash zei niets.

'En Walter?'

'Het is zeer de vraag of die het redt. Je moet de kinderen hier weghalen. Misschien lopen er nog meer rond.'

'Ja... Oké. Oké...' Ze kwam naar mij toe, hurkte neer. Ze legde haar hand op mijn wang en kwam toen even naast me op de bank liggen. 'Hallo.'

'Hallo. Waar was je nou?'

'Ik ben er nu weer.'

'Zo'n rare droom...' Ik weet nu niet meer wie van ons dat zei, wie van ons dat in de armen van de ander fluisterde. Ik hoorde Arthur McCash opstaan.

'Ik ga Rachel zoeken.' Hij liep langs ons heen en verdween. Later hoorde ik dat hij alle verdiepingen van dat smalle gebouw af was gegaan om mijn zus te zoeken, die ergens verscholen zat met De Schicht. Eerst kon hij ze niet vinden. Hij liep door de onverlichte gangen, niet wetend of er nog anderen in het gebouw waren die een bedreiging vormden. Hij ging de kamers in en fluisterde 'Sijs', zoals mijn moeder hem had opgedragen. Als er een deur op slot zat, stootte hij hem open. Hij bloedde weer.

Hij luisterde of hij iemand hoorde ademen, zei nog eens 'Sijs', alsof het een wachtwoord was, en gunde haar even de tijd om hem te gaan vertrouwen. 'Sijs.' 'Sijs.' Net zolang tot ze aarzelend 'ja' terugzei, en daar was ze, gehurkt achter een decorstuk dat tegen een muur geleund stond en waarop een landschap was geschilderd, in de armen van De Schicht.

Niet veel later liepen Rachel en ik samen de beklede trap af. In de lobby had zich een klein groepje verzameld: mijn moeder, een handjevol mannen in burger van wie ze zei dat ze ons zouden beschermen, McCash, De Schicht. Twee mannen lagen geboeid op de grond en iets bij hen vandaan lag een derde, half onder een deken, het gezicht bebloed, onherkenbaar, zijn starende ogen op ons gericht. Rachels adem stokte. 'Wie is dat?' Een politieagent bukte zich en trok de deken over het gezicht. Rachel begon te gillen. Toen gooide iemand een jas over haar en mijn hoofd, zodat we incognito naar buiten konden worden gebracht. Ik hoorde Rachels onderdrukte gesnik terwijl we in twee verschillende bestelwagens werden gestopt die ons naar verschillende bestemmingen zouden brengen.

Waar gingen we naartoe? Naar een ander leven.

DEEL TWEE

NALATENSCHAP

Na een paar jaar voor mijn gevoel in een soort woestenij te hebben geleefd, kocht ik in november 1959, op mijn achtentwintigste, een huis in een dorp in Suffolk op een paar uur met de trein van Londen. Het was een bescheiden woning met een ommuurde tuin. Ik kocht het zonder met de eigenares over de prijs te onderhandelen. Mevrouw Malakite heette ze. Ik wilde niet in discussie gaan met iemand die er zichtbaar van ondersteboven was dat ze het huis waarin ze het grootste deel van haar leven had gewoond moest verkopen. Bovendien wilde ik juist bij dit huis niet het risico lopen dat het aan mijn neus voorbijging. Ik was er erg aan verknocht.

Ze herkende me niet toen ze opendeed. 'Ik ben Nathaniel,' zei ik, en ik herinnerde haar aan onze afspraak. We bleven even bij de deur staan en liepen vervolgens de zitkamer in. Ik zei: 'U hebt een ommuurde tuin', waarop ze abrupt bleef staan.

'Hoe weet u dat?'

Ze schudde haar hoofd en liep door. Misschien had ze me willen verrassen met de tuin, die veel mooier was dan je bij het huis zou verwachten. Ik had het moment verpest.

Ik zei snel dat ik akkoord ging met de vraagprijs. En omdat ik wist dat ze binnenkort naar een ouden-van-dagentehuis zou gaan, sprak ik met haar af dat ik nog een keer zou langskomen om met haar door de tuin te lopen. Dan kon ze me alle onzichtbare details laten zien en advies geven over de verzorging.

Een paar dagen later kwam ik terug, en weer zag ik dat ze me nauwelijks herkende. Ik had een schetsblok meegenomen en vroeg of ze me de plaatsen wilde aanwijzen waar bepaalde planten- en groentezaden in de grond zaten. Dat vond ze een goed idee. Waarschijnlijk was dit wat haar betrof de eerste verstandige opmerking die ze uit mijn mond hoorde. Dus maakten we samen, gebaseerd op haar herinneringen, een plattegrond van de tuin met beknopte aantekeningen over wanneer bepaalde planten zouden opkomen en in welke borders. Ik maakte een lijstje van de groenten die de kas omzoomden en een boord vormden langs de stenen muur. Het was duidelijk dat ze het allemaal nog precies wist, tot in de kleinste details. Dit waren herinneringen die uit een ver verleden stamden en waar ze nog bij kon. Het was ook duidelijk dat ze de tuin was blijven onderhouden na het overlijden van haar man, twee jaar eerder. Alleen de recente herinneringen begonnen te vervliegen nu ze ze met niemand meer kon delen.

We liepen tussen de witgeverfde bijenkasten door en ze haalde een wig uit de zak van haar schort om de druipende houten bak op te tillen, zodat we konden kijken naar de bijen onderin, die verblind werden door het plotselinge zonlicht. De oude koningin was vermoord, zei ze nuchter. De zwerm had een nieuwe nodig. Ik keek toe terwijl ze een lap in de beroker propte en aanstak; al snel sidderden de koninginloze bijen onder de rookwolken die ze over de zwerm heen blies. Toen doorzocht ze de twee bakken vol half bewusteloze bijen. Het was een rare gewaarwording dat een vrouw die zich steeds minder herinnerde van haar eigen universum als een soort godheid hun wereld ordende. Maar toen ik haar zo hoorde en bezig zag, begreep ik dat de details over de verzorging van haar tuin en de drie bijenkasten en de regulering van de temperatuur in de rechthoekige kas als laatste vergeten zouden worden.

'Waar vliegen de bijen naartoe als ze vrijgelaten worden?'

'O...' Ze gebaarde achteloos naar de heuvels. 'Dat drasland daar. Het zou me niets verbazen als ze helemaal naar Halesworth vliegen.' Blijkbaar was ze precies op de hoogte van hun voorkeuren en gewoontes.

Ze heette Linette en ze was zesenzeventig. Dat wist ik.

'U moet weten dat u hier altijd welkom bent, mevrouw Malakite, als u de tuin en uw bijen wilt bekijken...'

Zwijgend wendde ze zich van me af. Ook zonder haar hoofd te schudden maakte ze kenbaar hoe dwaas het van me was om te opperen dat ze nog eens terug kon komen naar de plek waar ze al die jaren met haar man had gewoond. Wat ik er verder ook nog aan zou toevoegen, het zou haar alleen nog maar dieper kwetsen. En ik had al te veel sentimentaliteit getoond.

'Komt u uit Amerika?' kaatste ze terug.

'Ik heb er wel een paar maanden gezeten. Maar ik ben in Londen opgegroeid. En ik heb een tijdje hier in de buurt gewoond.'

Ze was verbaasd, geloofde me niet helemaal.

'Wat doet u?'

'Ik werk in de stad. Drie dagen in de week.'

'Wat voor werk? Iets met geld, zeker.'

'Nee, ik ben een soort ambtenaar.'

'En wat doet u dan zoal?'

'Ah, dat is de vraag. Van alles...' Ik zweeg even. Wat klonk dat bespottelijk. 'Ik voel me altijd prettig en beschermd in ommuurde tuinen, dat had ik als tiener al,' zei ik maar. Ik wachtte op een teken van belangstelling van haar kant, maar het enige wat ik kon concluderen, was dat ik geen goede indruk maakte: ze had zo te zien geen enkel vertrouwen meer in mij, die volslagen onbekende die zo lichtvaardig haar huis onder haar vandaan had gekocht. Ik trok een takje rozemarijn van een struik, rolde het tussen mijn vingers, snoof de geur op en stak het in mijn borstzak. Ik zag dat ze mijn bewegingen volgde, alsof ze zich iets probeerde te herinneren. Ik keek naar het schetsje dat ik inderhaast van de tuin had gemaakt en waarop stond aangegeven waar ze de prei, de sneeuwklokjes, de asters en de floxen had geplant. Over de muur heen zag ik hun wijdvertakte moerbeiboom.

De middagzon verspreidde zijn licht in de ommuurde tuin, die beschutting bood tegen de passaatwinden vanaf de oostkust. Ik had zo vaak aan deze plek gedacht. De warmte binnen de muren, het diffuse licht, het veilige gevoel dat ik hier altijd kreeg. Ze bleef me in de gaten houden, alsof ik een vreemde in haar tuin was, maar in werkelijkheid had ik haar leven kunnen uitschrijven. Ik wist heel wat af van de jaren die ze met haar man in dit dorpje in Suffolk had doorgebracht. Ik had net zo gemakkelijk kunnen ronddwalen in het verhaal van hun huwelijk als in het leven van de anderen die me tijdens mijn jeugd hadden omringd en deel uitmaakten van mijn zelfportret dat was samengesteld uit korte flitsen die zij van mij hadden gezien. Net zoals ik nu mevrouw Malakite weerspiegelde in haar goed onderhouden tuin, tijdens de laatste dagen dat die haar eigendom was.

Ik had me altijd afgevraagd hoe hecht en liefdevol de band tussen de Malakites was. Het was tenslotte het enige echtpaar dat ik regelmatig zag in mijn late tienerjaren, als ik tijdens de schoolvakanties bij mijn moeder logeerde. Andere voorbeelden had ik niet. Was hun relatie gebaseerd op tevredenheid? Werkten ze elkaar op de zenuwen? Ik kwam er nooit helemaal achter, want meestal was ik alleen met Malakite, aan het werk op zijn landje of in de dorpsmoestuin. Hij had zijn grond, zijn zekerheden over de bodem, het weer, en op de een of andere manier was hij meer op zijn gemak en toonde hij meer facetten van zichzelf als hij alleen aan het werk was. Als ik hem met mijn moeder hoorde praten, klonk zijn stem anders. Hij gaf haar uit zichzelf het advies om de heg langs de oostzijde van haar gazon weg te halen, moest vaak lachen om haar naïeve ideeën over de natuur. Maar als hij bij zijn vrouw was, liet hij de plannen voor die avond en de gespreksonderwerpen aan haar over.

Sam Malakite bleef voor mij een mysterie. Niemand kan het leven van een ander echt doorgronden – evenmin als diens dood. Ik kende een dierenarts die twee papegaaien had. De vogels waren al jaren een stel, al van voordat zij ze erfde. Hun veren waren een mengeling van groen en donkerbruin die ik prachtig vond. Ik hou niet van papegaaien, maar dit stel was een plaatje. Uiteindelijk ging een van de twee dood. Ik stuurde een condoleancebriefje naar de dierenarts. En toen ik haar een week later zag, vroeg ik of de nog levende vogel somber of op zijn minst van de kaart was. 'Welnee,' zei ze, 'hij is door het dolle heen!'

Hoe dan ook, een paar jaar na het overlijden van meneer Malakite kocht ik hun kleine, houten huis dat beschermd werd door die ommuurde tuin en nam ik er mijn intrek. Het was lang geleden dat ik er regelmatig over de vloer kwam, maar vrijwel onmiddellijk borrelde er een verleden op waarvan ik dacht dat het volledig was uitgewist. En ik voelde een hunkering naar dat verleden die ik niet had gehad in de tijd dat de dagen in een oogwenk voorbijgingen. Ik zat weer in de Morris van De Schicht; het was zomer en het stoffen dak van zijn auto kwam omhoog en vouwde zich langzaam naar achteren. Ik zat samen met meneer Nkoma naar een voetbalwedstrijd te kijken. Ik stond midden in de rivier boterhammen te eten met Sam Malakite. 'Luister,' zegt Sam Malakite. 'Een lijster.' En een naakte Agnes die een groen lint uit haar haar trok om zich echt bloot te voelen.

Die nooit vergeten lijster. Dat onvergetelijke lint.

•

Na het incident in Londen werd Rachel snel door mijn moeder naar een kostschool op de grens met Wales gestuurd, en ik werd uit veiligheidsoverwegingen afgevoerd naar een school in Amerika, waar niets vertrouwd aanvoelde. Plotseling zat ik ver weg van de wereld waarvan ik deel had uitgemaakt, de wereld met De Schicht en Agnes en de immer mysterieuze Mot. In zekere zin was het gemis groter dan toen mijn moeder was weggegaan. Ik was mijn jeugd kwijt, ik was op drift. Na een maand liep ik weg van school zonder te weten waar ik heen wilde, want ik kende daar bijna niemand. Ik werd opgespoord en linea recta naar een andere school gestuurd, ditmaal in Noord-Engeland, waar ik me al net zo geïsoleerd voelde. Aan het eind van het tweede semester werd ik met de auto opgehaald door een grote man die me van Northumberland naar een streek in Suffolk bracht die The Saints heette, en tijdens die zes uur durende rit doorbrak hij nauwelijks mijn wantrouwende zwijgen. Hij zette me af bij mijn moeder, die in White Paint woonde, het huis dat ooit van haar ouders was geweest. Het stond in een open landschap met veel licht, op zo'n anderhalve kilometer van het dichtstbijzijnde dorp, waar ik die zomer een baantje kreeg bij de grote man die me had opgehaald van school en die Malakite heette.

In die tijd hadden mijn moeder ik geen hechte band. De heerlijke, knusse gemoedelijkheid van die weken voordat ze mijn zus en mij in de steek liet, was verdwenen. Ik kon mijn wantrouwen niet van me afzetten, gezien de slinkse manier waarop ze ons in de steek had gelaten. Pas veel later kwam ik erachter dat ze één of misschien twee keer, toen ze even in Engeland was voor nieuwe instructies, tijd had ingeruimd om mij ongecoördineerd en bacchantisch te zien dansen in een jazzclub in Bromley met een meisje dat ze niet kende en dat telkens in mijn armen sprong.

Ze zeggen dat we altijd op zoek zijn naar de ontbrekende stukjes in iemands levensverhaal. Maar toen ik in mijn late tienerjaren bij mijn moeder in White Paint woonde, vond ik niets wat me verder hielp. Tot ik op een dag eerder thuiskwam van mijn werk en de keuken in liep, waar zij met opgestroopte mouwen een pan stond schoon te boenen in de gootsteen. Ze moet zich veilig hebben gewaand in haar eentje. Ze had bijna altijd een blauw vest aan. Ik dacht dat ze daarmee probeerde te verhullen hoe dun ze was. Nu zag ik een rij felle littekens, het leken wel kerven die met mechanisch tuingereedschap in de bast van een boom waren gezet. Ze eindigden plotseling, bijna onschuldig, in de rubberhandschoenen die ze aanhad om haar handen te beschermen tegen de zeep. Of ze er nog meer op haar lichaam had zou ik nooit te weten komen, maar ineens zag ik die steenrode littekens op de zachte huid van haar arm, sporen van die verborgen periode. 'Ach,' mompelde ze, 'de straat van de kleine dolken, niks ergs...'

Verder liet ze niets los over hoe ze die verwondingen had opgelopen. Ik wist op dat moment niet dat mijn moeder, Rose Williams, na die poging om ons te ontvoeren alle contact met de geheime dienst had verbroken. Hoewel het tumult bij het Bark Theatre haastig door de autoriteiten in de doofpot was gestopt, werd er in de kranten gespeculeerd over mijn moeders werkzaamheden in oorlogstijd, wat haar kortstondige en anonieme roem opleverde. De pers had alleen haar codenaam Viola te pakken gekregen. Afhankelijk van hun politieke kleur noemden de kranten de ongeïdentificeerde vrouw hetzij een Engelse heldin, hetzij een kwalijk voorbeeld van de naoorlogse overheidsintriges in het buitenland. Er werd nooit daadwerkelijk een verband gelegd met mijn moeder. Ze was zelfs zo anoniem dat de omwonenden van White Paint het huis ook na haar terugkeer nog steeds zagen als het bezit van haar overleden vader, die voor de admiraliteit had gewerkt. De onbekende Viola werd al snel vergeten.

•

Tien jaar na de dood van mijn moeder werd ik door het ministerie van Buitenlandse Zaken gevraagd om te solliciteren. In eerste instantie bevreemdde het me dat ik voor zo'n functie werd gerekruteerd. Op mijn eerste dag voerde ik verschillende gesprekken. Een daarvan was bij een afdeling 'informatievergaring', een ander bij de dienst 'informatieanalyse'; beide maakten deel uit van de hogere echelons van de Britse geheime dienst, zo werd me medegedeeld. Niemand vertelde waarom ik was benaderd, en ik kende geen van de mensen die me ogenschijnlijk nonchalant maar toch indringend ondervroegen. Mijn niet bepaald smetteloze academische carrière baarde hun minder zorgen dan ik had verwacht. Ik nam aan dat de beslissing om mij toe te laten te maken had met nepotisme en mijn afkomst, dat ze voor deze functie vertrouwden op mijn stamboom en een hopelijk genetische aanleg voor discretie. Bovendien waren ze onder de indruk van mijn talenkennis. Ze brachten mijn moeder geen enkele keer ter sprake, en ik ook niet.

In de functie die me werd aangeboden moest ik dossiers uit het archief over de oorlog en de jaren erna doornemen. Wat er ook bij dat onderzoek naar boven zou komen, welke conclusies ik ook zou trekken, alles moest vertrouwelijk blijven. Mijn bevindingen mocht ik uitsluitend overleggen aan de direct leidinggevende, die ze zou analyseren. Iedere leidinggevende had twee rubberstempels op zijn bureau. Eentje met 'behoeft verbetering', de andere met 'goedgekeurd'. Als je werk was 'goedgekeurd' ging het naar een hoger niveau. Ik had geen idee waarheen precies – mijn werkomgeving zou beperkt blijven tot het labyrint van archiefkasten op de tweede verdieping van een anoniem gebouw vlak bij Hyde Park.

Het klonk als eentonig werk. Maar ik realiseerde me dat als ik ja zei tegen een functie waarvoor ik allerlei informatie over de oorlog mocht doorspitten, ik misschien kon achterhalen waar mijn moeder zich mee bezig had gehouden nadat ze ons had overgedragen aan de zorg van De Mot. We kenden alleen de verhalen over haar radioberichten vanuit het Vogelnest op het dak van het Grosvenor House Hotel in de beginfase van de oorlog, en over een nachtelijke autorit naar de kust, toen ze zichzelf wakker hield met chocola en de koude nachtlucht. Meer dan dat waren we nooit te weten gekomen. Misschien kreeg ik nu de kans om die ontbrekende episode uit haar leven bloot te leggen. Het bood me een kans op een nalatenschap. Hoe het ook zij, dit was de overheidsfunctie waar ik zo geheimzinnig over had gedaan, die middag in de tuin van mevrouw Malakite, terwijl de bijen verdwaasd ronddoolden in hun kasten en zij was vergeten wie ik was.

Ik las de stapels dossiers die dagelijks uit het archief werden opgediept. Het betrof hoofdzakelijk verslagen van mannen en vrouwen die in de periferie van de oorlog hadden geopereerd; verslagen over reizen kriskras door Europa en later door het Midden-Oosten, en over naoorlogse schermutselingen – met name tussen 1945 en begin 1947. Ik begon te begrijpen dat er na de wapenstilstand een ongeautoriseerde en nog steeds gewelddadige oorlog was blijven doorwoeden, dat er een periode was geweest van schimmige regels en gekonkel en dat er buiten het zicht van het publiek nog steeds oorlogshandelingen werden verricht. In heel Europa waren guerrillagroepen en partizanen uit hun schuilplaatsen gekropen die hun nederlaag weigerden te erkennen. Aanhangers van Duitsland en het fascisme werden opgejaagd door mensen die vijf jaar of langer in ellende hadden geleefd. Bij vergeldings- en wraakacties over en weer werden kleine dorpen verwoest, met nog meer leed tot gevolg. Die daden werden gepleegd door evenveel partijen als er etnische groepen op de kaart van het nieuwe, bevrijde Europa stonden.

Samen met een paar anderen ploos ik de overgebleven dossiers en mappen uit en scheidde ik de geslaagde operaties van acties die mogelijk waren misgelopen, zodat ik aanbevelingen kon doen over wat er opnieuw gearchiveerd moest worden of spoorloos kon verdwijnen. Ze noemden het de Stille Correctie.

Eigenlijk waren wij de tweede 'correctiegolf'. Ik ontdekte dat er in de slotfase van de oorlog, met de komst van de vrede, een rigoureuze, bijna apocalyptische censuur had plaatsgevonden. Er waren immers talloze operaties uitgevoerd waar het publiek maar beter niet van op de hoogte kon zijn; de meest belastende bewijzen waren dan ook voor zover mogelijk in allerijl vernietigd – in hoofdkwartieren van geheime diensten overal ter wereld, zowel van de geallieerden als van de asmogendheden. Een bekend voorbeeld was de uitslaande brand in het hoofdkwartier van de Special Operations Executive aan Baker Street. Dit soort aangestoken vuurzeeën waren een mondiaal verschijnsel. Toen de Britten uiteindelijk uit Delhi vertrokken, namen 'verbrandingsofficieren', zoals ze zichzelf noemden, de taak op zich om alle belastende informatie te vernietigen; dag en nacht werden er papieren in het vuur op het hoofdplein van het Rode Fort gegooid.

De Britten waren niet de enigen met deze reflex om bepaalde waarheden over de oorlog te verhullen. In het Italiaanse Triëst hadden de nazi's de schoorstenen vernietigd van de Risiera di San Sabba, de rijstmolen die ze hadden omgebouwd tot een concentratiekamp waar duizenden Joden, Slovenen, Kroaten en antifascistische politieke gevangenen waren gemarteld en vermoord. Evenmin waren er gegevens bewaard gebleven over de massagraven in de karstgaten in de heuvels boven Triëst, waar de Joegoslavische partizanen zich hadden ontdaan van de lichamen van iedereen die zich had verzet tegen de communistische overname, en van de duizenden gedeporteerden die waren omgekomen in Joegoslavische gevangenenkampen. Bij alle partijen vond er een koortsachtige, resolute vernietiging van bewijzen plaats. Alles wat tot vragen kon leiden, werd door talloze handen verbrand of versnipperd. En zo kon de revisionistische geschiedschrijving beginnen.

Maar binnen families en in vrijwel weggevaagde dorpen bleven flarden van de waarheid bestaan. Ik hoorde mijn moeder een keer tegen Arthur McCash zeggen dat elk dorp in de Balkan wel een reden had om zich te wreken op het dorp ernaast – of op ieder ander die in hun ogen ooit een vijand was geweest: de partizanen, de fascisten, maar ook wij, de geallieerden. Dat was de keerzijde van de vrede.

En dus kregen wij, de volgende generatie, in de jaren vijftig de opdracht om intensief te speuren naar verdwaalde rapporten of onofficiële papiertjes met resterende bewijzen van daden die door de geschiedenis mogelijk als ontoelaatbaar konden worden beschouwd. In deze naoorlogse wereld, twaalf jaar nadien, toen we ons verdiepten in de dossiers die elke dag op ons bureau belandden, was voor sommigen niet meer helder wie het morele gelijk aan zijn zijde had. Een flink aantal van degenen die in dat labyrint van de overheid werkten, was dan ook binnen een jaar vertrokken.

The Saints

Ik kocht het huis van mevrouw Malakite, en op mijn eerste dag als eigenaar liep ik door de weilanden naar White Paint, waar mijn moeder was opgegroeid en dat nu aan vreemden was verkocht. Ik stond op een glooiing aan de rand van wat vroeger haar terrein was geweest, met in de verte een kalm meanderende rivier. En ik besloot het weinige dat ik over haar leven hier wist op papier te zetten, ook al was het huis dat aan haar familie had toebehoord, met het landschap eromheen, nooit de echte kaart van haar leven geweest. Het meisje dat was opgegroeid bij een dorpje in Suffolk was in werkelijkheid zeer bereisd.

Het schijnt dat je de status van wees moet hebben als je je memoires wilt schrijven. Zodat wat er in jou ontbreekt en de dingen die je altijd omzichtig en aarzelend tegemoet treedt bijna vanzelf op je pad komen. Memoires zijn de verloren erfenis, realiseer je je, dus moet je in die periode leren hoe en waar je moet kijken. In het zelfportret dat daaruit voortkomt rijmt alles, omdat alles een weerspiegeling is. Een achteloos gebaar uit het verleden zie je nu bij een ander terug. Daarom was ik ervan overtuigd dat iets in mijn moeder moest rijmen met iets in mij. Zij in haar kleine spiegelpaleis, en ik in het mijne.

•

Ze vormden een plattelandsgezin dat een bescheiden en onopvallend bestaan leidde in dat tijdperk dat zo herkenbaar is vastgelegd in films uit de oorlogsjaren. Een tijdlang zag ik mijn grootouders en moeder voor me zoals ze in dat soort films zouden zijn verbeeld, maar sinds kort doet de ingehouden seksualiteit van die zedige hoofdrolspeelsters me vooral denken aan de standbeelden die in de lift van het Criterion mee naar boven of naar beneden waren gegaan met de jongen die ik vroeger was.

Mijn grootvader, die uit een gezin met oudere zussen kwam, voelde zich uitstekend op zijn gemak in het gezelschap van vrouwen. Zelfs toen hij uiteindelijk opklom tot de rang van admiraal en op zee zonder twijfel met ijzeren vuist regeerde over de mannen die gehoor gaven aan zijn strenge eisen genoot hij volop van zijn periodes in Suffolk en voegde hij zich moeiteloos naar het dagelijkse gezinsleven met zijn vrouw en dochter. Ik vroeg me af of het door die combinatie van een huiselijk bestaan en een bestaan ver weg kwam dat mijn moeder haar levenspad eerst aanvaardde, en het later verlegde. Want zijzelf wilde uiteindelijk meer, en haar getrouwde en daarna haar professionele leven weerspiegelden dan ook de werelden waarin haar vader gelijktijdig had geleefd.

Wetend dat hij het grootste deel van zijn actieve leven bij de marine zou doorbrengen, had mijn grootvader bewust een huis in Suffolk gekocht dat niet aan een 'actieve' rivier lag. Dus leerde mijn moeder als puber vissen in een brede maar kalme vliet, die in alle rust voortkabbelde. Vloeiweiden daalden vanaf het huis af naar het water. Nu en dan was in de verte de klok van een van de romaanse kerken te horen, het gebeier dat ook eerdere generaties over diezelfde velden hadden horen klinken.

De streek bestond uit een groep dorpjes die een paar kilometer bij elkaar vandaan lagen. De wegen ertussen hadden vaak geen naam, wat voor verwarring zorgde bij reizigers, nog versterkt door het feit dat de dorpen allemaal vergelijkbare namen hadden: St. John, St. Margaret, St. Cross. Ze waren eigenlijk ingedeeld in twee gemeenschappen: de South Elmham Saints, met acht dorpen, en de Ilketshall Saints, met half zo veel. Dan was er nog het probleem dat de afstanden op alle wegwijzers in de omgeving giswerk waren. Op een bord stond dat de reis tussen de ene Saint en de andere drie kilometer was, zodat de reiziger na vijf kilometer omdraaide in de veronderstelling dat hij een afslag had gemist, terwijl hij eigenlijk nog een kilometer verder had gemoeten om de listig verborgen Saint te bereiken. De kilometers leken lang in The Saints. Het landschap bood geen houvast. Ook voor degenen die daar waren opgegroeid was die zekerheid ver te zoeken. Dat ik daar een deel van mijn vroege jeugd heb doorgebracht, verklaart misschien waarom ik als jongen in Londen obsessief kaarten van onze buurt tekende om me veilig te voelen. Ik dacht dat wat ik niet kon zien of vastleggen zou ophouden te bestaan, net zoals ik vaak het gevoel had dat mijn vader en moeder zoek waren geraakt in een van die dorpjes die her en der over het landschap waren uitgestrooid, met namen die te veel op elkaar leken en met onjuist aangegeven afstanden ertussen.

Omdat The Saints dicht bij de kust lagen, was de streek in oorlogstijd nog ondoorgrondelijker geworden. Ter voorbereiding op een mogelijke Duitse invasie werden alle wegwijzers, hoe onnauwkeurig ook, weggehaald. Van de ene op de andere dag was er in de hele regio geen bord meer te vinden. Uiteindelijk zou er geen invasie komen, maar het gevolg was dat de Amerikaanse vliegeniers die waren gestationeerd op de recent aangelegde RAF-bases voortdurend de weg kwijtraakten als ze 's avonds vanuit de pub probeerden thuis te komen, en ze werden geregeld de volgende ochtend aangetroffen, koortsachtig op zoek naar het juiste vliegveld. Piloten die met de Big Dog Ferry de rivier overstaken, volgden naamloze weggetjes tot ze ineens weer op de Big Dog Ferry stonden, maar dan de andere kant op, nog steeds in de hoop hun luchtmachtbasis te vinden. Bij Thetford bouwde het leger op ware grootte een Duitse stad na, zodat de geallieerde troepen voorafgaand aan hun invasie in Duitsland konden leren hoe ze de steden moesten omsingelen en aanvallen. Het was een merkwaardig contrast: Engelse soldaten die zich zorgvuldig de plattegrond van een Duitse stad inprentten, terwijl Duitse manschappen zich opmaakten om een verwarrend landschap in Suffolk te betreden waar niet één wegwijzer stond. Kustplaatsen werden heimelijk van kaarten gewist. Militaire zones verdwenen officieel.

Inmiddels is duidelijk dat een groot deel van de oorlogswerkzaamheden waaraan mijn moeder en anderen deelnamen in eenzelfde onzichtbaarheid werd verricht, de ware motieven verdoezeld, net als ouders bij kinderen doen. In Suffolk werden bijna van de ene op de andere dag tweeëndertig luchtmachtbases aangelegd, en ook nog spookvliegvelden om de vijand op een dwaalspoor te zetten. De meeste van die vliegvelden-van-vlees-en-bloed zouden op geen enkele kaart te vinden zijn, al kwamen ze wel voor in allerlei drinkliederen die nadien al snel in de vergetelheid raakten. En aan het eind van de oorlog zouden de vliegvelden verdwijnen, net zoals vierduizend luchtmachtmilitairen het gebied zouden verlaten alsof er niets onverkwikkelijks had plaatsgevonden. The Saints gingen weer over tot de orde van de dag.

Het verhaal over die tijdelijk van de kaart gewiste plaatsen kreeg ik als tiener te horen in de tijd dat meneer Malakite me naar en van het werk reed over wegen die ooit, lang geleden, door de Romeinen waren aangelegd. Want aan de rand van het verlaten vliegveld bij Metfield verbouwde hij groenten, en op die oude, met gras begroeide landingsbanen leerde ik nu opnieuw rijden, legaal deze keer. De Malakites woonden in een Dankbaar Dorp, dat zo heette omdat het in geen van beide oorlogen mannen had verloren, en zo'n tien jaar na de dood van mijn moeder zou ik naar dat dorp terugkeren om mijn intrek te nemen in het kleine vakwerkhuis met zijn ommuurde tuin waar ik me veilig had gevoeld.

In White Paint werd ik altijd vroeg wakker en liep dan naar het dorp, wetend dat Sam Malakite naast me zou komen rijden, een sigaret zou opsteken en zou wachten tot ik bij hem was ingestapt. We reden naar verschillende dorpspleinen, zoals de oude botermarkt in Bungay, waar we zijn oogst op de schraagtafels uitstalden en tot het middaguur doorwerkten. Op de warmste zomerdagen stopten we bij de molen van Ellingham, waar de rivier ondiep was, en gingen we tot ons middel in het water staan om de boterhammen van mevrouw Malakite op te eten – met tomaat, kaas, ui en honing van haar eigen bijen. Een combinatie die ik sindsdien nooit meer heb geproefd. Dat zijn vrouw die ochtend een paar kilometer verderop deze lunch voor ons had klaargemaakt, gaf me bijna het gevoel dat ik een moeder had.

Meneer Malakite had een jampotbril. Met zijn stierenpostuur viel hij altijd op. Hij droeg een lange laaglandse jas van aan elkaar gestikte dassenhuiden die rook naar varens, en soms naar regenwormen. En zijn vrouw en hij waren mijn levende voorbeeld van echtelijke stabiliteit. Zijn vrouw vond ongetwijfeld dat ik te veel bij hen rondhing. Zij was ordelijk, vreselijk netjes, terwijl hij een sloddervos was: overal waar hij kwam leek het of er een wervelstorm had huisgehouden. Hij smeet zijn schoenen, pelsjas, sigarettenas, een theedoek, tuindagboeken, troffels achter zich op de grond, liet de afgespoelde modder van de aardappelen in de gootsteen zitten. Alles wat hij tegenkwam werd opgegeten, onder handen genomen, gelezen en weggegooid, waarna het voor hem onzichtbaar werd. Hoezeer zijn vrouw zich ook beklaagde over deze hardnekkige onhebbelijkheid, het haalde niets uit. Eigenlijk denk ik dat ze zich maar al te graag onderwierp aan zijn aard. Al moet gezegd worden dat moestuinen van meneer Malakite er onberispelijk bij lagen. Geen plant maakte zich los uit zijn bed om er op eigen houtje vandoor te gaan. Hij schrobde de radijzen schoon onder het straaltje van een tuinslang. Op de zaterdagmarkt spreidde hij zijn waar netjes uit op de schraagtafel.

Dat werd het vaste patroon van mijn lentes en zomers. Ik verdiende een bescheiden loon, en bovendien hoefde ik zo niet al te veel tijd door te brengen aan het ene uiteinde van die schijnbaar onoverbrugbare afstand tussen mijn moeder en mij. Van mijn kant was er wantrouwen, van de hare geslotenheid. Dus werd Sam Malakite het middelpunt van mijn leven. Als we tot laat doorwerkten, bleef ik 's avonds bij hem eten. Mijn leven met De Mot, Olive Lawrence, de ongrijpbare Schicht, mijn in de rivier springende Agnes was vervangen door een leven met de bedaarde, betrouwbare Sam Malakite, die zo sterk was als een eik, zoals men dat vroeger zei.

In de wintermaanden lag het landje van meneer Malakite te sluimeren. Dan was het een wereld waar hij alleen maar toezicht hoefde te houden, bedekt met geelgebloemde mosterd om organische stof in de bodem op te bouwen. De winters waren rustig en stil voor hem. Als ik terugkwam waren de meeste gewassen al rijp voor de oogst. We togen vroeg aan het werk, aten om twaalf uur een boterham en knapten een uiltje onder zijn moerbeiboom, en gingen dan door tot een uur of zeven, acht. De geoogste sperziebonen deden we in grote emmers, de snijbiet in een kruiwagen. Van de pruimen uit de ommuurde tuin achter het huis maakte mevrouw Malakite later jam. De Stupicetomaten die dicht bij zee groeiden waren vol van smaak. Ik werd weer ondergedompeld in de seizoensgebonden subcultuur van de markttuinders en de eindeloze discussies die boven de schraagtafels werden gevoerd over plantenziektes of het gebrek aan regen in de lente. Ik zat altijd stilletjes te luisteren naar het gemak waarmee meneer Malakite een praatje maakte met zijn klanten. Als we alleen waren vroeg hij wat ik las, waar ik mee bezig was op de universiteit. In zijn stem klonk nooit spot door over mijn andere wereld. Hij zag dat wat ik daar leerde voortkwam uit een verlangen diep vanbinnen, al dacht ik in zijn bijzijn zelden aan mijn academische bestaan. Ik wilde deel uitmaken van zijn universum. Met hem werden die onduidelijke plattegronden uit mijn jeugd betrouwbaar en nauwkeurig.

Ik vertrouwde hem blindelings, waar we ook gingen. Hij kende de namen van elke grassoort waar hij doorheen liep. Als hij met twee zware emmers kalk en klei de tuin in liep, wist ik dat hij ondertussen naar een bepaalde vogel luisterde. Hij was soms een halve dag stil van een dode of bewusteloze zwaluw die tegen een raam was gevlogen. Hij kon het niet van zich afzetten, de wereld van die vogel, zijn lot. Als ik later iets zei wat hem aan die gebeurtenis herinnerde, zag ik een schaduw over zijn gezicht trekken. Dan trok hij zich terug uit ons gesprek en was ik hem kwijt, merkte ik dat ik plotseling alleen was, ook al zat hij naast me achter het stuur van zijn vrachtauto. Hij had altijd evenveel oog voor het gelaagde verdriet in de wereld als voor de geneugten ervan. Hij trok een takje van elke rozemarijnstruik waar hij voorbijliep, rook eraan en borg het op in het borstzakje van zijn overhemd. Zodra hij bij een rivier kwam, was hij afgeleid. Op warme dagen trok hij zijn laarzen en kleren uit en zwom door het riet, terwijl de sigarettenrook nog uit zijn mond ontsnapte. Hij leerde me waar ik zeldzame paddenstoelen kon vinden, zoals de parasolzwammen met hun lichte lamellen, die als reebruine parapluutjes op open terrein groeien. 'Alleen op open terrein,' zei Sam Malakite altijd, een glas water heffend alsof hij een toost uitbracht. Toen ik jaren later hoorde dat hij was overleden, hief ik mijn glas en zei: 'Alleen op open terrein.' Ik zat in mijn eentje in een restaurant toen ik dat zei.

De schaduw van zijn grote moerbeiboom. We werkten meestal in het felle zonlicht, dus nu denk ik vooral aan de schaduw, niet aan de boom. Alleen aan die symmetrische donkere vorm, aan die diepte en stilte waarin meneer Malakite lang en loom over zijn vroege jeugd vertelde, tot het tijd was om weer terug te keren naar de kruiwagens en schoffels. De bries tilde zichzelf over de flauwe heuvel en drong binnen in die donkere kamer van ons, ritselde tegen ons aan. Daar had ik voor altijd kunnen blijven, onder die moerbeiboom. Met de mieren in het gras die hun groene torens beklommen.

In het archief

Ik werkte elke dag in een minuscuul hoekje van dat naamloze, zeven verdiepingen tellende gebouw. Ik kende er maar één man, en die hield afstand. Op een dag stapte hij bij mij in de lift en zei: 'Hallo, Sherlock!', alsof die naam en begroeting duidelijk genoeg waren als code, en alsof het uitroepteken in zijn stem alle vragen van degene die hij zo onverwacht aantrof op deze plek afdoende beantwoordde. Lang, nog steeds met bril, dezelfde afhangende schouders en nog even jongensachtig als toen, zo stapte Arthur McCash bij de volgende verdieping uit, en ik leunde even uit de lift om hem bij me vandaan te zien lopen naar een of ander kantoor. Ik wist waarschijnlijk als een van de weinigen dat onder zijn witte overhemd drie of vier diepe littekens over zijn buik liepen, een permanente arcering op zijn witte huid.

Ik ging met de trein naar Londen en huurde doordeweeks een kamer in de buurt van Guy's Hospital. Het was nu minder chaotisch in de stad; de mensen probeerden duidelijk weer orde te scheppen in hun leven. In het weekend keerde ik terug naar Suffolk. Ik leefde niet alleen in twee werelden, maar ook in twee tijdperken. Dit was de stad waar ik half verwachtte een glimp te zien van een zekere lichtblauwe Morris die eigendom was van De Schicht. Ik dacht terug aan het militair ogende embleem op de motorkap, de amberkleurige richtingaanwijzers die omhoogwipten als er links of rechts afgeslagen werd en zich dan weer terugtrokken in het frame van het portier, als de gestroomlijnde oren van een windhond in volle vaart. En aan De Schicht die met de scherpe zintuigen van een uil een valse noot opmerkte in het timbre van de motor, als een ruis in het hart, en dan in een mum van tijd was uitgestapt om het kleppendeksel van de 918 cc-motor te halen en met een reepje schuurpapier de punten van de bougies op te wrijven. Ik herinnerde me dat hij een bijna ziekelijke passie koesterde voor de Morris, en dat alle vrouwen die hij erin escorteerde maar te accepteren hadden dat die auto meer liefde en aandacht kreeg dan hun ooit ten deel zou vallen.

Maar ik had geen idee of De Schicht nog steeds zo'n auto had, of hoe ik hem zou kunnen opsporen. Ik was bij hem langsgegaan in de Pelican Stairs, maar hij bleek verhuisd te zijn. De enige die De Schicht goed had gekend was de Vervalser van Letchworth, en ik ging naar hem op zoek, maar ook hij was verdwenen. Ik moest bekennen dat ik dat gezelschap van vreemden dat Rachel en mij had gevormd erger miste dan onze verdwenen ouders. Waar was Agnes? Het lukte me maar niet om haar te vinden. Toen ik naar de flat van haar ouders ging, woonden ze daar niet meer. Bij het restaurant in World's End konden ze zich haar niet herinneren, de ambachtsschool had geen adres van haar. Dus spiedden mijn ogen voortdurend rond naar die bekende blauwe contouren van een tweedeurs-Morris.

Op mijn werk verstreken de maanden. Het begon tot me door te dringen dat als er al documenten waren waar iets in stond over mijn moeder, ik ze nooit onder ogen zou krijgen. Alles over haar activiteiten was óf al vernietigd, óf werd opzettelijk voor me achtergehouden. Er leek een zwarte kap over haar oorlogswerkzaamheden te zijn getrokken, en ik zou in het duister blijven tasten.

Om te ontsnappen aan de benauwdheid van het kantoor had ik de gewoonte opgevat om 's nachts te gaan wandelen langs de noordoever van de Theems, en dan kwam ik voorbij de oude schuilkelders waar De Schicht vroeger honden had gehouden. Maar er klonk daarbinnen geen geblaf of geschuifel meer. Ik kwam ook langs allerlei werven: St. Katharine's, East India en de Royal Docks. Omdat de oorlog allang voorbij was, waren de sloten verwijderd, dus ging ik op een avond naar binnen, zette de tijdklok van de sluisdeur op drie minuten, leende een skiff en was net op tijd voor de wisseling van de getijden.

Het was uitgestorven op de rivier. Inmiddels was het twee of drie uur 's nachts en ik was alleen, afgezien van een sleepboot hier en daar die afval naar het Isle of Dogs bracht. Ik was bedacht op de draaikolken die werden veroorzaakt door tunnels onder water; ik moest hard roeien, had al moeite om op één plaats te blijven en werd bijna weggezogen richting Ratcliffe Cross of de Limehouse Pier. Toen ik een keer een boot met een motor had, voer ik helemaal naar Bow Creek en ging achtereenvolgens beide noordelijke armen van die rivier op, bijna in de overtuiging dat ik mijn bondgenoten in die donkere aftakkingen zou aantreffen. Ik legde de gestolen boot voor anker zodat ik een volgende keer andere geulen en kanalen verder stroomopwaarts kon verkennen. Toen wandelde ik terug naar de stad, en tegen half negen 's ochtends kwam ik verkwikt aan op kantoor.

Ik weet niet waarom ze zo diep op me inwerkten, die hernieuwde tochten over de rivier waar we ooit roedels honden hadden opgehaald. Misschien omdat het me begon te dagen dat niet alleen mijn moeders verleden was begraven en anoniem was geworden. Ik had het gevoel dat ook ik was verdwenen. Dat ik mijn jeugd kwijt was. Met een nieuw doel voor ogen liep ik door die bekende archiefkamers. De eerste maanden van mijn werk was ik me ervan bewust geweest dat ik in de gaten werd gehouden terwijl we het puin van een nog niet geheel gecensureerde oorlog aan het ruimen waren. Ik had nooit iets over mijn moeder gezegd. Toen een hoge functionaris haar naam eens liet vallen, had ik alleen maar mijn schouders opgehaald. Aanvankelijk vertrouwden ze me misschien nog niet helemaal, maar nu wel, en ik wist precies op welke tijdstippen ik alleen in het archief zou zijn. In mijn jeugd had ik genoeg opgestoken om listig te kunnen zijn, bedreven in het lospeuteren van informatie uit officiële bronnen, of het nu ging om mijn schoolrapport of om certificaten van windhonden die ik achteroverdrukte onder toezicht van De Schicht. In zijn portefeuille zaten fijne instrumenten die voor elke in- of uitgang konden worden gebruikt, en ik had hem nieuwsgierig geobserveerd, hem ooit zelfs eens vakkundig een hondenval zien openmaken met een kippenbotje. Die licht anarchistische trekjes had ik nog steeds. Maar tot nu toe had ik geen toegang gekregen tot de rij 'zeer geheime' dossiers, die voor niet-ingewijden als ik achter slot en grendel werden gehouden.

Van de dierenarts, degene die die twee papegaaien had geërfd, leerde ik hoe je sloten op een archiefkast kon openkrijgen. Ik had haar jaren geleden via De Schicht leren kennen en zij was de enige uit die tijd die ik had weten te traceren. Zij ontfermde zich over me toen ik terugkeerde naar Londen. Ik legde mijn probleem aan haar voor en ze raadde een krachtig verdovingsmiddel aan dat werd gebruikt bij beschadigde hoeven en botten; ik moest het aanbrengen rondom het slot en wachten tot het wit uitsloeg. Door de bevriezing zou de weerstand van het slot tegen inbraakpogingen vertraagd worden, zodat ik over kon gaan tot de volgende aanvalsfase. Daarvoor had ik een Steinmann-pen nodig, die in de legale wereld werd gebruikt voor skelettractie, om beschadigde botten van racehonden te beschermen. Met deze gladde, roestvrijstalen intramedullaire pennen kon je heel secuur en efficiënt te werk gaan, en de sloten op de kasten klikten vrijwel onmiddellijk open om hun geheimen te onthullen.

In de dagen daarna brak ik de archiefkasten open, haalde in de doorgaans verlaten kaartenkamer, waar ik altijd in mijn eentje lunchte, de geleende documenten onder mijn overhemd vandaan en las ze door. Een uur later bracht ik ze terug naar hun met hangsloten uitgeruste onderkomen. Als mijn moeder in dit gebouw aanwezig was, dan zou ik haar vinden.

Ik zei niets over de kennis die ik opdeed, maar belde alleen naar Rachel om haar te vertellen over mijn bevindingen. Die had echter geen enkele behoefte om weer in onze jeugd te duiken. Rachel had ons op haar eigen manier in de steek gelaten en wilde niet terug naar die tijd die zij als gevaarlijk en onbestendig had ervaren.

Ik was er niet bij geweest toen onze moeder naar haar toe werd gebracht nadat ze achter het grote decorstuk in het Bark Theatre was aangetroffen, veilig in de armen van De Schicht. Ik had nog last van de chloroform. Maar toen mijn moeder de kamer binnenkwam, weigerde Rachel De Schicht los te laten. Ze klampte zich aan hem vast en wendde zich af van onze moeder. Tijdens de ontvoering had ze een attaque gekregen. Het fijne wist ik er niet van. Veel van wat er die nacht was gebeurd, werd voor me achtergehouden. Misschien dachten ze dat ik anders van streek zou raken, terwijl hun zwijgen het alleen maar nog erger, nog gruwelijker maakte. Het enige wat Rachel naderhand zei, was: 'Ik haat mijn moeder!' Hoe dan ook, toen De Schicht met haar in zijn armen overeind was gekomen en had geprobeerd haar aan mijn moeder over te dragen, was mijn zus gaan huilen, alsof ze oog in oog stond met een boze geest.

Ze was toen natuurlijk niet helemaal bij zinnen. Ze was uitgeput. Als gevolg van de epileptische aanval die door de gebeurtenis was opgewekt, had ze waarschijnlijk geen helder beeld van wat er allemaal was gebeurd. Ik had dat wel vaker gemerkt, dat ze me vlak na een attaque aankeek alsof ik de duivel in hoogsteigen persoon was. Alsof er zo'n liefdesdrankje uit *Een midzomernachtsdroom* in het spel was, maar dan eentje waarbij het eerste wat je bij het wakker worden zag niet het voorwerp van je liefde was, maar een bron van angst, de bron van een afranseling die je een paar minuten eerder had ondergaan.

Maar deze keer moest het anders zijn geweest voor Rachel. Want degene die ze als eerste zag was De Schicht, die haar in zijn armen hield, haar suste, alles deed wat nodig was om haar weer het gevoel te geven dat ze veilig was, net zoals hij ooit op haar slaapkamer had gedaan toen hij me dat onwaarschijnlijke verhaal vertelde over zijn epileptische hond.

En dan nog iets. Hoe mijn zus na zo'n attaque ook op mij reageerde, of ze nu achterdochtig of boos was, een paar uur later zat ze weer met me te kaarten of hielp ze me met mijn wiskundehuiswerk. Bij onze moeder gebeurde dat niet. Rachels harde oordeel over haar zou nooit milder worden. Ze sneed de band met haar door. Ze koos voor een andere kostschool die ze niet eens leuk vond, om maar bij haar uit de buurt te zijn. 'Ik haat mijn moeder,' zou ze hartgrondig blijven zeggen. Ik had verwacht dat de terugkeer van onze moeder ons weer in haar armen zou drijven. Maar de pijn van mijn zus was onwrikbaar. En toen ze het lichaam van De Mot in de lobby van het Bark Theatre zag liggen, draaide ze zich om en begon ze tegen onze moeder te schreeuwen, en het voelt alsof ze daar nooit mee is opgehouden. Ons gezin, dat al versplinterd was, werd opnieuw versplinterd. Vanaf dat moment voelde Rachel zich veiliger bij vreemden. Het waren vreemden geweest die haar hadden gered.

Dat was de avond waarop De Mot ons uiteindelijk verliet. Hij had me bij het licht van een gashaard op Ruvigny Gardens ooit eens beloofd dat hij bij me zou blijven tot mijn moeder terugkwam. En dat had hij ook gedaan. Vervolgens was hij er op de avond van mijn moeders terugkeer tussenuit geknepen.

•

Op een dag vertrok ik vroeg uit het archief om een theatervoorstelling van Rachel bij te wonen. We hadden elkaar al lange tijd niet gezien. Ik was me ervan bewust dat ze me meed en wilde me niet aan haar opdringen. Ik wist dat ze bij een klein marionettentheater werkte en hoorde dat ze met iemand samenwoonde, al had ze mij dat nooit verteld. Maar nu had ik een keurig, zij het kort en neutraal, briefje van haar gekregen over een toneelstuk waaraan ze meewerkte. Ze zei dat ik me niet verplicht moest voelen om te komen, maar het stuk werd drie avonden uitgevoerd in een oude tonnenfabriek. Ik vond de omzichtigheid van haar bericht hartverscheurend.

Omdat maar een derde van de stoelen bezet was, probeerden ze ons op het laatste moment naar de voorste rijen te drijven. Ikzelf zit altijd achterin, zeker tijdens een voorstelling waar een familielid of goochelaar aan meedoet, dus ik bleef op mijn plek. We zaten een hele tijd in het donker, en toen begon het toneelstuk.

Na de voorstelling wachtte ik bij de uitgang. Toen Rachel maar niet kwam, zocht ik me een weg door allerlei deuren en tijdelijke gordijnen. Er stonden twee toneelknechten te roken in een inmiddels leeggemaakte ruimte, pratend in een taal die ik niet herkende. Toen ik de naam van mijn zus noemde, wezen ze naar een deur. Rachel was met een spiegeltje in haar hand bezig de witte schmink van haar gezicht te halen. Naast haar stond een reiswieg met een baby.

'Hallo, Sijs.' Ik liep naar haar toe en bekeek de baby, gadegeslagen door Rachel. Het was niet haar gebruikelijke blik, maar een die balanceerde tussen twee of meer emoties, en ze wachtte tot ik iets zou zeggen.

'Een meisje.'

'Nee, een jongetje. Hij heet Walter.'

Onze ogen haakten in elkaar en we bleven elkaar aankijken. Op dat moment was het veiliger om geen woorden te gebruiken. Onze jeugd was door stiltes en hiaten omgeven geweest. Alsof we alleen maar konden gissen naar wat nog niet aan het licht was gekomen, net zoals we de zwijgende inhoud van een hutkoffer vol kleren hadden moeten interpreteren. Zij en ik waren elkaar al lang geleden kwijtgeraakt in die vele vormen van stilte en verwarring, maar nu, met deze zuigeling bij ons, werden we omsloten door intimiteit, net als op die momenten dat haar gezicht na een attaque met zweet was bedekt en ik haar tegen me aan hield. Wanneer het beter was om geen woorden te gebruiken.

'Walter,' zei ik zacht.

'Ja, lieve Walter,' zei ze.

Ik vroeg hoe zij het had gevonden dat we zo volledig overgeleverd waren aan De Mot, en bekende dat ik me altijd onzeker had gevoeld in zijn bijzijn. Ze voer tegen me uit. 'Overgeleverd? Hij gaf oprecht om ons! Jij had geen flauw idee wat er aan de hand was. Híj was degene die ons beschermde. Híj was degene die me keer op keer naar het ziekenhuis bracht. Blijkbaar slaagde je er wonderwel in om te vergeten wat onze ouders ons hadden aangedaan.'

Ze verzamelde haar spullen. 'Ik moet gaan. Ik word zo opgehaald.'

Ik vroeg welke muziek ik in de voorstelling had gehoord op het moment dat zij in haar eentje op het podium achterbleef, in een omhelzing met een grote pop. Het stuk had me tot tranen toe geroerd. Heel belangrijk was het niet, maar ik had zo veel vragen voor mijn zus waarvan ik wist dat ze er niet op zou reageren. Nu raakte ze mijn schouder aan en gaf antwoord.

'Schumanns *Mein Herz ist schwer*. Je kent het wel, Nathaniel.

We hoorden het vroeger wel een paar keer per week, ’s avonds laat, met die piano als een dunne draad in het donker. Toen jij tegen me zei dat je in je hoofd de stem van onze moeder hoorde meezingen. Dat was de schwer.

We zijn getekend, Nathaniel. Dat moet je onder ogen zien.’ Ze duwde me zachtjes naar de deur. ‘Wat is er geworden van dat meisje over wie je nooit iets vertelde?’

Ik wendde me af. ‘Weet ik niet.’

‘Je zou haar kunnen zoeken. Jij heet Nathaniel, niet Knoop. Ik ben niet Sijs. Knoop en Sijs zijn in de steek gelaten. Kies je eigen leven. Dat zei zelfs je vriend De Schicht tegen je.’

Ze had haar baby op haar arm en maakte met zijn handje een soort wuivend gebaar. Het was haar intentie geweest dat ik haar zoon zou zien, niet dat wij zouden praten. Ik liep het kamertje uit en stond weer in het donker. Alleen een smal reepje licht scheen onder de deur door die ik net achter me had dichtgedaan.

Arthur McCash

Het eerste wat ik tegenkwam, was een stapeltje documenten over de eerste verrichtingen van Rose als telegrafist in de oorlog, te beginnen met haar zogenaamde werk als brandwacht op het dak van het Grosvenor House Hotel, en later vanuit Chicksands Priory, waar ze in opdracht van 'dat stelletje leugenaars in Londen' gecodeerde Duitse berichten onderschepte en doorstuurde naar Bletchley Park om ze te laten ontcijferen. Ze was ook meermaals naar Dover gereisd om te midden van die reusachtige antennes langs de kust de persoonlijke ritmes van specifieke Duitse seiners te onderscheiden – een van haar opvallendste talenten was dat ze iemands persoonlijke toets op de morsesleutel kon herkennen.

Pas uit de recentere dossiers, die dieper verborgen lagen en moeilijker te vinden waren, bleek dat ze ook na de oorlog nog in het buitenland werkzaam was geweest. Zo dook haar naam op in het onderzoek naar de bomaanslag op het King David Hotel in Jeruzalem, en in passages uit andere rapporten, over Italië, Joegoslavië en elders op de Balkan. In een van die rapporten stond dat ze korte tijd gestationeerd was geweest bij een kleine eenheid in de buurt van Napels; twee mannen en een vrouw die daarnaartoe waren gestuurd om de spil van een groep die nog heimelijk actief was 'los te rukken', zoals er onomwonden stond. Er waren leden van die eenheid gevangengenomen of vermoord. Mogelijk was er sprake van verraad.

Maar meestal vond ik alleen namen van steden die vlekkerig in haar paspoorten waren gestempeld, samen met de fictieve namen die ze had gebruikt, de datum gewist of doorgekrast; ik gaf dan ook de hoop op ooit zekerheid te krijgen over waar ze precies was geweest en wanneer. Ik besefte dat de wonden op haar arm het enige fysieke bewijs waren dat ik had.

Ik liep Arthur McCash nog een keer tegen het lijf. Hij had in het buitenland gezeten, en na een omzichtig gesprek gingen we samen iets eten. Hij vroeg niet wat ik daar deed, net zomin als ik hem vroeg waar hij gestationeerd was geweest. Inmiddels was ik volledig ingewijd in de sociale mores van het gebouw en ik wist dat we die avond aan tafel alle heikele kwesties uit de weg moesten gaan. Op een gegeven moment vroeg ik me wel hardop af welke rol De Mot precies in onze levens had gespeeld – dat zat nog net aan de onschuldige kant van de informatiegrens en was voor mijn gevoel dan ook acceptabel. McCash wuifde de vraag weg. We zaten in een restaurant op flinke afstand van ons kantoor, maar hij spiedde onmiddellijk om zich heen. 'Daar mag ik niet over praten, Nathaniel.'

Ons leven op Ruvigny Gardens had zich ver van Whitehall afgespeeld, maar toch vond McCash dat hij niets mocht loslaten over iemand van wie ik vermoedde dat hij niets te maken had met staatsgeheimen. Terwijl het alles te maken had met Rachel en mij. We zaten een tijdje zwijgend tegenover elkaar. Ik had geen zin om me gewonnen te geven of het over een ander onderwerp te hebben, en het ergerde me dat we zo formeel tegen elkaar moesten doen, alsof we vreemden voor elkaar waren. Half plagerig vroeg ik of hij zich een imker kon herinneren die vaak bij ons over de vloer kwam, een zekere meneer Florence. Ik zei dat ik met hem in contact wilde komen. Ik hield nu bijen in Suffolk en had advies nodig. Had hij zijn gegevens?

Stilte.

'Het is maar een imker! Ik zit met een dode koningin die ik moet vervangen. Overdrijf je nou niet een beetje?'

'Misschien.' McCash haalde zijn schouders op. 'Ik hoor hier eigenlijk helemaal niet met jou aan tafel, aan deze dis te zitten.' Hij schoof zijn vork iets dichter naar het bord, zweeg terwijl het eten werd opgediend en wachtte tot de ober wegliep voor hij verderging.

'Er is wel iets wat ik je wil vertellen, Nathaniel... Toen je moeder wegging bij de dienst wiste ze al haar sporen, en daar had ze maar één reden voor. Ze wilde voorkomen dat er ooit nog iemand achter jou en Rachel aan kon komen. En er waren altijd mensen bij jullie in de buurt om jullie te beschermen. Dat ik een paar keer per week naar Ruvigny Gardens kwam, deed ik vooral om een oogje in het zeil te houden. Ik was degene die je moeder, toen ze tijdelijk in Engeland was, meenam naar die club in Bromley waar jij aan het dansen was; dan kon ze je tenminste even zien, al was het van een afstandje. Verder moet je weten dat de mensen met wie ze werkte, mensen als Felon en Connolly, ook na het officiële einde van de oorlog onmisbaar voor ons waren als lijfwacht en als secondant.'

Tijdens het praten maakte Arthur McCash gebaren die ik zou omschrijven als 'Brits nerveus'. Hij schoof voortdurend met zijn waterglas, een vork, een lege asbak en het boterschaaltje. Daaruit leidde ik af dat zijn hersenen op volle toeren draaiden en dat het verplaatsen van die obstakels hem wat tot rust bracht.

Ik zei niets. Ik wilde niet dat hij wist wat ik allemaal op eigen houtje had ontdekt. Hij was een plichtsgetrouwe functionaris die zich aan de regels hield.

'Ze bleef bij jullie uit de buurt uit angst dat opgemerkt zou worden dat jullie familie waren, dat ze haar zouden gebruiken om jullie op de een of andere manier kwaad te doen. Ze kreeg gelijk. Ze was zelden in Londen, maar ze hadden haar net teruggeroepen.'

'En mijn vader?' vroeg ik zacht.

Zijn reactie volgde meteen. Niet meer dan een wegwerpgebaar dat suggereerde dat dingen nou eenmaal lopen zoals ze lopen.

Hij betaalde de rekening en bij de deur gaven we elkaar een hand. Hij nam afscheid op een nadrukkelijke manier, alsof het definitief was en we elkaar nooit meer op deze manier zouden treffen. Jaren geleden had hij zich op Victoria Station zo ongeveer aan me opgedrongen en een kop thee voor me besteld in de restauratie. Op dat moment wist ik niet dat hij een collega van mijn moeder was. Nu liep hij met snelle passen bij me vandaan, alsof hij blij was om van me verlost te zijn. Ik wist nog steeds helemaal niets over zijn leven. We hadden heel lang om elkaar heen gedraaid. Deze man, die liever zweeg over zijn moedige optreden die avond dat hij ons had gered, toen mijn moeder weer terugkeerde in mijn leven door een hand op mijn schouder te leggen en me met mijn oude koosnaampje te begroeten. Waarna ze snel naar hem toe liep, zijn bebloede witte overhemd openknoopte en hem uithoorde over het bloed.

Van wie is dat bloed?

Van mij. Niet van Rachel.

Onder de hagelwitte overhemden van McCash zouden altijd die littekens blijven zitten, herinneringen aan die keer dat hij mij en mijn zus had beschermd. Maar nu wist ik dat hij onze moeder over ons op de hoogte had gehouden, dat hij haar geheime camera was geweest op Ruvigny Gardens. En dat De Mot meer met ons begaan was dan ik doorhad – zoals Rachel al had gezegd.

Ik dacht terug aan een weekend waarin De Mot en ik op de oever van de Serpentine hadden staan kijken naar Rachel, die resoluut het water in liep omdat ze iets wilde redden, haar jurk opgetrokken zodat haar blote benen haar ondersteboven gekeerde lichaam raakten. Was het een papiertje? Een vogel met een gebroken vleugel? Het deed er niet toe. Het belangrijkste was dat ik, toen ik even opzijkeek naar De Mot, zag dat hij Rachel volgde met een intense blik, niet alleen om wat zij zelf was, maar met een niet-aflatende zorgzaamheid. En ik herinner me dat Walter – laten we hem nu Walter noemen – de hele middag iedereen die bij ons in de buurt kwam nauwlettend volgde, alsof overal gevaar school. Er moeten dagen zijn geweest dat Rachel in mijn afwezigheid, als ik op pad was met De Schicht, op diezelfde beschermende manier door de Mot in de gaten werd gehouden.

Maar nu wist ik dat ook Arthur McCash in die tijd over ons waakte en een paar keer in de week langskwam om te kijken of alles in orde was. Toen hij na ons etentje wegliep, zag ik hem echter nog precies zoals ik hem had gezien toen ik vijftien was. Hij was nog steeds die eenzame figuur, vers uit Oxford met zijn pikante limerick en in nevelen gehulde achtergrond. Hoewel: als ik hem had gevraagd naar zijn schooltijd had hij vast een beschrijving kunnen geven van de kleuren van zijn schoolsjaal of zijn kostschool, die ongetwijfeld de naam van een Engelse ontdekkingsreiziger droeg. Soms beschouw ik Ruvigny Gardens een beetje als een toneelvoorstelling door amateurs, waarin ene Arthur het podium op komt rennen om een stuntelige dialoog op te voeren en als hij daarmee klaar is weer verdwijnt naar… Ja, waarnaartoe eigenlijk? Die rol van bijfiguur was hem op het lijf geschreven en eindigde ermee dat hij languit op een sofa achter de coulissen van het Bark Theatre lag, terwijl het bloed zijn witte overhemd rood kleurde en zijn broekband doordrenkte. Een moment dat geheim moest blijven, achter de schermen.

Het tableau van die avond blijft echter maar terugkeren: mijn moeder die naar hem toe loopt, een stoel met zich meetrekkend, het zwakke wattage van die ene lamp die de ruimte verlicht, haar mooie hals en gezicht als ze zich vooroverbuigt om met haar lippen vluchtig zijn wang te beroeren.

'Kan ik iets voor je doen, Arthur?' hoor ik haar zeggen. 'Er komt zo een dokter...'

'Het gaat wel, Rose.' Ze kijkt over haar schouder naar mij, knoopt zijn overhemd open, trekt het uit zijn broek en ziet hoe ernstig de snijwonden zijn, trekt de katoenen sjaal van haar hals om het bloed te deppen. Pakt de vaas.

'Hij heeft me niet echt gestoken.'

'Ik zie het, het zijn sneden. Waar is Rachel nu?'

'Die is in orde,' zegt hij. 'Ze is bij Norman Marshall.'

'Wie is dat?'

'De Schicht,' zeg ik vanaf de andere kant van de kamer. En ze kijkt weer naar me om, alsof het haar verbaast dat ik iets weet wat zij niet weet.

EEN WERKENDE MOEDER

Ik volgde het spoor van mijn moeder vanaf haar plotselinge vertrek bij de dienst direct na haar terugkeer, toen ze alle banden verbrak en stilletjes naar Suffolk verhuisde, terwijl Rachel en ik onze laatste jaren afmaakten op scholen ver daarvandaan. Dus nadat we moederloos waren geweest in de tijd dat ze in Europa werkte, waren we nu moederloos in de periode daarna, toen ze haar valse namen uitwiste en weer door het leven ging als anonieme burger.

Uit die tijd nadat ze de dienst de rug had toegekeerd, vond ik briefjes waarin ze werd gewaarschuwd dat de naam Viola weer was opgedoken in een recent document, wat erop zou kunnen wijzen dat degenen die naar haar op zoek waren het nog niet hadden opgegeven. Ze reageerde afwijzend op het voorstel om 'eenheden uit Londen' te sturen om haar te beschermen, en besloot iemand te zoeken van buiten haar werkkring, niet om over háár veiligheid te waken, maar over die van haar zoon als hij bij haar was. En zo wist ze Sam Malakite, de beheerder van de dorpsmoestuin, zonder mijn medeweten over te halen om bij ons langs te komen en mij een baantje aan te bieden. Niemand uit de vroegere wereld van mijn moeder mocht bij ons in de buurt komen.

Ik had geen enkel vermoeden dat er nog steeds mensen op zoek waren naar een zekere Rose Williams, en ik was me totaal niet bewust van de bescherming die ik genoot. Pas na haar dood kwam ik tot de ontdekking dat ze haar kinderen – ook Rachel in het verre Wales – omringde met allerlei waakuilen. Zo werd Arthur McCash vervangen door Sam Malakite, een tuinder die nooit een wapen op zak had, tenzij je zijn drietandige tuinvork of heggenschaar meerekende.

Ik weet nog dat ik mijn moeder eens vroeg op welk moment ze besloot dat ze Malakite wel mocht, want dat ze erg op hem gesteld was leed geen twijfel. Ze zat op haar knieën in de tuin de Oost-Indische kers te verzorgen en rechtte even haar rug om niet naar mij maar in de verte te kijken. 'Ik zou zeggen toen we een keer zaten te praten en hij plotseling zei: "Volgens mij ruik ik cordiet." Misschien was het dat terloopse, onverwachte woord dat me zo aangenaam trof. Of prikkelde. Het was een kennisgebied waarmee ik vertrouwd was.'

Maar voor mij, de tiener, vertegenwoordigde Sam Malakite alleen maar de aspecten van de wereld waarin hij leefde. Ik kon me niet voorstellen dat hij deel uitmaakte van de wereld van brandstichting en cordiet. Hij was de gemoedelijkste, stabielste persoon die ik ooit had ontmoet. Voor de spanning in ons leven kochten we 's woensdags op weg naar de dorpsmoestuin het vier pagina's tellende krantje dat in eigen beheer werd uitgegeven door dominee Mint, die zichzelf beschouwde als de plaatselijke Francis Kilvert. Het enige wat hij voor de gemeenschap deed was eens in de week een preek houden voor zo'n twintig kerkgangers. Maar hij maakte wel die krant. In zijn preek en die krant boog hij alle plaatselijke voorvallen met enig geweld om tot een morele parabel. Iemand die was flauwgevallen bij de bakker, een telefoon die maar bleef rinkelen op de hoek van Adamson Road, de diefstal van winegums bij de snoepwinkel, het onjuiste gebruik van het woord 'leken' op de radio — dit alles vond zijn weg naar de preek en vervolgens naar *The Mint Light*, met een spirituele lading die er met de haren was bij gesleept.

In *The Mint Light* zou een aanval van Mars volkomen worden genegeerd. Zelfs tussen 1939 en 1945 werd dat principe gehuldigd en ging het vooral over plaatselijke grieven, zoals de aanwezigheid van konijnen in de dorpsmoestuin. *Donderdag, 00.01*, een politieman raakte 'geëmotioneerd' toen er tijdens zijn laatste ronde van die avond een onweersbui losbarstte. *Zondag, 16.00*, een motorrijdster werd staande gehouden door een man met een ladder. Als het tijd was voor de zondagspreek had de ladder die zonder toestemming was geleend of de schooljongen die had geprobeerd de kat van de buren 'te hypnotiseren door cirkelbewegingen te maken met een zaklamp' een diepreligieuze bijbetekenis gekregen, waarbij de gehypnotiseerde kat moeiteloos werd gekoppeld aan Paulus die op weg naar Damascus werd verblind door een felle lichtstraal. We kochten *The Mint Light* en lazen op onheilspellende toon de artikelen voor, waarbij we diepzinnig knikten en tegelijkertijd met onze ogen rolden. Als beheerder van de dorpsmoestuin vermoedde Malakite dat zijn dood gekoppeld zou worden aan de wonderbare spijziging. Niemand spelde *The Mint Light* zoals wij. Met uitzondering, gek genoeg, van mijn moeder. Als Malakite mij op woensdag thuisbracht, vroeg ze hem altijd binnen voor een kopje thee met komkommersandwiches, nam *The Mint Light* van hem over en ging in haar eentje aan het bureau zitten. Ze spelde de krant zonder ook maar één keer te lachen en ik realiseer me nu dat mijn moeder niet op zoek was naar absurde spirituele metaforen, maar naar aanwijzingen dat er mogelijk een vreemde in de buurt rondhing. Behalve Malakite en zo nu en dan de postbode zag ze niemand. Ze wilde niet eens een huisdier. Met als resultaat dat er een wilde kat was die buiten woonde en een rat die binnen woonde.

Door mijn nomadische schoolbestaan was ik tactvol en zelfredzaam geworden, niet erg dol op confrontaties. Ik vermeed de schwer. Ik onttrok me aan ruzies alsof ik van die knipvliezen had die je bij sommige vogels en vissen ziet en waarmee ze zich stilletjes, zonder aanstoot te geven, kunnen afsluiten voor hun gezelschap. Net als mijn moeder was ik gesteld op afzondering en eenzaamheid. We voelden ons allebei het prettigst in een kamer zonder ruzie en in eenvoudig gezelschap.

Alleen wat kleedgewoontes betreft verschilden we van elkaar. Doordat ik telkens heen en weer reisde, moest ik er zelf voor zorgen dat ik netjes voor de dag kwam. Iets als het strijken van mijn eigen kleding gaf me het gevoel dat ik zelf de touwtjes in handen had. Zelfs als ik een dag met meneer Malakite op het land ging werken, waste en streek ik de kleren die ik aantrok. Terwijl mijn moeder haar blouses altijd liet drogen op de dichtstbijzijnde struik en ze vervolgens zo aantrok. Ik kon nooit aan haar merken of ze dat pietluttige gedoe van mij maar aanstellerig vond; misschien viel het haar niet eens op. Maar als ze tegenover me aan tafel zat met haar magere gezicht en heldere ogen werd mijn aandacht afgeleid door die ongestreken blouse die zij goed genoeg vond voor die avond.

Ze omringde zich met stilte, luisterde nauwelijks naar de radio, tenzij er een gedramatiseerde bewerking was van bijvoorbeeld *Precious Bane* of *Lolly Willowes*, klassiekers die ze als tiener had gelezen. Nooit naar het nieuws. Nooit naar politieke commentaren. Het was alsof ze in een wereld leefde van twintig jaar eerder, toen haar ouders in White Paint woonden. Dit stiltevacuüm benadrukte de kloof tussen ons beiden. In een van de weinige ruzies met mijn moeder waarin het echt hard tegen hard ging, verweet ik haar dat ze ons in de steek had gelaten en antwoordde ze net iets te snel: 'Maar Olive was een tijdje bij jullie. Zij hield me op de hoogte.'

'Wacht even... Olive? Kende jij Olive Lawrence?'

Haar gezicht verstrakte, alsof ze te veel had gezegd.

'De *et-no-graaf*? Kende je haar?'
'Ze was niet alleen etnograaf, Knoop!'
'Wat was ze dan nog meer?'
Ze zweeg.
'En wie nog meer? Wie kende je nog meer?'
'Ik hield contact.'
'Fantastisch! Je hield contact. Voor jezelf! Wat fijn om te horen. Je liet ons zonder een woord achter. Jullie allebei.'
'Ik had van alles te doen. Ik had verantwoordelijkheden.'
'Niet tegenover ons! Rachel haat je zo intens dat ze niet eens met mij wil praten. Dat ik hier bij jou zit is voor haar reden genoeg om ook mij te haten.'
'Ja, ik ben vervloekt, door mijn dochter.'
Ik pakte het bord dat voor me stond en smeet het met een felle, onderhandse zwiep naar een muur, alsof ik daarmee een eind kon maken aan ons gesprek. Maar het bord boog af naar boven, ketste tegen de rand van de kast en brak; een scherf schoot tollend haar kant op en maakte een snee in haar voorhoofd, vlak boven haar oog. Toen viel het kletterend op de grond. Er volgde een stilte, we verroerden ons geen van beiden; het bloed gutste langs haar gezicht. Ik liep naar haar toe, maar ze hief haar hand om me op afstand te houden, bijna minachtend. Zo bleef ze staan, bewegingloos, rigide. Ze bracht niet eens die hand naar haar voorhoofd om de wond te inspecteren, maar bleef hem ophouden, met de palm naar mij gericht om te voorkomen dat ik dichterbij kwam, om te voorkomen dat ik zou proberen haar te helpen, alsof er niets aan de hand was. Ze had wel ergere dingen meegemaakt. Het was dezelfde keuken waar ik de reeks wonden op haar arm had gezien.
'Waar gingen jullie naartoe? Vertel dan tenminste íéts.'
'Alles veranderde op de avond dat ik met jou en Rachel hier in White Paint was, toen we de bommenwerpers over hoorden

vliegen. Ik moest iets doen. Om jullie te beschermen. Het ging me om jullie veiligheid.'

'Met wie was je? Hoe kende je Olive?'

'Je mocht haar graag, hè…? Hoe dan ook, ze was niet alleen etnograaf. Ik herinner me nog dat ze op een gegeven moment met een groep meteorologen in zweefvliegtuigen boven het Kanaal rondvloog. Al de hele week waren wetenschappers bezig windsnelheden en luchtstromen te registreren, en Olive hing ook daarboven in de lucht om het weer en de regenkans te voorspellen, want daar hing van af of de D-Day-invasie doorging of werd uitgesteld. Ze was ook bij andere zaken betrokken. Maar meer vertel ik er niet over.'

Haar hand was nog steeds geheven, alsof ze bewijzen overlegde, iets wat ze niet wilde. Toen draaide ze zich om, boog zich voorover en spoelde het bloed weg in de gootsteen.

Ze legde nu boeken voor me neer, voornamelijk romans die ze in haar studententijd had gelezen, voordat ze met mijn vader trouwde. 'O, hij was dol op lezen… Ik denk dat dat ons samen heeft gebracht… in het begin.' Overal in huis slingerden Franse Balzac-pockets, waarvan ik wist dat ze ze verslond. Ze leek geen interesse meer te kunnen opbrengen voor de intriges van de buitenwereld. Ze was alleen nog maar geïnteresseerd in figuren als Balzacs fictieve personage Rastignac. Ik geloof niet dat ze in mij geïnteresseerd was. Al vond ze misschien wel dat ze mij op de een of andere manier moest sturen. Maar ik denk niet dat ze per se mijn liefde nodig had.

Het was haar idee om te gaan schaken, als een soort metafoor voor onze intieme strijd, vermoed ik, en ik vond het best. Ze bleek een verrassend goede leraar, die heel zorgvuldig de regels en het verloop van het spel uitlegde. Ze ging pas over naar de volgende stap als ze zeker wist dat ik had begrepen wat ze net had verteld. Als ik iets van ongeduld liet blijken, begon ze opnieuw – ze liet zich niet misleiden door een begrijpend knikje. Het was oersaai. Ik wilde naar buiten, het land op. En 's nachts kon ik niet slapen omdat zich in het donker allerlei spelstrategieën opdrongen.

Na mijn eerste les speelden we een potje, en ze versloeg me genadeloos, waarna ze de cruciale stukken terugzette om te laten zien hoe ik het gevaar had kunnen afwenden. Ineens bleken er zo'n zevenenvijftig manieren te zijn om over een leeg vlak te lopen, alsof ik een kat was die met nerveus trekkende oortjes een onbekend steegje in liep. Ze praatte aan één stuk door tijdens het spelen, hetzij om me af te leiden, hetzij om iets essentieels te zeggen over concentratie. Haar ideaal was een beroemde schaakpartij uit 1858, die de 'Opera-partij' werd genoemd omdat ze zich had afgespeeld in een privéloge met uitzicht op een vertolking van Bellini's *Norma*. Mijn moeder was dol op die muziek en de Amerikaanse winnaar, ook een operafanaat, had zijn blik nauwelijks van het toneel afgewend terwijl hij het opnam tegen een Franse graaf en een Duitse hertog, die voortdurend op luide toon overlegden over hun zetten. Mijn moeder gebruikte zijn overwinning als les over concentratie en afleiding. Terwijl op het toneel priesters werden omgekocht of vermoord en hoofdpersonen op de brandstapel belandden, bleef de Amerikaanse schaak- en operafanaat de strategie die hij had gekozen helder voor ogen houden, niet gehinderd door de schitterende muziek. Voor mijn moeder was dit een schoolvoorbeeld van weergaloze concentratie.

Op een avond hing er een onweersbui boven onze vallei toen wij aan een tafel in de kas klaarzaten. Er stond een natriumlamp vlakbij. Terwijl de bui langzaam over ons heen trok, zette mijn moeder de pionnen en torens op hun beginvelden. We voelden ons nogal onbeschut tegen de bliksem en het onweer in die dunne glazen huls. Buiten was er veel afleiding, net als toen met Bellini's opera; binnen hing de bedwelmende lucht van planten en deden twee elektrische staven hun best om de ruimte te verwarmen. We verplaatsten onze stukken in het zwakke, gelijkmatige geel van de natriumlamp. Ik speelde goed, ondanks het tumult. Mijn moeder zat in haar blauwe vest te roken en keek nauwelijks mijn kant op. Die hele maand augustus hadden we onweersbuien gehad, in de ochtend gevolgd door fris, helder daglicht, als een nieuwe eeuw. Concentreer je, fluisterde ze als we weer eens plaatsnamen voor een mentale krachtmeting, omgeven door de geweersalvo's en lichtkogels van het onweer. In een bliksemflits die een fractie van een seconde duurde, zag ik haar de verkeerde loopgraaf van het slagveld in vallen. Ik wist wat mijn antwoord moest zijn, maar toen zag ik een andere mogelijkheid die verkeerd was, of misschien juist beter. Zonder na te denken deed ik die zet, en ze zag wat ik had gedaan. Overal om ons heen was lawaai, maar nu luisterden we er allebei gewoon naar. Toen een felle flits de kas verlichtte, zag ik haar gezichtsuitdrukking die wees op... op wat eigenlijk? Verbazing? Een soort blijdschap?

Dus eindelijk: een moeder en een zoon.

•

Als je opgroeit in onzekerheid, herijk je je relaties met anderen van dag tot dag of, veiliger nog, van uur tot uur. Je bekommert je niet om wat je over ze zou moeten of willen onthouden. Je staat er alleen voor. Daardoor duurde het heel lang voor ik op het verleden durfde te vertrouwen en er een nieuwe interpretatie aan wist te geven. Er zat geen enkel patroon in de manier waarop ik me andermans gedragingen herinnerde. Het grootste deel van mijn jeugd had ik geprobeerd een balans te vinden, mijn hoofd boven water te houden. Tot Rose Williams in de kunstmatige warmte van een kas met nietsontziend fanatisme zat te schaken tegen haar achttienjarige zoon, de enige van haar twee kinderen die ervoor had gekozen om bij haar te blijven. Soms droeg ze een kamerjas die haar frêle hals bloot liet. Soms haar blauwe vest. Dan dook ze diep in haar kraag, zodat ik alleen haar wantrouwende ogen en rossig-blonde haar nog kon zien.

'Verdedigen is aanvallen,' zei ze meer dan eens. 'Het eerste wat een goede militaire leider leert, is de kunst van het terugtrekken. Het gaat niet alleen om hoe je binnendringt, maar ook om hoe je er zonder kleerscheuren weer uit komt. Hercules was een geweldige krijgsman, maar zijn heldhaftigheid had wel tot gevolg dat hij thuis een gewelddadige dood stierf in een vergiftigde mantel. Een oud verhaal. De risico's voor jouw twee lopers, bijvoorbeeld, zelfs als je je dame zou opofferen. Nee… niet doen! Goed, jij hebt die zet gedaan, dus dan doe ik dit. Een tegenstander straft al je kleine vergissingen af. Nu sta je in drie zetten schaakmat.' En voor ze haar paard verplaatste, leunde ze voorover en haalde haar hand door mijn haar.

Ik kon me niet herinneren wanneer mijn moeder me voor het laatst had aangeraakt. Ik wist nooit of ze me tijdens die partijtjes les zou geven of de vloer met me aan zou vegen. Soms kwam ze onzeker over, als een vrouw uit een eerder decennium, sterfelijk. Het geheel voelde als een toneelstuk. Iets in de sfeer van die schemerige avonden zorgde ervoor dat ik me volledig op de vrouw aan de andere kant van de tafel kon concentreren – ook al wist ik dat zij de afleiding vormde. Ik zag de rappe bewegingen van haar handen, haar ogen die alleen geïnteresseerd waren in mijn gedachten. Voor ons allebei was het alsof wij de enige mensen op aarde waren.

Toen ik haar aan het eind van dat potje goedenacht wilde wensen – hoewel ik wist dat ze nog een paar uur in haar eentje beneden zou blijven – zette ze het bord weer op. 'Dit is de eerste partij die ik uit mijn hoofd heb geleerd, Nathaniel. Dit is de partij in de opera waar ik je over vertelde.' Ze stond over het bord gebogen en speelde met beide handen, de ene hand wit, de andere zwart. Een enkele keer gaf ze mij wat tijd om een zet voor te stellen. 'Nee, zo!' zei ze, niet geërgerd over mijn keuze, maar vol ontzag voor de zet van de meester. 'Kijk, híér ging hij naartoe met de loper.' Haar handen gingen steeds sneller over het bord, totdat zwart volledig was weggevaagd.

Het had even geduurd voor ik inzag dat ik op de een of andere manier van mijn moeder zou moeten houden om te begrijpen wie ze nu was en wat ze echt was geweest. Dat was niet eenvoudig. Zo viel het me op dat ze me liever niet alleen thuisliet. Als ik besloot binnen te blijven, ging zij ook niet de deur uit, alsof ze me ervan verdacht dat ik zou gaan rondneuzen in alles wat zij voor zichzelf wilde houden. Mijn eigen moeder! Ik zei er een keer iets van en ze geneerde zich zo erg dat ik me liet vermurwen en mijn excuses aanbood voordat ze zich genoodzaakt zag zich te verdedigen. Later ontdekte ik dat ze goed thuis was op het oorlogstoneel, maar ik voelde dat deze reactie geen toneelstukje was. De enige keer dat ze iets over zichzelf losliet, was toen ze me een paar foto's liet zien die haar ouders in een bruine envelop op hun slaapkamer hadden bewaard. Daar was het ernstige schoolmeisjesgezicht van mijn zeventien jaar oude moeder onder onze lindeberceau, en er waren foto's van haar met haar dominante moeder en een lange man die soms een papegaai op zijn schouder had. Hij had een markant voorkomen en stond ook op een handjevol latere foto's met mijn inmiddels wat oudere moeder en haar ouders in de Casanova Revue Bar in Wenen – ik las die naam op de grote asbak die naast een stuk of tien lege wijnglazen op tafel stond. Maar verder was er in White Paint niets wat mij een glimp bood van haar leven als volwassene. Net als Telemachus, die er maar niet achter komt waar zijn afwezige vader is, vond ik geen enkel spoor van haar reizen over die wijnkleurige zee.

Meestal scharrelden we maar wat rond en meden we elkaar. Elke ochtend was ik opgelucht dat ik naar mijn werk kon, zelfs op zaterdag. Maar één keer, na onze lichte avondmaaltijd, viel me op dat mijn moeder ongedurig was: ze popelde om naar buiten te gaan, ook al leek er regen op komst te zijn. Er hingen al de hele dag grijze wolken boven ons hoofd.

'Kom. Ga je mee een eindje wandelen?'

Ik had geen zin, en ik had het op de spits kunnen drijven, maar besloot haar ter wille te zijn, wat zowaar een glimlach aan haar ontlokte. 'Ik zal je wat meer vertellen over die partij in de opera,' zei ze. 'Neem een jas mee. Het gaat zo regenen en het zou zonde zijn als we rechtsomkeert moeten maken.' Ze deed de deur op slot en we liepen een van de heuvels ten westen van het huis op.

Hoe oud was ze in die tijd? Veertig misschien? Ik was inmiddels achttien. Ze was jong getrouwd, geheel volgens de gewoonte en de mode van die tijd, hoewel ze linguïstiek had gestudeerd en mij ooit had verteld dat ze rechten had willen doen. Maar die wens had ze laten varen om haar twee kinderen op te voeden. Ze was begin dertig, jong dus nog, toen de oorlog begon en ze als telegrafist ging werken. Nu liep ze met ferme pas naast me voort in haar gele oliejas.

'Paul Morphy, heette hij. Het was 21 oktober 1858...'

'Oké. Paul Morphy,' zei ik, alsof ik me voorbereidde op de tweede service die ze zo over het net zou slaan.

'Oké.' Ze lachte een beetje. 'En ik vertel je dit maar één keer. Hij is geboren in New Orleans en hij was een wonderkind. Op zijn twaalfde versloeg hij een Hongaarse grootmeester die door Louisiana trok. Zijn ouders wilden dat hij advocaat werd, maar hij brak zijn studie af en stortte zich op het schaken. En de mooiste partij van zijn leven was die in het Théâtre-Italien in Parijs, tegen de hertog van Brunswijk en de graaf van Isouard – die alleen maar in de herinnering voortleven omdat ze zijn ingemaakt door deze knul van eenentwintig.' Ik glimlachte in mezelf. Die titels! Ik dacht terug aan die keer dat Agnes een van de honden, die haar avondmaal had opgegeten in Mill Hill, 'de graaf van Sandwich' had gedoopt.

'Maar ze hebben hun roem ook te danken aan de situatie en de locatie: het leek wel een scène uit een Oostenrijks-Hongaarse roman of een avonturenverhaal zoals *Scaramouche*. De drie spelers zaten in de privéloge van de hertog van Brunswijk, heel dicht op het toneel. Als ze zich naar voren bogen, konden ze de prima donna bijna een zoen geven. En het was de openingsavond van Bellini's *Norma, ossia L'infanticidio*.

Morphy had *Norma* nog nooit gezien en wilde er heel graag naartoe, want hij was dol op muziek. Hij zat met zijn rug naar het podium, dus verzette hij snel de stukken en draaide zich dan meteen weer naar het schouwspel. Misschien was het daarom ook zo magistraal: elke zet was een snelle schets in de lucht die los leek te staan van de aardse werkelijkheid. Zijn tegenstanders discussieerden onderling en deden dan aarzelend een zet. Vervolgens draaide Morphy zich om, wierp een vluchtige blik op het bord, schoof een pion of een paard naar voren en richtte zich weer op de opera. Hij besteedde in totaal waarschijnlijk nog geen minuut denktijd aan de partij. Het was pure inspiratie, en het geldt nog steeds als een van de bijzonderste partijen ooit. Hij had wit.

Goed, het spel begint met de Philidor-verdediging, een passieve opening voor zwart. Morphy is er niet op gericht om al in het begin zwarte stukken te slaan; hij bundelt liever zijn krachten voor een snelle schaakmat, zodat hij weer al zijn aandacht op de opera kan richten. Intussen klinken de theoretische beraadslagingen van zijn tegenstanders steeds luider, tot ergernis van het publiek en de hoofdrolspeelster, madame Rosina Penco, die de hogepriesteres Norma speelt en voortdurend priemende blikken op de loge van de hertog werpt. Morphy ontwikkelt zijn dame en een loper. Samen beheersen ze het centrum en dwingen ze zwart in een verkrampte stelling.'

In het donker keek mijn moeder me aan. 'Zie je het bord voor je?'

'Ja, ik zie het voor me,' zei ik.

'Algauw staat zwart totaal verloren. Het is inmiddels pauze. Op het toneel is van alles voorgevallen: romantische liefde, jaloezie, moordneigingen, beroemde aria's. Norma is in de steek gelaten en besluit haar kinderen te doden. En al die tijd heeft het publiek naar de loge van de hertog van Brunswijk zitten kijken!

In het tweede bedrijf gaat het verhaal verder. De zwarte stukken zien werkeloos toe, de paarden gepend door de lopers van Morphy. Zie je het voor je?'

'Ja, ja.'

'Nu laat Morphy ook zijn toren meedoen aan de aanval. Hij brengt een aantal spectaculaire offers om zwart in een steeds hopelozere positie te dwingen. En hij maakt het af met het stijlvolle dameoffer dat ik je laatst liet zien, waardoor zwart een zet later schaakmat staat. Tijdens het hoogtepunt van de opera, als de consul en Norma besluiten samen te sterven op de brandstapel, kan Morphy zich volledig op de muziek concentreren, terwijl zijn tegenstanders hun wonden likken.'

'Wauw,' zeg ik.

'Zeg alsjeblieft geen "wauw". Je hebt maar een paar maanden in Amerika gezeten.'

'Het is een expressief woord.'

'Zoals Morphy die Philidor-opening speelde... dat was bijna alsof hij op weg naar de opera een diepe filosofische waarheid had gevonden. Zoiets gebeurt natuurlijk alleen als je niet al te goed naar jezelf kijkt. En het gebeurde die avond. Het is nu bijna honderd jaar later en die simpele zet in de schaduw, net buiten het voetlicht van *Norma*, geldt nog steeds als briljant.'

'Hoe liep het met hem af?'

'Hij stopte met schaken en werd advocaat, maar dat was geen succes, en hij teerde op zijn familie tot hij nog voor zijn vijftigste overleed. Hij heeft nooit meer geschaakt, maar hij had wel zijn gloriemoment beleefd, met schitterende muziek.'

We keken elkaar aan, allebei doorweekt. Ik was de regen, waar ik me eerst maar al te bewust van was geweest, vergeten. We stonden vlak voor een kreupelbos en ver onder ons lag ons verlichte, witgeschilderde huis. Ik voelde dat ze hier gelukkiger was dan ze ooit zou zijn in die beschutte warmte. Op dit plekje, waar we niet meer aan huis gekluisterd waren, straalde ze een energie en lichtheid uit die ik zelden te zien kreeg. We liepen door de koude duisternis van de bomen. Ze had geen zin om terug te gaan, dus bleven we een tijdje daar, zonder veel te zeggen, in onszelf gekeerd. Ik bedacht dat ze zo moest zijn overgekomen op de mensen met wie ze werkte tijdens haar stille oorlogen, te midden van die onbekende krachtmetingen.

•

Mijn moeder heeft van meneer Malakite gehoord dat er in een huis een paar kilometer bij White Paint vandaan een onbekende is komen wonen, en dat diegene weinig loslaat over waar hij vandaan komt en wat hij voor werk doet.

Ze wandelt langs Rumburgh Wood, langs de boerderijen en sloten ten zuidwesten van het dorpje St. James, tot ze het huis van de onbekende in het vizier krijgt. Het is vroeg in de avond. Ze wacht tot alle lichten uitgaan, en daarna nog een uur. Uiteindelijk loopt ze door het donker terug naar huis. De volgende dag staat ze een paar honderd meter verderop naar hetzelfde gebrek aan activiteit te kijken. Totdat de jichtige man aan het eind van de middag tevoorschijn komt. Ze volgt hem onopvallend. Hij loopt een rondje om het oude vliegveld. Hij is eigenlijk nergens naar op weg, dat is duidelijk, hij maakt gewoon een ommetje, maar ze blijft hem volgen tot hij weer naar huis gaat. En opnieuw blijft ze wachten in hetzelfde veld, ook nog nadat bijna al zijn lichten uit zijn gegaan. Ze sluipt naderbij, bedenkt zich en loopt door het donker terug naar huis, wederom zonder lantaarn.

De volgende dag voert ze een aftastend gesprekje met de postbode. 'Maakt u een praatje met hem als u zijn post bezorgt?'

'Niet echt. Het is nogal een schuwe. Komt niet eens naar de deur.'

'Wat voor post krijgt hij? Veel brieven?'

'Nou, dat mag ik niet vertellen.'

'Echt niet?' Ze lacht hem bijna uit.

'Nou ja. Meestal boeken. Een enkele keer een pakje uit de Cariben.'

'En wat nog meer?'

'Afgezien van die boeken weet ik het niet precies.'

'Heeft hij een hond?'

'Nee.'

'Interessant.'

'U wel?' vraagt hij.

'Nee.'

Het gesprek heeft niet veel opgeleverd, en hoewel de postbode nu graag lijkt te willen doorpraten, zet ze er een punt achter. Later weet ze met officiële hulp te achterhalen wat er precies bij de onbekende is bezorgd en wat hij zelf verstuurt. Ook ontdekt ze dat hij uit de Cariben komt, waar zijn grootouders als contractarbeiders op een suikerplantage in de Britse kolonie hebben gewerkt. Hij blijkt een soort schrijver te zijn, tamelijk beroemd naar het schijnt, ook in andere delen van de wereld.

Ze leert de naam van de onbekende uitspreken, en herhaalt die steeds voor zichzelf, alsof het de naam is van een zeldzame uitheemse bloem.

•

Als hij komt, dan zal hij eruitzien als een Engelsman...

Dat had Rose opgeschreven in een van haar schaarse dagboeken die ik na haar dood vond. Alsof ze zelfs in de beslotenheid van haar huis, zelfs in een geheim notitieboekje, voorzichtig moest zijn met het uitspreken van een vermoeden. Misschien heeft ze het wel als een mantra tegen zichzelf gemompeld. *Als hij komt, dan zal hij eruitzien als een Engelsman...*

Het verleden – dat weet mijn moeder als geen ander – werkt altijd door in het heden. Dus erkende ze in de beslotenheid van dat notitieboekje, in haar huis, in haar eigen land, dat ze nog steeds een doelwit was. Ze ging er blijkbaar van uit dat iemand die op wraak zon de gedaante van een Engelsman moest aannemen om tot diep in Suffolk te kunnen doordringen en dicht genoeg bij haar te kunnen komen zonder argwaan te wekken. De enige aanwijzing over zijn ware motieven zou zijn dat hij waarschijnlijk afkomstig was uit een streek in Europa waar zij ooit had gewerkt en waar tijdens de oorlog dubieuze beslissingen waren genomen. *Wie denk je dat er naar je op zoek is?* zou ik haar hebben gevraagd als ik het had geweten. *Wat heb je dan voor verschrikkelijks gedaan?* En ik denk dat zij zou hebben gezegd: *Mijn zonden zijn van velerlei aard.*

Ooit had ze aan me opgebiecht dat mijn schimmige vader uitblonk in het opbouwen van wallen en brandweringen tegen het verleden.

'Waar is hij nu?' vroeg ik.

'In Azië, misschien?' Een ontwijkend antwoord. 'Hij was voor het leven getekend. We zijn elk ons weegs gegaan.' Ze maakte een horizontale beweging met haar hand, alsof ze een tafel schoonveegde. Mijn vader, die we niet meer hadden gezien sinds hij die avond lang geleden aan boord was gestapt van de Avro Tudor.

Een wisselkind creëert zijn eigen stamboom. Dat betekende dat ik hem nooit zo goed zou leren kennen als De Schicht of De Mot. Het leek alsof deze twee mannen een hoofdrol speelden in een boek dat ik las in de tijd dat mijn vader er niet was, en zij waren degenen van wie ik leerde. Ik hunkerde naar onstuitbare avonturen met hen beiden, of zelfs naar een romance met een meisje in een restaurant dat uit mijn leven zou verdwijnen tenzij ik iets deed, tenzij ik aandrong. Want zo werkte het lot.

Een paar dagen achtereen probeerde ik in te breken in andere archiefkasten, in de hoop iets te ontdekken wat naar mijn vader verwees. Maar nergens vond ik een spoor van zijn bestaan, in welke hoedanigheid dan ook, noch in Engeland zelf, noch in het buitenland. Óf er waren geen gegevens over hem, óf zijn identiteit was nog dieper verborgen. Want in deze omgeving draaide het om hoogte: de hogere echelons van het zeven verdiepingen tellende gebouw gingen schuil in een mist die zich al lang geleden had losgemaakt van de dagelijkse wereld. Iets in mij wilde geloven dat mijn vader daar leefde, áls hij nog leefde. Niet in een verre uithoek van het Britse Rijk, waar hij de capitulatie van het Japanse leger in goede banen moest leiden en gek werd van de hitte, de insecten, de algehele complexiteit van het naoorlogse leven in Azië. Misschien was juist dat alles pure fictie, net als die promotie in het Verre Oosten, niet datgene wat hij in mijn verbeelding deed, dichter bij huis – de ongrijpbare, mistige man wiens naam nooit werd genoemd, die schijnbaar niet eens op papier bestond.

Want als ik terugdacht aan die paar keer dat mijn vader me voor zijn vertrek meenam naar zijn kantoor in de stad en me de grote kaart liet zien met de plaatsen waar hij zakendeed, de kusthavens en de discreet verborgen eilandenrijken, vroeg ik me af of dat soort kantoren tijdens de oorlog ook hadden dienstgedaan als inlichtingenbureaus. Waar stond dat kantoorgebouw eigenlijk waar mijn vader aan mij had uitgelegd dat zijn bedrijf thee en rubber importeerde uit de koloniën, en waar een verlichte kaart een overzicht bood van het economische en politieke landschap dat zijn universum uitmaakte? Misschien was het wel dít gebouw, of een andere locatie waar ooit net zulke verhulde activiteiten hadden plaatsgevonden. Welke functie had mijn vader werkelijk bekleed in het kantoor waar hij me als jongen mee naartoe had genomen? Want ik weet nu dat in zulke kantoren geldt: hoe hoger de verdieping, hoe meer macht. En dat gebouw doet me nu vooral denken aan het Criterion, waar degenen die onder de grond in de wasserij of de met stoom gevulde keukens werkten nooit de hogere niveaus mochten betreden en dus als vissen heen en weer bleven zwemmen bij de hekken en ladders, waar geen van hen verder steeg dan de eetzalen, en dan alleen door zich te vermommen in een onderdanig uniform. Was ik in mijn jeugd al eens met mijn vader op een van die door wolken omhulde etages geweest?

Ooit had ik, bijna als grap of als vraag-en-antwoordspel, een lijst opgesteld van wat er met onze vader gebeurd kon zijn, en die naar Rachel opgestuurd.

Gewurgd in Johor.
Gewurgd aan boord van een schip op weg naar de Soedan.
Voorgoed van de aardbodem verdwenen.
Voorgoed ondergedoken, maar nog wel actief.
Als gepensioneerde in een verzorgingshuis in Wimbledon, geplaagd door paranoia, zich constant ergerend aan de geluiden van een nabijgelegen dierenhospitaal.
Nog steeds op de bovenste verdieping van het Unilever-gebouw.

Ik heb nooit een reactie van haar gekregen.

Zo veel niet-gecategoriseerde flarden in mijn geheugen. In de slaapkamer van mijn grootouders had ik plechtige foto's van mijn moeder als studente gezien, maar er zat niet één foto van mijn vader bij. Zelfs na haar dood, toen ik rondneusde in White Paint op zoek naar alle mogelijke informatie over haar leven en dood, vond ik geen enkel fotografisch bewijs van zijn bestaan. Het enige wat ik wist was dat de politieke kaarten van zijn tijd een groot gebied bestreken en vele kusten omvatten, en ik zou nooit weten of hij dicht bij ons in de buurt was of voorgoed in een van die verten was opgegaan; een man die, zoals het aforisme luidde, op vele plaatsen leefde en overal stierf.

Een nachtegaalvloer

In de kranten stond niets over de dood van mijn moeder. De dood van Rose Williams lokte maar weinig publieke reacties uit in de wijdere wereld waartoe ze ooit had behoord. In haar kleine overlijdensadvertentie werd ze simpelweg omschreven als de dochter van een admiraal, en er werd niet bij vermeld waar haar begrafenis zou plaatsvinden. In *The Mint Light* werd helaas wel melding gemaakt van haar dood.

Rachel kwam niet naar de begrafenis. Ik probeerde haar te bereiken toen ik het bericht kreeg, maar er kwam geen antwoord op mijn telegram. Toch waren er verrassend veel mensen van buiten het dorp, mensen van wie ik aannam dat mijn moeder in vroeger tijden met hen had samengewerkt. Dit ondanks de geheimzinnigheid rondom de locatie.

Ze werd niet begraven in het dichtstbijzijnde dorp, maar zo'n twintig kilometer verderop in de parochie Benacre, in het district Waveney. Daar vond ook de plechtigheid plaats. Mijn moeder was niet religieus, maar de eenvoud van die kerk had haar altijd erg aangesproken. Degene die de dienst had georganiseerd wist dat blijkbaar.

De begrafenis vond plaats in de middag. Het tijdstip was zo gekozen dat degenen die met de trein van negen uur vanaf Liverpool Street uit Londen waren gekomen na afloop de late middagtrein terug konden nemen naar de stad. Toen ik keek naar de groep die zich rondom het graf had verzameld, vroeg ik me af wie dit allemaal had geregeld. Wie had de tekst voor haar grafsteen gekozen? *Door Donkerte & Gevaar ben ik getrokken, als was ik een Overwinnaar.* Toen ik de Malakites ernaar vroeg, zeiden ze dat zij het niet wisten, al vond mevrouw Malakite dat het allemaal heel smaakvol en efficiënt was gedaan. Onder de aanwezigen waren geen journalisten, en iedereen die met de auto was gekomen, had een paar honderd meter bij de ingang van het kerkhof vandaan geparkeerd om geen aandacht te trekken. Ik moet afstandelijk zijn overgekomen in mijn verdriet om mijn moeder. Ik had het nieuws pas de dag tevoren op mijn college te horen gekregen, en de anonieme rouwenden zagen in de achttienjarige bij het graf ongetwijfeld een stuurloze jongen zonder ouders. Een van hen kwam aan het eind wel naar me toe en gaf me zwijgend een hand, alsof dat voldoende troost bood, waarna hij langzaam en peinzend doorliep naar de uitgang van het kerkhof.

Ik praatte met niemand. Er kwam nog een meneer naar me toe, die zei: 'Je moeder was een bijzondere vrouw', maar ik keek niet eens op. Achteraf gezien was dat onbeleefd, maar hij was naar me toe gekomen terwijl ik in het graf keek, naar haar smalle kist die precies in de aarde paste. Ik bedacht net dat de kistenmaker en degene die hem had besteld geweten moesten hebben hoe uitzonderlijk dun Rose Williams was. En geweten moesten hebben hoe mooi ze het zwarte kersenhout zou hebben gevonden, dat de teksten die voor de dienst waren gekozen geen weerzin of spot bij haar zouden oproepen; misschien had diegene zelfs die regel van Blake voor de grafsteen gekozen. Ik stond dus te kijken naar wat zich zo'n meter lager bevond en over dat alles na te denken, toen ik de zachte, bijna timide stem van deze man hoorde. 'Je moeder was een bijzondere vrouw.' En tegen de tijd dat tot me doordrong dat ik weleens wat meer fatsoen had mogen tonen, was de lange man die ik niet had gegroet, maar die wel begreep dat ik me voor de wereld had afgesloten, al weggelopen en zag ik alleen zijn rug.

Na een poosje waren de Malakites en ik nog als enigen op het kerkhof. De Londenaren en de weinige dorpelingen die haar hun laatste eer hadden bewezen, waren vertrokken. De Malakites stonden op me te wachten. Ik had ze nog niet gezien na het nieuws over haar dood, had Sam alleen maar aan de telefoon gesproken. Toen ik aan kwam lopen, deed hij iets opmerkelijks. Hij sloeg zijn klamme jas van dassenbont wijdopen – met zijn handen in de zakken – en wikkelde me erin, tegen zijn warme lichaam, tegen zijn hart. In al die tijd dat ik hem kende, had hij me nauwelijks aangeraakt. Hij had zelden gevraagd hoe het met me ging, hoewel ik wist dat hij benieuwd was naar hoe ik me zou ontwikkelen, alsof mijn oordeel nog te groen was. Ik logeerde die nacht bij hen; het raam van de logeerkamer keek uit op hun ommuurde tuin. En de volgende dag bracht hij me met de auto naar White Paint. Ik had willen lopen, maar hij zei dat hij me moest spreken. Dat was het moment waarop hij me vertelde hoe ze aan haar eind was gekomen.

Niemand anders in het dorp wist wat er was gebeurd. Hij had het niet eens aan zijn vrouw verteld. Mijn moeder was vroeg in de avond overleden en meneer Malakite had haar de volgende dag rond het middaguur gevonden. Het was duidelijk dat het plotseling was gegaan. Hij droeg Rose Williams – hij noemde haar bij haar volledige naam, alsof er ineens geen intimiteit meer tussen hen bestond – naar de woonkamer. Toen belde hij het telefoonnummer dat ze hem ooit had gegeven met de opdracht dat nummer te bellen als haar iets zou overkomen – wat dan ook. Nog voordat hij mij belde.

De stem aan de andere kant van de lijn vroeg naar zijn naam en wilde weten waar hij zich bevond. De stem vroeg hem nogmaals te bevestigen dat ze dood was, en verzocht hem om even te wachten. Toen volgde er een stilte. De stem kwam terug en zei dat hij het pand moest verlaten zonder verder iets te doen. Dat hij niemand mocht vertellen wat er was gebeurd en wat hij zojuist had gedaan. Sam Malakite stak zijn hand in zijn zak en gaf me het oorspronkelijke briefje dat ze hem twee jaar eerder had gegeven, met het nummer dat hij moest bellen. De tekst was informeel maar zorgvuldig, zonder emotie, al meende ik aan de helderheid en nauwkeurigheid een onuitgesproken gevoel af te lezen, angst zelfs. Hij zette me af bij de glooiing die uitkeek op ons huis. 'Hiervandaan kun je lopen,' zei hij. Toen ging ik naar het huis van mijn moeder.

Ik betrad haar stilte. Ik zette wat voer buiten voor de wilde kat. En net als zij vroeger sloeg ik op een steelpan voor ik de keuken in liep, om de beruchte rat te verjagen.

Natuurlijk was er iemand geweest. Aan de bank waar Malakite haar op had neergelegd was niets te zien. Alle mogelijke aanwijzingen waren verwijderd. Ik nam aan dat er snel en efficiënt onderzoek zou worden gedaan naar haar dood, en dat eventuele vergeldingsacties die de regering zou ondernemen, buiten het zicht zouden plaatsvinden. Ze zouden mij niet op de hoogte brengen. En ik zou niets in het huis aantreffen waarvan zij niet wilden dat het gevonden werd. Tenzij zij iets onopvallends had achtergelaten wat ik zou opmerken en naast een kruimeltje informatie kon houden dat ze zich misschien ooit had laten ontvallen in een gesprek. 'Malakite doet me denken aan een vriend van me. Al is Malakite onschuldiger,' had ze gezegd. Alleen was het woord niet 'onschuldig' maar 'goedhartig'. Welk ook alweer? 'Goedhartig' volgens mij. Op de een of andere manier doet dat ertoe. Het zijn twee verschillende dingen.

Een tijdlang deed ik niets. Ik liep rondjes door de tuin en schijnbaar toevallig hoorde ik her en der rondom het huis de plechtige, zangerige roep van een koekoek. Toen we klein waren zei mijn moeder altijd: een koekoek in het oosten betekent troost, in het westen geluk, in het noorden verdriet, in het zuiden de dood. Ik ging ernaar op zoek, volgde een poosje het geluid en ging ten slotte de kas binnen, waar ze zou zijn gestorven. Er moesten ruiten zijn gesneuveld, maar die waren blijkbaar al gerepareerd. Ik moest er steeds aan denken dat ik bijna nooit alleen thuis mocht blijven. En dat ze me altijd in de gaten hield om te zien wat ik oppakte of wat mijn interesse wekte. Nu ik van haar haviksogen was bevrijd waren de kamers zelf nadrukkelijker aanwezig. Buiten werd het donker. Ik haalde een paar Duitse pockets uit de kast om te kijken of ze haar naam erin had geschreven, maar ze liet nooit een teken na van haar aanwezigheid. Er zat een boek bij over Casanova in zijn late jaren, van een schrijver die Schnitzler heette. Ik nam het mee naar boven en kroop in bed.

Het moet een uur of acht 's avonds zijn geweest toen ik dat deed, en ik werd al snel opgeslokt door het vreemde, gecomprimeerde verhaal over Casanova's poging om op middelbare leeftijd terug te keren naar Venetië; de hele handeling voltrok zich in een paar dagen tijd en paste in de krappe omlijsting van een novelle. Ik concentreerde me op het onverwachte en overtuigende medeleven dat Casanova ten deel viel. Het was in het Duits geschreven en ik vergat de tijd. Toen het verhaal eindigde met Casanova's slaap, sliep ik ook, met het bedlampje aan en het boekje nog in mijn handen.

Ik werd wakker in het bed waar ik altijd in sliep, deed het bedlampje uit en werd omhuld door de duisternis van drie uur 's nachts. Ik was klaarwakker en voelde dat ik met een andere blik door het huis moest lopen, met de meer Europese zienswijze van Schnitzler. Bovendien was dit het tijdstip waarop mijn moeder altijd wakker was.

Ik ging langzaam met de zaklamp van kamer naar kamer, trok

laden en kastdeuren open. Allereerst doorzocht ik mijn slaapkamer. Die was van haar geweest toen ze nog op school zat, al droegen de muren geen sporen uit die periode. Daarna de slaapkamer van haar ouders, gestold in hun eigen tijd, waar alles nog net zo was als toen ze bij het auto-ongeluk om het leven waren gekomen. Daarna de derde, middelgrote kamer, de hare, met het bed, opvallend smal, net als haar kist. Er stond een walnotenhouten regencybureau, een erfstuk van haar moeder, waaraan ze vaak midden in de nacht zat, niet om haar verleden op te tekenen maar juist om het uit te wissen. Daar stond ook de amper gebruikte telefoon in huis. Malakite moest deze kamer zijn binnengekomen om het nummer te bellen dat ze hem had gegeven – misschien een in Londen, misschien ergens anders.

In dat walnotenhouten bureau vond ik wel, gewikkeld in een van de gekreukte blouses van mijn moeder, een ingelijste foto van Rachel die ik nooit eerder had gezien. Bij nadere bestudering kwam ik tot de conclusie dat hij gemaakt moest zijn in de tijd dat mijn moeder niet bij ons was en wij ervan uitgingen dat ze niets afwist van ons reilen en zeilen. Ik vroeg me af wie hem had gemaakt. De Mot? Hoe vaak dacht onze moeder aan ons toen wij niet aan haar dachten? Het merkwaardige aan de foto was dat Rachel door haar kleding en houding eerder op een volwassene leek dan op de tiener die ze op dat moment was. Ik had haar nooit in zulke kleren gezien.

Aan het eind van mijn nachtelijke zoektocht had ik niets nieuws gevonden, niet eens een vergeten voorwerp op een hoge plank in de kast op mijn slaapkamer. Ze had er duidelijk grote schoonmaak gehouden voordat ze aanbood dat ik hem mocht gebruiken, de eerste keer dat ik kwam logeren in de vakantie. Het enige wat ik had, was die zorgvuldig ingelijste en verstopte foto van mijn zus, die ik, zo realiseerde ik me, al meer dan een jaar niet had gezien. Het was nu een uur of vijf, en omdat ik toch niet meer kon slapen, besloot ik naar beneden te gaan. Ik liep de trap af, de koude stilte in, en toen ik onderaan een voet op de houten vloer zette, sloegen de nachtegalen in het donker aan.

Van dat plotselinge luide gepiep zou iedereen wakker zijn geworden, zoals een jaar eerder met mijn moeder was gebeurd toen ik midden in de nacht naar beneden was gegaan. Ik wilde alleen maar wat kaas en melk pakken, en toen ik me omdraaide, gevangen in dat chaotische lawaai, zag ik haar gestalte daar al boven aan de trap staan, met iets in haar hand wat ik niet kon thuisbrengen. Toen ze mij zag, verborg ze het achter haar rug. Waar ik mijn voet vervolgens ook neerzette, met haar opgeluchte maar ook spottende blik op mij gevestigd, de geluiden bleven verraden waar in het halfdonker ik me bevond. Er was maar één smal randje waar je geluidloos over de vloer kon lopen. Maar nu was ik alleen en liep ik gewoon te midden van het lawaai de gang door, totdat ik haar kleine woonkamer met tapijt en de open haard had bereikt en het nachtegaalalarm ophield.

Ik ging zitten. Vreemd genoeg gingen mijn gedachten niet naar wat mijn zus en ik waren kwijtgeraakt met de dood van Rose, maar naar haar vertrek lang geleden, toen het voelde alsof we zo veel meer waren kwijtgeraakt. Ik dacht aan het plezier dat ze erin had om ons een andere naam te geven. Het was mijn vader die erop had gestaan dat ik Nathaniel zou heten, maar dat vond mijn moeder te lang. Dus voor haar was ik 'Knoop'. Net zoals Rachel 'Sijs' werd. *Waar is Sijs in vredesnaam?* Zelfs voor volwassen vrienden ging mijn moeder graag op zoek naar een betere naam dan die waarmee ze waren gedoopt. Ze roofde namen van landschappen, noemde mensen bij de naam van de plaats waar ze geboren waren of zelfs waar ze hen voor het eerst had ontmoet. 'Daar hebben we Chiswick,' zei ze dan over een vrouw die ze op de radio hoorde en bij wie ze een kenmerkend accent ontwaarde. Toen we klein waren, werden zulke flinters nieuwsgierigheid en informatie altijd met ons gedeeld. En dat had ze ons allemaal ontnomen toen ze gedag zwaaide en verdween. Ik moest denken aan haar drang om zichzelf uit te wissen en realiseerde me, voor het eerst alleen hier in White Paint, dat ik nu ook haar levende stem kwijt was. Dat vlijmscherpe intellect waarover ze beschikte toen ze jong was, dat hele geheime leven waar ze in was gestapt en dat ze voor ons verborgen had gehouden, allemaal kwijt.

Ze had het huis gereduceerd tot een kaal pad. Haar slaapkamer, de keuken, de kleine woonkamer met open haard en de korte doorgang met boeken die naar de kas leidde. Daar hadden de laatste jaren van haar leven zich afgespeeld. Van het familiehuis waar ooit plattelandsburen en kleinkinderen in en uit waren gelopen, was nu alleen nog maar een skelet over, zodat ik in de twee dagen die ik er na de begrafenis verbleef meer tekenen zag van haar ouders dan van haar. In een kast vond ik wel een paar handgeschreven vellen papier. Op een ervan stond een wonderlijke overpeinzing over haar huisrat, alsof die een permanente gast was waar ze op den duur aan gewend was geraakt. Er zat een tekening op schaal bij van haar tuin, waarschijnlijk gemaakt door Sam Malakite. Een telkens bijgewerkte kaart van de landen rondom de Zwarte Zee. Maar de meeste kasten waren leeg, alsof iemand de belangrijkste bewijzen van haar bestaan had weggehaald.

Ik stond voor haar boekenkast, die bescheiden was voor iemand die in haar eentje op het platteland woonde en zelden naar de radio luisterde, tenzij Malakite iets had gezegd over een stormwaarschuwing. Blijkbaar had ze inmiddels genoeg van andere stemmen, met uitzondering van de stemmen die ze ontdekte in romans met een plot dat allerlei wilde kronkels maakte en dan in de laatste twee of drie hoofdstukken ineens recht op huis aanging. Er waren geen tikkende klokken in dit uitgeklede, stille huis. De telefoon op haar slaapkamer ging nooit over. De enige evidente en daardoor verrassende bron van geluid was de nachtegaalvloer. Die bracht haar troost, bood haar veiligheid, had ze verteld. Verder niets dan stilte. Tijdens mijn vakanties kon ik haar in de kamer naast de mijne een zucht horen slaken of een boek horen dichtslaan.

Wat keerde ze vaak terug naar die kast vol pockets, waar ze bij Balzacs Rastignac en Félicie Cardot en Vautrin kon zijn. 'Waar is Vautrin nu?' vroeg ze een keer slaperig aan me, nog maar half-wakker, misschien zonder te weten tegen wie ze het had. Arthur Conan Doyle beweerde dat hij nooit Balzac had gelezen omdat hij niet wist waar hij moest beginnen, dat het te moeilijk was om de oorsprong van de hoofdpersonen te achterhalen of het punt aan te wijzen waar ze voor het eerst hun opwachting maakten. Maar mijn moeder kende *La Comédie Humaine* van a tot z en ik begon me af te vragen in welk van de boeken ze een versie van haar eigen niet-opgetekende leven had gevonden. Wiens levensverhaal volgde ze, verspreid over die romans, om zichzelf beter te begrijpen? Ze wist vast dat *Le Bal de Sceaux* het enige boek van *La Comédie Humaine* is waarin Rastignac niet voorkomt, maar dat er wel volop naar hem wordt verwezen. In een opwelling haalde ik die titel uit de kast, bladerde het boek door en daar, weggestopt tussen bladzijde 122 en 123, vond ik een handgetekend kaartje op een kwartovel van vijftien bij twintig centimeter; het zag eruit als een krijtheuvel. Geen plaatsnamen. Een flinter die waarschijnlijk niets te betekenen had.

Ik ging weer naar boven en maakte die oude bruine envelop met foto's open die nog steeds op de kamer van mijn grootouders lag. Alleen zaten er nu minder in. De wat speelsere, onschuldige foto's die ze me in een eerdere zomer had laten zien, ontbraken. Weer zag ik het ernstige jonge gezicht van mijn moeder onder de berceau naast de keuken – maar de latere foto's, die me het dierbaarst waren geweest, zaten er niet meer bij. Misschien waren ze dan toch niet zo onschuldig geweest. Die van Rose met haar ouders en de lange man die ik van de andere foto's kende – vooral die ene van hen allemaal samen, in het uitheemse decor van de Casanova Revue Bar in Wenen, met mijn moeder als late tiener in een waas van sigarettenrook te midden van deze volwassen entourage, een vurige violist naar haar toe gebogen. En zelfs die paar andere foto's van misschien een uurtje later, als kiekjes uit een fotohokje, waarop ze allemaal lachend en op elkaar gepropt achter in een taxi zaten.

'Een vriend van mijn vader. Hij was onze buurman, en hij kwam uit een rietdekkersfamilie,' vertelde Rose toen ze me de foto's liet zien die er nu niet meer waren. Ik had de extra man aangewezen en gevraagd wie dat was. 'Dat is de jongen die van het dak was gevallen.'

'Hoe heette hij?'

'Dat weet ik niet meer.'

Maar nu wist ik natuurlijk wie hij was.

Hij was die man op de begrafenis van mijn moeder, met de zachte, timide stem, die bij haar graf stond en me probeerde aan te spreken. Inmiddels was hij ouder, maar ik herkende hem van die paar losse foto's, waarop hij net zo lang was en net zo'n krachtige uitstraling had. Hij was een legende op kantoor en ik had hem een paar keer in de gangen zien wachten tot een van die krappe blauwe liften hem naar een hoge, onbekende verdieping zou brengen, naar een landschap waarvan de meesten die in het gebouw werkten zich alleen maar een voorstelling konden maken.

Op mijn laatste avond in White Paint, twee avonden na de begrafenis, ging ik naar de kamer van mijn moeder, kroop in haar smalle bed waar de lakens af waren gehaald, en lag daar in het donker naar het plafond te kijken, zoals ook zij moet hebben gedaan. 'Vertel eens over hem,' zei ik.

'Over wie?'

'Degene over wie je tegen me hebt gelogen. De man van wie je zei dat je zijn naam niet meer wist. De man die me aansprak op je begrafenis.'

DE JONGEN OP HET DAK

Elke keer dat Rose of haar ouders het huis uit kwamen om eieren te rapen of in de auto te stappen, keek hij vanaf het schuine rieten dak omlaag. Marsh Felon kwam op zijn zestiende in het nog prille leven van mijn moeder toen het dak van White Paint opnieuw gedekt moest worden. Samen met zijn vader en twee broers vertoefde hij de eerste weken van de zomer daarboven, soms gestreeld door de zon, soms afgeranseld door ferme windstoten – een hecht groepje dat efficiënt te werk ging en aan één stuk door praatte, met een rotsvast vertrouwen in elkaar, bijna mythisch in hun eendracht. Marsh was de jongste, hij luisterde alleen maar. In de winter sneed en stapelde hij het riet, helemaal alleen in het nabijgelegen moeras, zodat het droog was als zijn broers het in het voorjaar door het langstelige stro op het dak weefden en vastzetten met buigzame wilgentenen, die ze kromden als haarspelden.

De plotselinge rukwind had Marsh opgetild en hij tuimelde van het dak, graaiend naar de takken van de lindeberceau in een poging zijn val te stuiten, waarna hij zes meter lager op het plaatsje belandde. De anderen kwamen vanuit het geraas van de wind naar beneden en droegen hem horizontaal naar de bijkeuken. De moeder van Rose maakte de bank voor hem op. Hij mocht zich niet verroeren en ook niet verplaatst worden. Zo kwam Marsh Felon bij vreemden in de bijkeuken te wonen.

Het enige licht in de L-vormige kamer was van buiten afkomstig. Er stond een houtfornuis en er hing een kaart van The Saints, waarop elk voetpad en elke oversteekplaats langs de rivier was aangegeven. Dit zou zijn wereld zijn gedurende de weken waarin zijn broers het werk op het dak afmaakten. Hij hoorde ze vertrekken bij zonsondergang en werd de volgende ochtend wakker van hun luide, ononderbroken gesprekken als ze hun ladders op klommen. Na de eerste paar minuten was hun gepraat nauwelijks meer te horen; alleen gelach en geïrriteerde kreten drongen tot de jongen door. Twee uur later merkte hij dat de bewoners begonnen rond te scharrelen in het huis en op gedempte toon met elkaar spraken. De wereld voelde dichtbij en toch ver weg. Dat gevoel had hij ook als hij op het dak werkte, dat de grote, actieve wereld op ruime afstand aan hem voorbijging.

Het achtjarige meisje bracht hem zijn ontbijt en maakte zich dan snel weer uit de voeten. Meestal kreeg hij alleen van haar bezoek. Dan bleef ze in de deuropening staan. Achter haar kon hij de rest van het huis zien. Rose, heette ze. Bij hem thuis woonde al jaren geen vrouw of moeder meer. Op een dag bracht ze uit de familiebibliotheek een boek voor hem mee, dat hij verslond. Hij vroeg er nog een.

'Wat is dit?' Ze had een paar schetsjes gezien op de laatste, lege pagina van een boek dat ze hem te lezen had gegeven.

'O, het spijt me...' Marsh schaamde zich diep. Hij was die tekeningetjes vergeten.

'Geeft niet. Wat is het?'

'Een vlieg.'

'Vreemde vlieg. Waar heb je die gezien?'

'Nee, die maak ik, kunstvliegen voor het vissen. Ik kan er een voor jou maken.'

'Hoe dan? Waarvan?'

'Misschien een olijfgroene nimf met blauwe vleugels... Dan heb ik draad nodig. Watervaste verf.'

'Dat haal ik wel voor je.' Ze wilde al weglopen.

'Nee, dat is nog niet alles...' Hij vroeg om papier, iets om op te schrijven. 'Ik zal een lijstje maken.'

Ze keek toe.

'Wat staat hier nou? Dat handschrift van jou is echt niet te lezen. Zeg het maar liever.'

'Goed dan. Kleine ganzenveren. Rood koperdraad, niet veel dikker dan een mensenhaar. Dat gebruiken ze voor kleine transformatoren...'

'Niet te snel.'

'... en voor dynamo's. Misschien kun je een naald regelen? En wat zilverfolie voor de glans.'

De lijst werd langer. Kurk, stukjes essenhout. Er waren spullen bij die hij nooit eerder had gebruikt. Kon ze een notitieboekje meenemen? Zijn fantasie ging met hem op de loop, alsof hij in een bibliotheek was die hij voor het eerst betrad. Ze vroeg door over het draad, het formaat van de haakjes. Ook toen al viel het haar op dat de schetsen, in tegenstelling tot zijn handschrift, heel nauwkeurig waren. Alsof ze door een ander waren gemaakt. Voor de jongen voelde het als zijn eerste echte gesprek in jaren. De volgende dag hoorde hij de auto wegrijden over de oprit – het meisje en haar moeder.

Het grootste deel van de dag zat hij in het zonlicht bij het raam, zijn vingers druk knutselend aan de vlieg die, afgezien van de kleuren, een exacte weerspiegeling werd van zijn tekening. Of hij stond in een ongemakkelijke houding voor hun kaart, speurend naar wat hij al wel en wat hij nog niet kende: de strakke lijn van de eiken langs de rechte Romeinse weg, de flauwe bocht in de rivier. 's Nachts glipte hij in het donker uit bed en probeerde hij bewegingen te maken met zijn onbeholpen lichaam. Het was van belang dat hij zichzelf niet kon zien. Als hij door zijn heup zakte, viel hij tegen een muur of het bed. Hij ging zo lang mogelijk door en kroop uiteindelijk weer onder de dekens, nat van het zweet. Zijn familie en de familie van het meisje wisten hier niets van af.

Nadat de broers met de kromme naald het riet hadden vastgebonden, trokken ze in hun laatste werkweek hun tuig aan en leunden ze over de rand van het dak om met het lange boeibordmes de loshangende uiteinden af te snijden. Als hij door het raam omhoogkeek, zag de jongen alleen de heen en weer zwaaiende ijzeren lemmeten en de strorestjes, die bij bosjes neervielen.

En toen droegen zijn familieleden hem, opnieuw horizontaal, terug naar hun wagen en verdwenen ze. De stilte die ze hadden moeten ontberen, nam weer bezit van het huis. In de maanden daarop vernamen het meisje en haar ouders nu en dan dat de Felons aan een huis in een dorp ver weg werkten, als kraaien die een nieuw kreupelbosje hadden gevonden om in te nestelen. Maar de jongste zoon, Marsh, nam elke vrije minuut te baat om van zijn hinkebeen af te komen. Hij stond op in het donker en liep langs huizen die ze ooit hadden gedekt, of daalde af naar de riviervalleien als de nacht ten einde kwam en de lucht zich vulde met vogelgezang. Het was dat uur van de dag met het intense nieuwe licht waar Marsh Felon nu in boeken naar op zoek ging, in de hoop dat de auteur zich dit bijzondere moment uit zijn jeugd herinnerde en zou afdwalen van zijn verhaal om zich aan een beschrijving te wagen. De jongen las nu elke avond. Zo kon hij zich doof houden als zijn broers in gesprek waren. Al kende hij het rietdekkersvak, hij zonderde zich toch van hen af.

Volkomenheid. Wat betekent dat eigenlijk? Perfectie? Completering? Een toestand van volledigheid? Iets om naar te verlangen? De persoon genaamd Marsh Felon wilde studeren en de wereld om hem heen opsnuiven. Toen Rose en haar ouders hem twee jaar later weer tegenkwamen en hij inmiddels een jongeman was, herkenden ze hem eerst nauwelijks. Hij was nog steeds een toeschouwer, maar hij was iemand anders geworden, nu al serieus, nieuwsgierig naar de processen van de wereld om hem heen. Haar ouders namen hem onder hun hoede, net als die keer in zijn jeugd, toen zijn verwonding hem tot eenzaamheid had veroordeeld. Ze hadden zijn intelligentie opgemerkt en steunden hem bij zijn studie. Zijn eigen familie had hij min of meer de rug toegekeerd.

•

Felon drukte zich tegen de bakstenen kroonlijst en klom in het donker langs de toren van het universiteitsgebouw naar boven, tot meer dan vijftig meter boven het onzichtbare binnenplein. Drie nachten per week beproefde hij zijn krachten op de dakpannen, die glad waren van de regen, tot een uur of twee voor het licht werd en de gebouwen en gazons zich langzaam tentoonspreidden. Publieke krachtmetingen als roeien of rugby had hij nooit overwogen; alleen zijn gehavende vingers en snelle bewegingen verrieden hoe sterk hij was. In een tweedehandsboekhandel had hij een anarchistisch werk gevonden, *The Roof-Climber's Guide to Trinity*, en omdat hij die verhalen over de obsessieve klauterpartijen op het gebouw van Trinity College aanvankelijk afdeed als fictie, als een jongensavontuur, was hij gaan klimmen, alsof hij het waarheidsgehalte ervan wilde onderzoeken – of misschien een onberispelijk ravennest in de klokkentoren. Hij zag die nachten verder niemand, maar op een avond ontdekte hij twee namen, gekrast met een spijker, en daarnaast het jaartal 1912. Hij slenterde over de daken van de kloostergang, daalde af langs ruwe muren. Hij leek wel een spook, ook voor zichzelf.

Na een tijdje merkte hij dat hij niet de enige nachtbraker was.

Het bleek een klimtraditie te zijn die was begonnen met het in eigen beheer uitgegeven boek dat Marsh had ontdekt. Het was geschreven door Winthrop Young, die voorafgaand aan zijn studie in Cambridge bergen had beklommen en de avontuurlijkheid zo miste dat hij de 'dunbevolkte en grotendeels anonieme gebouwen' van het college tot zijn Alpen maakte. Met zijn labyrintische illustraties en minutieuze beschrijvingen van de beste klimroutes was *The Roof-Climber's Guide to Trinity* al twee decennia lang een inspiratiebron voor hele generaties gevelbeklimmers, die zich van regenpijpen lieten glijden op de 'Bijenkorfroute' en die over de wiebelige dakpannen op het Babbage Lecture Theatre glibberden. Felon was dus niet de enige klimmer. Als hij anderen tegenkwam, luttele meters verderop, glipte hij zonder teken van herkenning geruisloos verder. Eén keer, tijdens een storm, greep hij een jas beet toen er een lichaam langs hem heen viel en trok hij de persoon in kwestie tegen zich aan; het geschokte gezicht dat hem door de striemende wind aanstaarde was dat van een onbekende eerstejaars. Felon liet hem op een veilige richel achter en klom verder.

Toen hij in december langs een toren van de kapel naar beneden klom, passeerde hij een vrouw die zijn arm vastpakte en weigerde hem zonder begroeting verder te laten gaan. 'Hallo, ik ben Ruth Howard. Wiskunde, Girton College.' 'Marsh Felon,' hoorde hij zichzelf zeggen. 'Linguïstiek.' Ze ging verder: 'Volgens mij ben jij degene die mijn broer heeft onderschept. Jij bent die stille. Ik heb je hier vaker gezien.' Hij kon haar gezicht nauwelijks onderscheiden. 'Wat studeer je nog meer?' vroeg hij. Hij vond zijn stem hard klinken in het donker. 'Ik ben vooral geïnteresseerd in de Balkan; het is daar nog steeds zo'n puinhoop.' Ze zweeg even en staarde in het niets. 'Ik neem aan dat je weet dat er een paar dakdelen zijn waar niemand in zijn eentje kan komen. Zullen we samen klimmen?' Hij maakte een aarzelende maar afwijzende beweging met zijn hoofd. Ze liet zich zakken en verdween uit het zicht.

De zomer daarop in Londen bleef hij in conditie door 's nachts de gebouwen van de stad te beklimmen, waaronder de pasgebouwde uitbreiding van Selfridges. Iemand had tijdens de bouw een plattegrond gemaakt waarop ook de nooduitgangen stonden, dus hij was er niet alleen met mooi weer, maar ook bij regen en storm. 'Marsh Felon,' zei de vrouwenstem alsof ze hem net pas herkende, hoewel hij met één hand aan een langzaam loslatende dakgoot hing. 'Wacht even.' 'Goed. Ik ben trouwens Ruth Howard.' 'Ik weet het. Ik zag je een paar avonden geleden op de oostmuur, boven Duke Street.' 'Zullen we wat gaan drinken?' vroeg ze.

In de Stork vertelde ze hem over andere goede klimgelegenheden in de stad; de aardigste waren volgens haar een paar katholieke kerken en Adelaide House aan de rivier. Ze vertelde meer over Winthrop Young, want diens *Roof-Climber's Guide* was haar bijbel. 'Hij klom niet alleen, hij heeft ook de Chancellor's Medal voor poëzie gewonnen en in de Eerste Wereldoorlog sloot hij zich als gewetensbezwaarde aan bij de vrijwillige ambulancedienst. Mijn ouders woonden bij hem in de buurt en kenden hem wel. Hij is mijn held.'

'Ben jij een gewetensbezwaarde?' vroeg hij.

'Nee.'

'Waarom niet?'

'Dat ligt wat ingewikkeld.'

'Heb je ooit aan Trinity gestudeerd?' vroeg hij haar later.

'Niet echt. Ik was op zoek naar het juiste soort mensen.'

'En wie heb je gevonden?'

'Iemand die ik achtervolgde op de hellingen van Selfridges en mee heb genomen om iets te gaan drinken.'

Felon begon te blozen.

'Omdat ik je broer heb onderschept?'

'Omdat je het aan niemand hebt verteld.'

'Dus ik ben het juiste soort mens?'

'Misschien. Als ik het weet, hoor je het. Hoe kwam het dat je bent gevallen?'

'Ik val nooit.'

'Je hinkt een beetje.'

'Het jongetje in mij is gevallen.'

'Dat is nog erger. Dan gaat het misschien nooit meer over. De angst. Je komt uit Suffolk...'

Hij knikte. Felon vroeg zich maar niet meer af wat ze allemaal van hem wist, en hoe.

'En waarom viel je toen je viel?'

'Ik kom uit een rietdekkersfamilie.'

'Apart.'

Hij zei niets.

'Ik bedoel wat romantisch.'

'Ik brak mijn heup.'

'Apart,' zei ze weer, nu met zelfspot. En toen: 'We zoeken trouwens nog iemand voor de oostkust. In de buurt van waar jij woonde...'

'Wat voor iemand?'

Hij was op bijna alles voorbereid.

'Iemand om bepaalde mensen in de gaten te houden. We hebben de ene oorlog net achter de rug, maar er komt waarschijnlijk alweer een nieuwe aan.'

Hij bestudeerde de kaarten van de oostkust die ze aan hem had gegeven, alle paadjes tussen de kustplaatsen, van Covehithe tot Dunwich. En toen de gedetailleerdere kaarten met boerderijen die eigendom waren van de mensen op haar lijst. Ze hadden niets gedaan, ze waren alleen maar verdacht. 'We moeten ze in de gaten houden voor het geval er een invasie komt,' zei ze. 'Hun sympathie ligt bij Duitsland. Jij zou naar binnen kunnen sluipen zonder sporen achter te laten, een bliksemaanval, zoals Lawrence het noemt. En dat gereedschap dat rietdekkers gebruiken... hoe heet dat ook alweer?'

'Een kromme naald.'

'O ja. Mooie naam.'

Daarna zag hij deze Ruth Howard nooit meer, hoewel hij haar naam vele jaren later nog eens tegenkwam in een vertrouwelijk overheidsrapport over de aanhoudende, meedogenloze onrust in Europa, op een briefje dat bij een woedende, handgeschreven tekst zat: *We leven in een 'collage' waarin niets naar het verleden is verbannen en geen enkele wond door de tijd is geheeld, waarin alles open, bitter is en in het heden doorwerkt, waarin alles naast elkaar blijft bestaan...*

Het was een felle aanklacht.

Maar Ruth Howard was wel degene die hem had ingevoerd in de geheime oorlogen. Op de toppen van Trinity had ze hem de 'verloren-daktechniek' geleerd, een uitdrukking die was ontleend aan de Japanse kunst en die verwees naar een hoog gezichtspunt, zoals een klokkentoren of het dak van een kloostergang, waarvandaan je over de muren heen naar verten kunt kijken die gewoonlijk aan het zicht onttrokken zijn, alsof je een blik wordt gegund op een ander leven of land; een lateraal bewustzijn dat je alleen op grote hoogte bereikt.

En Ruth Howard had gelijk, hij wás ook een stille. Slechts weinigen zouden te weten komen hoe of waar Felon deelnam aan de diverse conflicten die de daaropvolgende decennia bleven doorsmeulen.

Vogeljacht

Marsh reed door het donker naar White Paint en keek samen met de hond naar Rose, die op het gedempte licht van de auto afliep en achterin instapte. Felon schakelde de auto in zijn achteruit en zette koers naar de kust. De rit duurde bijna een uur. Zij lag tegen de leverbruine hond aan te slapen. Af en toe keek hij naar ze. Zijn hond. Het veertien jaar oude meisje.

Bij de monding van de Blyth liet hij het dier uit de auto en zette het camouflagescherm op. Hij haalde de stevige foedralen met de geweren uit de kofferbak en liep ermee naar de plaats waar de hond stond te wachten, zijn neus al vooruitgestoken naar iets aan de andere kant van het estuarium, een moddervlakte bij laagwater. Het was weer dat onbeschreven, bijna nietbestaande tijdstip waar Marsh Felon zo van hield, als het water kwam opzetten, centimeter voor centimeter. Hij kon het in het donker horen. De enige capsule van licht in de wijde omtrek was de auto waarin het meisje lag te slapen, met het portier open zodat de amberkleurige gloed als baken of kompaspunt kon dienen. Hij bleef ongeveer een uur wachten tot het hele estuarium vol was gelopen, liep toen terug en wekte Rose met een hand op haar schouder. Ze rekte zich uit, haar armen tegen het vilten dak van de auto gedrukt, en staarde een tijdje naar het donker. Waar waren ze? Waar was Felons hond?

Hij liep met haar door het stugge gras naar de kustlijn, waar het wassende water nog steeds het verstrijken van de tijd markeerde. Toen het licht werd stond het een voet diep, het landschap bijna herkenbaar. Plotseling was alles wakker: de vogels kwamen uit hun nesten, de jachthond, die plechtig aan de rand van de nu twee voet diepe monding stond, week achteruit voor het stijgende, kolkende water. Het was gevaarlijk voor iemand die hier niet bekend was en niet goed kon zwemmen; zelfs met dit lage tij zou hij al worden meegesleurd, terwijl hij zojuist nog de honderd meter naar het tijdelijke eilandje had kunnen lopen, tot aan zijn middel in het water.

Felon vuurde en de lege patroon sprong uit het geweer. Geruisloos viel de vogel in het water. De hond zwom erheen, schudde er even mee, draaide een rondje en kwam met het dier terugzwemmen. Het viel haar op dat hij de vogel bij de poten vasthield, zodat hij kon ademen tijdens het zwemmen. Boven hem vlogen vogels in ordeloze zestallen en Felon vuurde opnieuw. Het was nu lichter. Hij pakte het andere geweer, legde uit hoe je het open moest klappen en dubbel moest laden. Hij deed het niet voor, maar legde het uit, heel rustig, en zag aan haar gezicht wat ze wel en niet in zich opnam. Hij vond dat ze op een prettige, vertrouwenwekkende manier luisterde, als kind al, met geheven hoofd, haar blik op zijn mond gericht. Net als een hond. Ze vuurde ongericht de lucht in. Dat liet hij haar een aantal keer doen om aan het geluid en de terugslag te wennen.

Soms reden ze naar de monding van de Blyth, soms naar die van de Alde. Na die eerste nachtelijke reis kwam ze elke keer voorin zitten als ze met Felon op vogeljacht ging aan de kust, en al die keren bleef ze wakker, ook al wisselden ze nauwelijks een woord. Ze tuurde naar de laatste restjes duisternis, naar de grauwe bomen die op hen afsnelden en voorbijflitsten, alsof ze net wisten te ontkomen. Ze dacht al aan het gewicht van het geweer in haar handen, aan de koude greep, aan de zwiepende beweging om het op het juiste moment in de juiste hoek te brengen, de terugslag en de echo die over het stille water zou galmen. Zodat ze zich nu al op dat alles kon instellen, terwijl ze er met zijn drieën in de donkere auto naartoe reden. De hond stak zijn kop tussen de twee stoelen naar voren en legde zijn warme snuit op haar rechterschouder; zij leunde met haar hoofd opzij tegen het zijne.

•

Uiterlijk veranderde Rose in de loop der jaren nauwelijks; haar gezicht en lichaam behielden hun pezige slankheid. Ze had iets waakzaams over zich. Marsh Felon wist nooit goed waar dat vandaan kwam, want ze was opgegroeid in een serene, introverte omgeving zonder hectiek. Deze sereniteit was terug te zien in haar vader, de admiraal. Die leek zich niet te bekommeren om wat er om hem heen gebeurde, maar dat beeld van hem was onvolledig. Marsh was zich ervan bewust dat haar vader, net als hijzelf, in de stad een drukker, formeler bestaan had. De twee mannen gingen samen wandelen op zondag, en dan sprak Marsh, de grote natuurliefhebber, over het raadsel van de krijtheuvels, waar 'hele diersoorten komen en gaan, terwijl er kalklagen worden gevormd door nijvere, onmetelijk kleine beestjes die hun werk doen in een vrijwel onbegrensde tijd'. Voor de vader van Rose was Suffolk net zo'n traag universum waar veranderingen heel geleidelijk gingen, een plateau van rust. Hij wist dat de zee de echte, hectische wereld was.

En tussen de vader en die gemoedelijke vriendschap van Felon bevond zich het meisje. In haar ogen was geen van beide mannen tiranniek of gevaarlijk. Haar vader mocht dan nogal pedant overkomen als zijn mening over politieke partijen werd gevraagd, hij liet wel de hond van het gezin, Petunia, op de bank en vervolgens in zijn armen kruipen. Wanneer zijn vrouw en dochter hem dat soort dingen zagen doen, beseften ze maar al te goed dat zoiets ondenkbaar was op zee, waar een rafelige talreep al aanleiding was tot straf. En hij kon sentimenteel zijn waar het muziek betrof, maande hen tot stilte als er een bepaalde melodie door de ether klonk. Als hij er niet was, miste zijn dochter die kalme mannelijkheid waarbij ze geborgenheid vond wanneer de regels van haar moeder haar te streng waren. Wat misschien ook verklaarde waarom Rose tijdens zijn afwezigheid Marsh Felon opzocht, met open mond naar hem luisterde als hij vertelde over de koppige gewoontes van egels, over een koe die de nageboorte van haar kalf opat om weer op krachten te komen. Ze had behoefte aan de complexe regels van volwassenen en van de natuur. Ook toen ze jong was sprak Felon haar al aan als een volwassene.

Toen Marsh Felon na een lang verblijf in het buitenland naar Suffolk terugkeerde, maakte ze opnieuw kennis met hem. Maar ze was niet langer het jonge meisje dat hij had leren vissen en op vogels had leren jagen. Ze was getrouwd en had een dochter, mijn zus Rachel.

Felon kijkt naar Rose, die haar dochter op de arm houdt. Ze zet Rachel in het gras en pakt de hengel, zijn cadeau voor haar. Hij weet dat ze als eerste het gewicht zal testen, hem op haar vingers zal laten balanceren en dan zal glimlachen. Hij is te lang weg geweest. Het enige wat hij wil is die glimlach weer zien. Ze laat haar handpalm langs de nerf van de geïmpregneerde roe glijden, tilt dan de baby op en loopt naar Felon toe om hem te omhelzen, met het kind onhandig tussen hen in.

Maar nu beziet hij haar in een ander licht; ze is geen leergierig meisje meer, en dat vindt hij jammer. Terwijl hij voor Rose, die naar haar ouderlijk huis in Suffolk is komen rijden en hem daar aantreft, nog precies diezelfde bondgenoot uit haar jeugd is. Zij heeft niet het gevoel dat er tussen hen iets is veranderd, ook al moet ze telkens borstvoeding geven en wordt ze om drie of vier uur 's nachts wakker. De gedachten die door haar hoofd schieten, gaan niet over haar buurman van vroeger, Felon, voor wie ze nog steeds genegenheid koestert, maar over de carrière waar ze naartoe had gewerkt, en die door haar huwelijk nu onbereikbaar is geworden. Ze heeft een kind, is al zwanger van de tweede, dus een carrière als linguïst lijkt vervlogen. Ze zal een jonge moeder blijven. Ze voelt zich minder fit. Ze overweegt zelfs om dat aan Felon te vertellen tijdens hun wandeling, als ze even een uur het kind niet heeft.

Felon blijkt voornamelijk in Londen te verblijven, vlak bij Tulse Hill, waar zij met haar man woont, maar ze komen elkaar nooit tegen. Hun levens in Londen raken elkaar niet. Felon werkt bij de BBC, maar ook aan andere projecten, waar hij weinig over loslaat. En hoewel hij door zijn radioprogramma bekendstaat als de sympathieke natuurkenner weten sommigen dat er achter die publieke persona een rokkenjager schuilgaat – 'de flaneur' noemt haar vader hem altijd.

Deze middag bij haar ouders, op het gazon van White Paint, ziet ze hem voor het eerst in jaren. Ze vraagt zich af waar hij al die tijd is geweest. Maar vandaag is ze jarig, en om haar te verrassen is hij met een hengel als cadeau naar de lunch gekomen die haar moeder voor haar heeft georganiseerd. Als ze elkaar begroeten, spreken ze af om samen een uur te gaan wandelen. 'Die olijfgroene nimf met blauwe vleugels die je ooit hebt gemaakt, die heb ik nog steeds,' zegt ze. Het voelt als een bekentenis.

Maar ze is een vreemde voor hem geworden, haar pezige lichaam permanent vastgeklonken aan het kind. Ze is minder op zichzelf, minder waakzaam, hij kan er de vinger niet op leggen, maar hij heeft het idee dat ze degene die ze vroeger was in zekere zin achter zich heeft gelaten. Dat gretige in haar waar hij altijd zo op gesteld was, is verdwenen. En dan, als ze een cedertak opzijduwt, herkent hij ineens die vage lijn van de wervels in haar nek, voelt hij weer die genegenheid voor iets waarvan hij dacht dat het was verdwenen.

Dus doet hij een werkvoorstel aan deze zeer begaafde vrouw die hij ooit over allerlei onderwerpen heeft onderricht: over die lijst van de oudste gesteenten in het graafschap, gerangschikt naar ouderdom; over het beste hout voor een pijl, voor een hengel – het hout dat ze net had herkend aan de geur toen ze zijn cadeau bij haar neus hield en hij haar heerlijke glimlach zag. Essenhout. Hij wil haar in zijn wereld hebben. Hij weet niets over haar volwassen leven, bijvoorbeeld dat ze misschien langer besluiteloos en terughoudend bleef dan anderen, tot ze met een vastberadenheid waar niemand haar van af kon brengen afstapte op datgene wat ze wilde – een gewoonte die ze altijd zou blijven houden, dat patroon van aanvankelijke aarzeling gevolgd door volledige betrokkenheid – net zoals later, in de jaren erna, niets haar zal weghouden van Felon, de rationele argumenten van haar man niet en zelfs de verantwoordelijkheid voor haar twee kinderen niet.

Is het Felon die haar uitkiest, of is dit iets waarnaar Rose altijd heeft verlangd? Worden we uiteindelijk dat waar we oorspronkelijk voor in de wieg zijn gelegd? Misschien is haar pad helemaal niet door Marsh Felon uitgestippeld. Misschien was dit het leven dat ze altijd al wilde, de reis waarvan ze wist dat ze hem ooit vol enthousiasme zou aanvaarden.

Hij koopt een leegstaande cottage, waarmee hij een verre buur wordt van White Paint, en begint aan een langdurige verbouwing. Maar het huisje is meestal onbewoond, en áls hij er verblijft is hij altijd alleen. In zijn rol als presentator van *Uur uit de natuur* dat elke zaterdagmiddag te horen is op BBC Radio, komt zijn aard misschien wel het best tot uiting tijdens die publieke monologen over salamanders, rivierstromen, de zeven alternatieve benamingen voor een rivieroever, de vlagzalmvliegen die Roger Woolley maakt, de uiteenlopende spanwijdtes van een libel. Zo praatte hij eigenlijk ook met Rose terwijl ze weilanden of rivierbeddingen doorkruisten. Als jongen hield Marsh Felon hagedissen tussen zijn vingers, ving hij krekels met zijn hand en liet ze los in de lucht. Hij had een fijne, intieme kindertijd gehad. Dat was de Marsh die hij misschien oorspronkelijk had willen worden, de liefhebber van het natuurrijk dat hij betrad wanneer hij maar kon.

Maar inmiddels is hij een 'stille' met een naamloze functie bij een overheidsinstantie en reist hij naar onrustige gebieden in Europa, dus zullen er episodes ontbreken in zijn verhaal. Volgens sommige mensen komt datgene wat Felon zo goed maakt in het inlichtingenwerk voort uit zijn kennis van dierlijk gedrag – één persoon wist zich te herinneren dat Felon hem ooit tijdens het vissen op een rivieroever uitlegde hoe een oorlog in zijn werk ging. 'In deze plaatselijke riviertjes draait het om de kunst van het verleiden – het is allemaal een kwestie van afwachten.' En dat hij een andere keer, tijdens het ontmantelen van een oud wespennest, zei: 'Je moet niet alleen weten hoe je een gevechtszone binnentrekt, maar ook hoe je er weer uit kunt komen. Een oorlog is nooit voorbij. Die laat zijn sporen na. "Sevilla voor de wonden, Córdoba voor de dood." Dat is de belangrijkste les.'

Als hij The Saints bezoekt, ziet hij zijn familie soms riet oogsten in het moeras, zoals hij als jongen zelf ook deed. Twee generaties eerder heeft hun grootvader riet geplant in het moeras langs de rivier, en nu wordt die geoogst door zijn erfgenamen. Ze praten nog altijd aan één stuk door, maar hij is nu geen deelgenoot meer van hun luide woorden, en hij vangt niets op over hun teleurstellingen in het huwelijk of hun blijdschap over een nieuw kind. Hij had altijd een hechtere band gehad met zijn moeder – haar hardhorendheid had haar afgeschermd voor hun eindeloze geklets, en voor Marsh bood het lezen van een boek hetzelfde gerief als die doofheid. Nu blijven zijn broers op afstand en verweven ze hun eigen gemeenschappelijke verhalen met elkaar, zoals dat over een naamloze rietdekker aan de kust met de bijnaam 'De Kromme Naald', die naar verluidde bereid was om sympathisanten van de Duitsers te vermoorden in geval van een invasie. Het was een plattelandsmythe die zich op fluistertoon verspreidde. Er was een moord gepleegd met zo'n ding, volgens sommigen willekeurig, volgens anderen als gevolg van een plaatselijk akkefietje. Vanaf een laag dak keken zijn broers naar de kust en bespraken ze deze moord, die ertoe had geleid dat een simpel stuk rietdekkersgereedschap nu plotseling in ieder dorp bekend was.

Nee, Marsh was zijn broers al lang geleden kwijtgeraakt, nog voordat hij uit The Saints was vertrokken.

Maar hoe werd hij wat hij was geworden, deze plattelandsjongen die zo nieuwsgierig was naar de buitenwereld? Hoe had hij zich opgewerkt tot de krijgselite? Als jongen van twaalf was hij al zo behendig in het uitwerpen van lokaas dat het feilloos op het rivieroppervlak landde, waarna hij het soepel door de stroming trok zodat het kon afdrijven naar de plek waar de forel zat; op zijn zestiende veranderde hij zijn onleesbare handschrift, zodat hij een heldere verhandeling op schrift kon stellen over het ontwerpen en binden van vliegen. Zijn passie vereiste accuratesse bij het snijden en vastnaaien van de camouflage voor droge vliegen. Hij was in staat om geblinddoekt een vlagzalmvlieg te maken, zelfs bij hevige koorts, zelfs bij hevige wind, en met die bezigheid vulde hij de stilte van zijn dagen. Toen hij halverwege de twintig was, kende hij de topografie van de Balkanstaten uit zijn hoofd en was hij een expert in oude kaarten van verre slagvelden – soms reisde hij zelf af naar die onschuldige vlakten en valleien. Hij leerde net zo veel van degenen die hem de toegang ontzegden als van degenen die hem binnenlieten, verwierf geleidelijk informele kennis over vrouwen die voor hem veel weg hadden van de schuchtere, vertederende vossen die hij vroeger als jongen een keer in zijn armen had gehouden. En tegen de tijd dat er weer een oorlog broeide in Europa, was hij uitgegroeid tot een 'Vergaarder' en 'Verspreider' van jonge mannen en vrouwen die hij strikte voor geheime politieke diensten – op basis waarvan? Misschien vanwege de anarchistische trekjes die hij bij hen bespeurde, een neiging tot onafhankelijkheid waar ze gehoor aan moesten geven? – en die hij de verborgen wereld van de nieuwe oorlog in zond. Een groep waarbij uiteindelijk, zonder medeweten van haar ouders, ook Rose Williams zich aansloot, de dochter van zijn buren in Suffolk, mijn moeder.

De nacht van de bommenwerpers

In het weekend gaat Rose naar haar kinderen, die bij haar moeder in Suffolk wonen, op veilige afstand van de Blitz die Londen in zijn greep houdt. Tijdens een van die weekenden horen ze in de tweede nacht de bommenwerpers vanaf de Noordzee aan komen vliegen. Een lange nacht. Ze hebben zich allemaal in de woonkamer van het verduisterde huis geïnstalleerd; de kinderen slapen op de bank, haar vermoeide moeder, die uit haar slaap wordt gehouden door het lawaai van de vliegtuigen, zit in een stoel bij het vuur. Het huis en de grond eromheen blijven maar beven en Rose ziet voor zich hoe al die kleine dieren, woelmuizen, wormen, zelfs nachtuilen en lichtere vogels in de lucht, bedolven raken door de lawine van lawaai vanuit de lucht – zelfs de vissen in het rivierwater, dat begint de klotsen door de aanhoudende stroom vliegtuigen uit Duitsland die laag overkomen in de nacht. Ze realiseert zich dat ze net zo denkt als Felon. *Ik moet je leren hoe je jezelf kunt beschermen*, had hij een keer gezegd. Hij had gekeken hoe ze de hengel uitwierp. *Net zoals een vis die je lijn ziet landen kan vaststellen waar die vandaan komt. Hij leert zichzelf te beschermen.* Maar Felon is er niet, deze nacht van de bommenwerpers: ze zit alleen met haar moeder en kinderen in het donkere White Paint, met als enige verlichting de afstemschaal van de radio, waarop zacht wordt gesproken over delen van de stad – Marylebone, stukken van de Theemsoever – die al in puin liggen. Vlak bij het hoofdkwartier van de BBC is een bom neergekomen. Er zijn onvoorstelbaar veel slachtoffers. Haar moeder weet niet waar haar vader is. Ze zitten hier alleen met de kinderen, in dit lawaaiige landschap waar het veilig zou moeten zijn, wachtend tot de BBC hun iets vertelt, wat dan ook. Later dommelt haar moeder in, maar ze schrikt wakker van een nieuwe stroom vliegtuigen. Eerder hebben ze gesproken over waar Felon zou zijn, en haar vader. Die zitten allebei ergens in Londen. Maar Rose weet waar haar moeder het eigenlijk over wil hebben. Als het vliegtuiggeraas afneemt, hoort ze haar vragen: 'Waar is je man?'

Rose zegt niets. De vliegtuigen verdwijnen in het donker, op weg naar het westen.

'Rose? Ik vroeg...'

'Jezus, ik weet het echt niet. Ergens in het buitenland.'

'Azië, toch?'

'Ze zeggen dat Azië goed is voor zijn carrière.'

'Je had nooit zo jong moeten trouwen. Na de universiteit stond de wereld voor je open. Je bent gevallen voor een uniform.'

'Jij ook. En ik vond hem briljant. Ik wist toen nog niet wat hij allemaal had meegemaakt.'

'Briljante geesten zijn vaak destructief.'

'Zelfs Felon?'

'Nee, Marsh niet.'

'Díé is pas briljant.'

'Maar hij is ook Marsh. Hij hoort niet in deze wereld thuis. Hij is de uitzondering, met wel honderd carrières, zo lijkt het: rietdekker, natuurkenner, autoriteit op het gebied van slagvelden, en wat hij verder nog allemaal doet...'

Weer die loodzware stilte van haar moeder. Ten slotte staat Rose op, loopt naar haar toe en ziet in het licht van het vuur dat ze vredig ligt te slapen. Iedereen heeft zijn eigen huwelijk, denkt ze. Na het telkens terugkerende gedreun van de vliegtuigen liggen haar kinderen nu weerloos te slapen op de bank. De bleke, ranke handen van haar moeder rusten op de armleuningen van haar stoel. Ten noordoosten van hen ligt Lowestoft, ten zuidoosten Southwold. Overal langs de kust heeft het leger mijnen ingegraven op het strand ter bescherming tegen een invasie vanaf zee. Ze hebben huizen, stallen en bijgebouwen gevorderd. 's Nachts verdwijnt iedereen en suizen de vijfhonderdponders en brandbommen omlaag naar de vrijwel lege huizen en straten, zodat het bijna net zo licht is als overdag. Gezinnen slapen in kelders en verhuizen ook hun meubels mee. De meeste kinderen zijn naar het binnenland geëvacueerd. De Duitse vliegtuigen zullen op de terugweg naar het vasteland hun resterende bommen afwerpen. De enige tekenen van menselijk leven zullen te zien zijn als de sirenes zijn opgehouden en iedereen zich verzamelt op de promenade om naar de vertrekkende vliegtuigen aan de hemel te kijken.

Vlak voor zonsopgang wordt Rachel moeizaam wakker. Rose pakt haar bij de hand en ze dalen door de verstilde velden af naar de rivier. Welke route de bommenwerpers ook hebben gekozen, ze zijn niet via dezelfde weg teruggekomen. Het water ligt er vlak en ongeschonden bij. Ze houden elkaar vast en lopen in het donker langs de oever, gaan dan zitten wachten tot het licht wordt. Het is alsof alles zich verborgen houdt. *Het belangrijkste is dat ik je leer je dierbaren te beschermen.* Ze draagt de woorden die Marsh lang geleden tegen haar heeft gezegd nog steeds met zich mee. De ochtend wordt warmer en ze trekt haar trui uit. Het water was roerloos, verstijfd van angst. Ze heeft een volle blaas maar houdt het op, als een soort bezwering. Als ze niet neerhurkt, als ze niet plast, zal hun niets overkomen, hier niet en in Londen niet. Ze wil er op de een of andere manier bij betrokken zijn, controle uitoefenen op wat er om haar heen gebeurt. In deze onveilige tijden.

Een vis die door de schaduw wordt gecamoufleerd is geen vis meer, maar onderdeel van het landschap, alsof hij een andere taal heeft, net zoals wij soms onbekend moeten blijven. Jij kent me bijvoorbeeld als deze persoon, maar je kent me niet als een andere persoon. Begrijp je?

Nee. Niet helemaal. En Felon had het nog eens uitgelegd, blij dat ze niet klakkeloos 'ja' had geantwoord.

Een uur later loopt Rose met Rachel naar de vage contouren van het huis. Ze probeert zich een voorstelling te maken van Felons andere levens. Soms voelt het alsof hij alleen zijn onschuldige zelf is met een dier in zijn armen of een papegaai op zijn schouder. Hij heeft verteld dat zijn papegaai alles herhaalt wat hij hoort, wat betekent dat hij niets belangrijks kan zeggen als het dier in de buurt is.

Ze begint te beseffen dat het deze onbekende en onuitgesproken wereld is waarbij ze betrokken wil zijn.

Siddering

Wanneer de medewerkers van de geheime dienst die Felon kenden het tijdens een informeel gesprek in een publieke gelegenheid over hem hadden, konden ze aan hem refereren met een willekeurige dierennaam. En het scala aan beesten waarmee hij werd vergeleken resulteerde vaak in vermakelijke uitersten. Noord-Amerikaans boomstekelvarken, diamantratelslang, zeemink – het maakte niet uit welke naam er op dat moment in diegene opkwam, want hij diende alleen ter camouflage. Juist die enorme variëteit aan dieren die aan Felon werd gekoppeld, gaf aan hoe onkenbaar hij was.

Zo kon hij in Wenen worden gefotografeerd tijdens een etentje in de Casanova Revue Bar met een knappe tiener en haar ouders, en na zijn gezelschap met een taxi naar hun hotel te hebben gestuurd twee uur later weer ergens anders zijn met een koerier of onbekende. En als hij een paar jaar later in diezelfde Weense bar werd gesignaleerd met Rose, diezelfde knappe jonge vrouw, die nu geen tiener meer was, dan was hij daar niet om de voor de hand liggende reden, maar met een ander doel, net als zij. Ze schakelden soepel over van de ene op de andere taal, afhankelijk van wie er naast hen zat of wie er werd opgemerkt achter de schouder van de ander. Ze gedroegen zich zonder een zweem van ironie als oom en nicht. Het was geloofwaardig, ook voor henzelf. Hij moest haar immers vaak in haar eentje een andere rol laten spelen, een vermomming laten aannemen waarvoor ze zich eerst tot op de blote huid moest ontkleden. Het ene moment werkte ze samen met hem in een Europese stad, het volgende was ze met verlof om terug te gaan naar haar twee kinderen. En een tijdje later voegde ze zich dan weer bij hem in een andere stad, waar geallieerde en vijandelijke agenten kriskras door elkaar liepen. Maar voor hem waren hun rollen van oom en nicht een dekmantel, niet alleen voor hun werk – dat hem een vrijbrief gaf om bij haar te zijn –, maar ook voor zijn groeiende obsessie.

Voor zijn functie als Vergaarder moest hij talent opsporen in het semicriminele circuit of onder specialisten – zoals de bekende zoöloog die het grootste deel van zijn leven in laboratoria visorganen had staan wegen en daardoor met grote accuratesse een explosief van vijftig gram kon maken om een klein obstakel mee uit de weg te ruimen. Alleen als Rose in een wegrestaurant tegenover Felon zat te eten of als ze naast hem door het donker van Londen naar Suffolk reed, haar handen roomwit bij het schijnsel van de snelheidsmeter wanneer ze een sigaret voor hem opstak, alleen op die momenten verdween zijn beroepsmatige doelgerichtheid naar de achtergrond. Hij begeerde haar. Elke centimeter van haar lichaam. Haar mond, haar oor, haar blauwe ogen, die siddering in haar dij, haar in plooien opgetrokken rok: was dat om hem te behagen? Zijn hand die daar wilde liggen. Die trilling verdreef al het andere uit zijn gedachten.

Het enige wat hij zichzelf niet toestond, was zich afvragen hoe hij op haar overkwam. Normaal gesproken vertrouwde hij erop dat hij een vrouw kon verleiden met zijn wijsheid, zijn karakter, of met een ander aspect dat haar in eerste instantie in hem had aangetrokken. Maar niet zomaar als man. Hij voelde zich oud. Alleen zijn oplettende ogen konden haar zonder aarzeling of instemming verslinden.

En zij? Mijn moeder? Wat voelde zij? En was hij of zij degene die de ander had verlokt tot dit avontuur? Ik weet het nog steeds niet. Ik zou graag geloven dat ze deze onvaste wereld waren binnengegaan als leraar en leerling. Want hun liefde en begeerte waren niet puur fysiek, ze omvatten ook de aangrenzende vaardigheden en mogelijkheden van alles wat met hun werk van doen had. Dat ze wisten hoe ze zich moesten terugtrekken als het contact met de ander werd verbroken. Waar ze in een treinwagon een wapen zo konden verbergen dat de ander het wist te vinden. Welk botje in iemands hand of gezicht je moest breken om ervoor te zorgen dat diegene een waas voor ogen kreeg. Dat allemaal. Naast zijn verlangen naar een moment waarop ze wakker zou worden alsof ze in het donker via morse met elkaar communiceerden. Of het plekje waar ze misschien wel gekust wilde worden. Hoe ze zich op haar buik zou draaien. Het hele woordenboek van liefde, oorlog, werk, leren, volwassen worden, ouder worden.

'In de buurt van Ravenna ligt een ommuurde stad,' fluisterde Felon, alsof die locatie geheim moest blijven. 'En in die stad, tussen de smalle straatjes, staat een negentiende-eeuws theatertje, een juwelenkistje dat eruitziet alsof bij de bouw uitsluitend de principes van de miniatuurkunst werden gehanteerd. Daar kunnen we later misschien ooit naartoe.' Hij zei het meer dan eens, maar ze waren nooit gegaan. En hij kende nog meer geheimen: ontsnappingsroutes uit Napels of uit Sofia, de vlakten rondom Wenen waar drie legers hun duizend tenten hadden opgeslagen vóór het beleg in 1683 – hij had ooit een kaart gezien die iemand vanuit zijn herinnering had getekend, lang na het beleg. Hij vertelde dat schilders, zelfs grootheden als Bruegel, vroeger kaartenmakers inhuurden om hen te helpen bij de choreografie van de mensenmassa's in hun taferelen. En dan waren er de bijzondere bibliotheken die een bezoek waard waren, zoals de Bibliothèque Mazarine in Parijs. 'Daar zullen we ooit staan,' zei hij in een opwelling. De zoveelste mythische bestemming, dacht ze bij zichzelf.

Wat had zij te bieden vergeleken bij al die ervaring? Het voelde alsof ze werd omhelsd door een reus; alsof ze een niveau of vadem hoger werd getild om getuige te kunnen zijn van die kennis. Hoewel ze getrouwd was, hoewel ze zich als linguïst uitstekend kon weren in het debat, was ze voor haar gevoel niet voorbestemd voor grootse dingen, was ze niets meer dan een meisje dat bij kaarslicht een draad door een naald deed.

Tot haar verbazing ontdekte ze dat Felons zwijgzaamheid en complexe karakter voortkwamen uit hoffelijkheid of verlegenheid. Hij kon beter op dingen inspelen, terwijl zij analytischer was, waardoor ze uiteindelijk verantwoordelijk werd voor het verzamelen van gegevens over vijandelijke manoeuvres – zoals ze eerder op kleine schaal had gedaan vanaf het dak van een hotel, geholpen door die zonderlinge man die mijn zus en ik kenden als De Mot; waarna ze vanaf het vierde oorlogsjaar zelfstandig berichten door de ether naar Europa zond. Zij die ooit aan Felons lippen had gehangen, was geen leerling meer. Ze raakte actiever betrokken, werd aan een parachute neergelaten in de Lage Landen nadat er weer een telegrafist was vermoord, reisde af naar Sofia, Ankara en andere, kleinere buitenposten die als een kordon om de Middellandse Zee lagen, of naar andere locaties waar een opstand plaatsvond. Haar radionaam, Viola, zong rond in de ether. Mijn moeder had de weg naar de wijdere wereld gevonden, op ongeveer dezelfde manier als het die jonge rietdekker was gelukt.

De Grote Beer

Vlak na de begrafenis van mijn moeder, lang voordat ik in het archief kwam te werken, had ik uit een van haar boekenkasten een pocket getrokken waarin ik een velletje van vijftien bij twintig centimeter vond met een handgetekend kaartje erop, zo te zien van een flauwe krijtheuvel met wijd uiteenliggende hoogtelijnen. Om de een of andere reden had ik die tekening zonder plaatsnamen bewaard. Jaren later, toen ik in het archief werkte, ontdekte ik dat daar voor alles wat opgeschreven of uitgetypt moest worden uitsluitend papier van datzelfde kwartoformaat werd gebruikt, dubbelzijdig en op enkele regelafstand. Iedereen diende zich aan die regel te houden, van de ondervrager Milmo 'De Beuker' tot de tijdelijke secretaresse met haar steno. Het was een gewoonte die vrijwel alle afdelingen van de geheime dienst met elkaar gemeen hadden, van Wormwood Scrubs, dat ooit als hoofdkwartier had gediend en waar ik als jongen mijn moeder naar binnen had zien gaan – om een gevangenisstraf uit te zitten, dacht ik toen –, tot Bletchley Park, waar de codekrakers zaten. Andere papiersoorten waren niet toegestaan. Ik realiseerde me dat het een plattegrond was die te maken had met spionage, en dat mijn moeder die had bewaard.

Ons gebouw beschikte over een centrale kaartenzaal, waar reusachtige landkaarten aan een roller losjes in de lucht hingen, zodat je ze naar beneden kon trekken en als een landschap in je armen kon nemen. Ik ging er elke dag naartoe om in mijn eentje te lunchen; dan zat ik op de grond, met de banieren vrijwel roerloos boven mijn hoofd in die bijna tochtloze ruimte. Ik voelde me hier op mijn gemak. Misschien kwam dat door die lunches van lang geleden met Nkoma, als ik met de anderen zat te wachten op zijn achteloos opgediste escapades. Ik liet een kopie van de tekening maken op een diapositief, nam die mee naar de kaartenzaal en projecteerde het beeld op verschillende kaarten. Ik deed er ruim twee dagen over om de identieke afbeelding te vinden, een kaart met hoogtelijnen die precies op mijn originele tekening pasten. En zo, door de tekening van de krijtheuvel op de werkelijke kaart met uitgeschreven namen te leggen, had ik nu een exacte locatie. Namelijk de plek waarvan ik wist dat mijn moeder er korte tijd had gezeten, bij een kleine eenheid die daarnaartoe was gestuurd om, zoals het rapport vermeldde, de spil van een naoorlogse guerrillagroep los te rukken. Waar een van hen was gedood en twee gevangen waren genomen.

Uit het handgetekende kaartje sprak intimiteit, en ik vroeg me af wiens intimiteit, want deze tekening, die ooit een functie had gehad, was opgeborgen in een van haar favoriete Balzacpockets. Mijn moeder had verder bijna alles weggegooid uit die periode waarin zij en vele anderen duistere zaakjes moesten opknappen, zoals guerrillagroepen uitschakelen. In ons labyrint stuitten we vaak op gevallen van mensen die politiek geweld hadden overleefd en het op zich hadden genomen om wraak te nemen, een last die soms overging op volgende generaties. 'Hoe oud waren ze?' Het staat me vaag bij dat mijn moeder dat op de avond van onze ontvoering aan Arthur McCash vroeg.

'Sommige mensen hebben echt geen fatsoen,' had mijn moeder ooit tegen me gezegd, toen ik op mijn zestiende samen met drie klasgenoten werd geschorst omdat we boeken hadden gepikt bij een boekhandel op Charing Cross Road. Nu ik na al die jaren passages las over verzwegen moorden die in het buitenland waren gepleegd en duidelijk politiek gemotiveerd waren, was ik niet alleen ontzet over de daden van mijn moeder, maar ook over het feit dat ze mijn diefstal onder een vergelijkbare categorie had geschaard. Ze was diep geschokt dat ik boeken had gestolen. 'Sommige mensen hebben echt geen fatsoen!' Misschien school er in die berisping ook wel ironische zelfkritiek.

'Wat heb je dan voor verschrikkelijks gedaan?'

'Mijn zonden zijn van velerlei aard.'

•

Op een middag kwam er een man bij mijn bureau staan. 'Jij spreekt toch Italiaans? Dat staat tenminste in je dossier.' Ik knikte. 'Kom mee. Onze vaste tolk is vandaag ziek.'

Ik liep achter hem aan een trap op naar een afdeling waar de meertalige werknemers zaten, me ervan bewust dat deze man – wat deze opdracht ook mocht inhouden – hoger op de ladder stond dan ik.

We liepen een raamloze kamer in en hij reikte me een zware koptelefoon aan. 'Wie is het?' vroeg ik.

'Doet er niet toe, vertaal maar gewoon.' Hij zette het apparaat aan.

Toen ik de Italiaanse stem hoorde, vergat ik eerst te vertalen, totdat hij met zijn armen begon te zwaaien. Het was een opname van een verhoor, met een vrouw die de vragen stelde. De geluidskwaliteit was niet goed; het gesprek leek wel te zijn opgenomen in een weergalmende grot. Bovendien was de man die ondervraagd werd geen Italiaan en werkte hij niet mee. De opname werd steeds uit- en weer aangezet, dus er zaten gaten in de tijd. Het verhoor was duidelijk pas net begonnen. Ik had genoeg van dit soort verhoren gelezen en beluisterd om te weten dat deze man in een later stadium volledig onderuit zou worden gehaald. Nu wist hij de aanval nog af te weren door desinteresse voor te wenden. Hij gaf ongerichte antwoorden, ging maar door over cricket, klaagde over onjuistheden in het crickethandboek van John Wisden. Ze wisten hem van dat onderwerp af te brengen door botweg te vragen naar een bloedbad onder burgers in de buurt van Triëst, en naar de Engelse betrokkenheid bij de partizanen van Tito.

Ik leunde naar voren, drukte op de stopknop en keek naar de man naast me. 'Wie is dit? Het zou helpen als ik de context kende.'

'Dat is niet nodig, vertel maar gewoon wat de Engelsman zegt. Hij werkt voor ons en we moeten weten of hij iets belangrijks heeft losgelaten.'

'Wanneer was...'

'Begin '46. De oorlog is dan officieel voorbij, maar...'

'Waar vindt dit plaats?'

'Het is een opname die we na de oorlog in beslag hebben genomen bij een van de overblijfselen van Mussolini's marionettenregering – toen Mussolini al was opgeknoopt maar er nog een paar van zijn volgelingen rondliepen. We vonden hem ergens in de buurt van Napels.'

De man gebaarde dat ik de koptelefoon moest opzetten en startte de band weer.

Geleidelijk aan, na een aantal tijdssprongen in de opname, begon de Engelsman te praten – maar dan over de vrouwen die hij her en der had ontmoet, over de bars waar hij met ze naartoe ging, de kleren die ze droegen. En over of ze waren blijven slapen. Hij was scheutig met informatie, vertelde dingen die volkomen irrelevant waren: het tijdstip waarop een trein Londen binnenreed, enzovoort. Ik zette het apparaat uit.

'Wat is er?' vroeg mijn collega.

'Dit is nutteloze informatie,' zei ik. 'Hij heeft het alleen maar over zijn affaires. Áls hij al een politieke gevangene is, dan laat hij niets los over politiek. Alleen over wat hij aantrekkelijk vindt in een vrouw. Botheid vindt hij zo te horen niet aantrekkelijk.'

'Wie wel? Hij speelt een slim spelletje. Dit is een van de besten die we hebben. Deze zaken zijn alleen van belang voor de betreffende echtgenoten.' Hij zette de band weer aan.

Nu had de Engelsman het over een papegaai die in het Verre Oosten was gevonden en tientallen jaren bij een stam had gewoond die inmiddels was uitgestorven en waarvan de woordenschat verloren was gegaan. Maar toen de papegaai in een dierentuin zat, bleek hij de taal nog te kennen. Waarop de man en een linguïst die taal op basis van deze ene vogel probeerden te reconstrueren. De man begon merkbaar moe te worden, maar bleef doorpraten, bijna alsof hij zo bepaalde vragen kon uitstellen. Tot dan toe waren de ondervragers niets opgeschoten. De vrouw was duidelijk op zoek naar iemand, naar identiteitsgegevens, plaatsnamen die ze aan een kaart konden koppelen, een stad, een moord, een nederlaag waar een overwinning was verwacht. Maar toen vertelde hij over de 'zweem van eenzaamheid' die om een van zijn vrouwen heen hing en – als de zoveelste overbodige anekdote – over een patroon van moedervlekken op haar bovenarm en hals. En plotseling drong tot me door dat ik dat als kind had gezien. En ertegenaan had geslapen.

En zo kwam het dat ik tijdens het vertalen van een op band opgenomen verhoor vol verhalen over papegaaien en waarschijnlijk verzonnen vrouwen – allemaal door de gevangene gespuid als nutteloze informatie – een beschrijving hoorde van het patroon van vlekjes in mijn moeders hals.

Ik ging terug naar mijn bureau. Maar het verhoor bleef door mijn hoofd spelen. Ik had vaag het idee dat ik de stem van deze man al eens eerder had gehoord. Even dacht ik zelfs dat het de stem van mijn vader was. Wie anders wist van die karakteristieke moedervlekken, dat opvallende groepje donkere stipjes in een constellatie die, zo grapte de man, deed denken aan het sterrenbeeld de Grote Beer.

•

Elke vrijdag stapte ik om zes uur op Liverpool Street Station in de trein en ontspande ik door naar het landschap te staren, dat als een lint aan me voorbijtrok. Dit was het tijdstip waarop ik alles wat ik in de loop van die week te weten was gekomen verwerkte. Feiten, data, mijn officiële en officieuze onderzoek verdwenen naar de achtergrond en maakten plaats voor het half gedroomde, zich langzaam ontvouwende verhaal van mijn moeder en Marsh Felon. Hoe ze zonder hun gezinnen uiteindelijk bij elkaar waren gekomen, het korte moment dat ze geliefden waren geweest, gevolgd door de terugtrekking, vasthoudend aan hun zonderlinge wederzijdse trouw. Ik wist vrijwel niets over hun behoedzame begeerte, over reizen van en naar donkere vliegvelden en havens. Het enige tastbare dat ik had, leek eerder op een half voltooid vers van een oude ballade dan op een concrete aanwijzing. Maar ik was een zoon zonder ouders, met alles wat een zoon zonder ouders niet weet; ik had alleen maar toegang tot fragmenten van hun verhaal.

•

Het gebeurde toen ze na de begrafenis van haar ouders 's avonds vanuit Suffolk naar huis reden. Met het schijnsel van de snelheidsmeter op de jurk die haar knieën bedekte. *Jezus.*

Ze waren in het donker vertrokken. De hele middag had ze naar hem gekeken, zoals hij daar beleefd bij het graf stond, en op de receptie had ze geluisterd toen hij verlegen en vol genegenheid over haar ouders sprak. Mensen uit de streek die ze al sinds haar jeugd kende, waren haar komen condoleren en hadden gevraagd naar de kinderen, die thuis in Londen zaten – ze had ze niet bij de begrafenis willen hebben. Keer op keer moest ze uitleggen dat haar man nog steeds in het buitenland was. 'Op zijn behouden thuiskomst dan maar, Rose.' En dan gaf ze een knikje.

Later zag ze Felon moeizaam een volle kom met over de rand klotsende punch verplaatsen van een gammel tafeltje naar een steviger exemplaar, omringd door luid lachende toeschouwers. Ze had zich nog nooit zo ontspannen gevoeld. Toen iedereen weg was, rond een uur of acht 's avonds, vertrok ze met Felon naar Londen. Ze wilde niet in het lege huis blijven. Onmiddellijk werden ze opgeslokt door de mist.

Ze bleven een paar kilometer stapvoets rijden, stopten behoedzaam bij elke kruising en stonden bijna vijf minuten stil bij een spoorwegovergang omdat zij meende een trein te horen toeteren. Maar als het al een trein was, dan bleef die in de verte staan loeien, net zo voorzichtig als zij.

'Marsh?'

'Wat?'

'Wil je dat ik het overneem?' De jurk verschoof een beetje toen ze zich naar hem toe draaide.

'Nog drie uur naar Londen. We zouden hier kunnen stoppen.'

Ze knipte een klein lampje aan.

'Ik kan best rijden. Ilketshall. Waar ligt dat op de kaart?'

'Ergens in deze mist, denk ik.'

'Goed,' zei ze.

'Wat is goed?'

'Laten we hier stoppen. Ik wil niet door deze mist rijden, zeker niet als ik bedenk hoe zij om het leven zijn gekomen.'

'Ik ook niet.'

'We zouden terug kunnen gaan naar White Paint.'

'Ik zal je mijn huis laten zien. Je bent er al een tijd niet geweest.'

'O.' Ze schudde haar hoofd, maar was nieuwsgierig.

Hij draaide de auto om – waarvoor hij drie keer heen en weer moest rijden op dat smalle, mistige weggetje – en reed naar de cottage die hij lang geleden had verbouwd.

'Kom.'

Het was koud binnen. 'Verkwikkend,' zou ze hebben gezegd als het ochtend was, maar het was pikdonker, geen sprankje licht. Stroom was er niet, alleen een houtkachel waarop hij kookte en die het huis verwarmde. Hij stopte er hout in en stak hem aan. Hij sleepte een matras naar binnen vanuit een onzichtbare kamer; die lag te ver van de warmte, zei hij. Dat alles had hij binnen vijf minuten na binnenkomst gedaan. Zij had geen woord gezegd, had hem alleen maar gadegeslagen om te zien hoever hij zou gaan, deze altijd zo voorzichtige man, altijd zo voorzichtig met haar. Ze kon bijna niet geloven dat dit gebeurde. Alles voelde nu al te dichtbij in de kamer. Ze was eraan gewend om met Felon in de buitenlucht te zijn.

'Ik ben een getrouwde vrouw, Marsh.'

'Jij bent allesbehalve een getrouwde vrouw.'

'En jij bent natuurlijk maar al te bekend met getrouwde vrouwen...'

'Ja. Maar hij maakt in geen enkel opzicht deel uit van je leven.'

'Dat is al heel lang zo.'

'Ga jij maar hier bij het vuur slapen. Ik hoef niet.'

Een lange stilte. Over elkaar buitelende gedachten.

'Ik geloof eigenlijk dat je wel moet.'

'Dan wil ik je kunnen zien.'

Hij liep naar het vuur, zette het rookkanaal open en de vlammen verlichtten de kamer.

Ze keek op, recht in zijn ogen. 'Dan moet jij ook.'

'Nee, ik ben niet interessant.'

Ze zag zichzelf in de zwakke, flakkerende gloed van de kachel, de jurk met lange mouwen die ze op de begrafenis had gedragen. Het was bevreemdend. Er had zich iets onder haar ratio gewurmd. Het kwam ook door de mist van die nacht, waardoor de wereld om hen heen onzichtbaar, anoniem was.

Ze werd wakker in een omhelzing. Zijn open hand in haar nek.

'Waar ben ik?'

'Je bent hier, op deze plek.'

'Ja. Blijkbaar "ben ik hier, op deze plek". Tegen de verwachting in.'

Ze sliep, en werd weer wakker.

'Wat is dat toch met begrafenissen?' vroeg ze, met haar hoofd tegen hem aan. Ze wist dat het koud was buiten het bereik van het vuur.

'Ik was erg aan ze gehecht,' zei hij. 'Net als jij.'

'Ik geloof niet dat dat het is. Ik bedoel, je ligt gewoon in bed bij hun dochter. Zo vlak na hun begrafenis.'

'Denk je dat ze zich nu omdraaien in hun graf?'

'Ja! En bovendien: hoe nu verder? Ik weet van al je vrouwen. Mijn vader noemde je een flaneur.'

'Je vader roddelde graag.'

'Ik denk dat ik na vannacht bij je uit de buurt moet blijven. Je bent te belangrijk voor me.'

Zelfs in deze gedestilleerde, voorzichtige versie van Felon en Rose is er verwarring en zelfs onzekerheid over wat er mogelijkerwijs gebeurd is, gezegd is; niets past precies binnen de cadans van hun verhaal. Door wie of wat precies werd de relatie die die nacht bij een ijzeren kachel begon verbroken?

Ze had lang niet bemind zoals in die nacht. Ze vroeg zich af hoe het voor hem zou zijn om haar hierna achter te laten. Zou het vergelijkbaar zijn met een van zijn historische anekdotes waarin een klein leger beleefd en met stille trom uit een Karolingisch grensstadje wegtrok, of zouden de gevolgen doordreunen in alles om hen heen? Ze moest ver bij hem vandaan zijn voordat dat gebeurde, een pion neerzetten die de brug over de rivier versperde zodat ze er geen van beiden nog overheen konden, om duidelijk te maken dat die ene onverwachte, bijzondere glimp die ze van elkaar hadden gezien geen vervolg zou krijgen. Het moest háár leven blijven.

Ze keek Felon aan. Ze noemde hem zelden Marsh. Het was bijna altijd Felon. Maar ze hield van de naam Marsh. Moeras. Alsof hij zich eindeloos uitstrekte en moeilijk te doorkruisen, te doorgronden was, alsof ze dan natte voeten zou krijgen, alsof er klitten en modder aan haar zouden blijven kleven. Ik denk dat ze op dat moment, na hun nacht bij de kachel, besloot veilig terug te keren naar wie ze nog steeds was en hun levens gescheiden te houden, alsof verlangen altijd gepaard ging met pijn. Ze moest bij hem op haar hoede blijven. Maar ze zou nog even wachten tot het helemaal licht was en de uitbundige minnaar die hij was geweest weer een vreemde, een raadsel voor haar zou worden. Bij zonsopkomst hoorde ze een krekel. Het was september. Die maand zou haar altijd bijblijven.

•

Tijdens Felons verhoor door de Italiaanse vrouw is er een moment waarop de ondervragers de felle lamp die hem verblindt wegdraaien en het licht even over haar gezicht glijdt, zodat hij – altijd zo verdomde alert op wat er om hem heen gebeurt – haar duidelijk ziet. Hij heeft, zoals iemand het ooit omschreef, 'van die merkwaardig onoplettende ogen die niets missen'. En als hij haar pokdalige huid ziet, besluit hij onmiddellijk dat ze geen schoonheid is.

Vestigen ze met opzet zijn aandacht op de vrouw die hem ondervraagt? Zien ze dat hij een zinnelijk mens is, dat hij kan worden verleid tot een onschuldige flirt? En die vluchtige blik op deze vrouw – wat doet die met hem? Hoe reageert hij? Tempert hij zijn flirterige toon? Wordt hij inschikkelijker of krijgt hij meer zelfvertrouwen? En als ze al zo veel van hem weten, genoeg om een vrouw aan de andere kant van de koolstofbooglamp te zetten, verscholen in het donker, hebben ze het licht dan toevallig of opzettelijk bewogen? 'Het is onvermijdelijk dat historische studies de rol van het toeval in ons leven negeren,' zeggen ze.

Maar Felon heeft juist altijd oog voor toevalligheden, een plotselinge libelle of een onverhoedse blik op iemands ware karakter, en hij maakt er gebruik van, ten goede of ten kwade. Hij omarmt alles, en is bovendien breedgeschouderd, luidruchtig in het bijzijn van vreemden, allemaal om te ontsnappen aan zijn eigen geslotenheid. Hij heeft een onbevangen houding die voortkomt uit zijn jongenstijd, toen hij alles wilde ontdekken. Hij wordt eerder gedreven door nieuwsgierigheid dan door wreedheid. Daarom had hij een tactisch denkende scherprechter nodig, en die vond hij in Rose. Hij weet dat ze niet naar hem op zoek zijn, maar naar haar, Viola, de vrouw die niemand ooit heeft gezien, maar over wie iedereen heeft gehoord, de vrouw die hun vluchtige signalen uit de ether wist te plukken, de stem die verslag deed van hun bewegingen, die hun locatie verraadde.

Toch is Felon ook een soort eenrichtingsspiegel. Duizenden horen hem als de goedmoedige presentator van *Uur uit de natuur*, die uitweidt over het gewicht van een adelaar of theorieën ontvouwt over de oorsprong van het woord 'meeldauw', als een buurman die een praatje maakt over de schouderhoge schutting, zich er niet van bewust dat hij ook in het verre Derbyshire te horen is. Maar hoewel iedereen hem kent, hebben ze hem nooit gezien. Er heeft nooit een foto van hem in de *Radio Times* gestaan, alleen een potloodtekening van een lopende man op enige afstand, ver genoeg om onherkenbaar te blijven. Zo nu en dan heeft hij in die kelderstudio van de BBC een expert te gast die alles weet van de woelmuis of een ontwerper van vistuig en vliegen, en dan probeert hij zich op te stellen als nederige luisteraar. Maar zijn publiek hoort hem liever zelf. Ze zijn gewend aan zijn fladderende geest, zoals wanneer hij John Clares dichtregel opdiept over 'kakelende kramsvogels in het doorngewas', of een gedicht citeert van de naturalist Thomas Hardy over de tragedie die plaatsvond onder het kleine gedierte op de vele tientallen velden waar de Slag van Waterloo werd uitgevochten.

De gangen van de mol door wielen geplet,
De eitjes van de leeuwerik koud en verlaten;
Het hol van de egel door de sappeur ontzet.

De slak trekt zich terug voor de stampende soldaten,
Vergeefs, zijn huis kraakt onder een voet.
De wurm heeft eerst niets in de gaten,

Vlucht dan snel naar de diepte, weg van het bloed,
En waant zich daar veilig…

Het is zijn favoriete gedicht. Hij draagt het fragment langzaam en teder voor, in het tempo van de dierenwereld.

•

De vrouw achter de verblindende lamp kiest steeds een nieuwe benadering om hem in de val te lokken. Hij heeft besloten dat de enige bekentenissen die hij zal afleggen met ontrouw en bedrog te maken hebben; misschien omdat hij hoopt dat haar ergernis de overhand zal krijgen. Hij heeft zich er met grappen van afgemaakt, met haar daar achter de lamp, maar ik vroeg me af: hadden ze een fijngevoelige vrouw tegenover hem gezet die simpele vragen stelde, zodat hij zou gaan denken dat hij haar met persoonlijke details om de tuin wist te leiden? Waren zijn verzinsels eigenlijk verhelderend voor haar? Ze is uit op een fysieke beschrijving van de vrouw die ze verantwoordelijk houden. Soms zijn haar vragen doorzichtig en moeten ze allebei lachen, hij om haar slinksheid, haar lach bedachtzamer. Meestal herkent hij, hoe uitgeput hij ook is, de onderliggende bedoelingen van de vraag.

'Viola,' herhaalt hij bijna verdwaasd als ze die naam ter sprake brengt. En omdat Viola een gefingeerde naam is, stelt hij een fictief portret samen voor zijn ondervragers.

'Viola is bescheiden,' zegt hij.

'Waar komt ze vandaan?'

'Van het platteland, geloof ik.'

'Waar?'

'Weet ik niet.' Hij moet weer terrein winnen, want misschien heeft hij al te veel prijsgegeven. 'Zuid-Londen?'

'Maar u zei "platteland". Essex? Wessex?'

'Ah, *Wessex Heights* van Hardy... Wie leest u nog meer?' vraagt hij.

'Op de radiogolven kunnen we haar persoonlijke stijl herkennen, maar de enige keer dat we haar stem hebben onderschept, meenden we een accent uit de kuststreek te bespeuren dat we niet goed kunnen thuisbrengen.'

'Zuid-Londen, geloof ik,' zegt hij nog eens.

'Nee, we weten dat het daar niet vandaan komt. We hebben onze deskundigen. En uw accent, wanneer hebt u dat aangeleerd?'

'Waar hebt u het in vredesnaam over?'

'Hebt u altijd zo gepraat? Hebt u zich omhooggewerkt? Heeft het verschil tussen u en Viola dan met klasse te maken? Want ze klinkt anders dan u, vindt u niet?'

'Luister, ik ken die vrouw nauwelijks.'

'Knap?'

Hij lacht. 'Best wel. Een paar wratjes in haar hals.'

'Hoeveel jonger dan u, schat u?'

'Ik weet niet hoe oud ze is.'

'Kent u Denmark Hill? Ene Oliver Strachey? De Kromme Naald?'

Hij zwijgt, verbaasd.

'Weet u hoeveel van onze landgenoten er tijdens de *foibe*-slachtingen in Triëst zijn vermoord door de communistische partizanen, jullie nieuwe bondgenoten? Hoeveel honderden zouden er daar in die zinkgaten zijn omgekomen... denkt u?'

Hij zegt niets.

'Of in het dorp van mijn oom?'

Het is warm, en hij is opgelucht als ze alle lampen even uitdoen. De vrouw blijft doorpraten in het donker.

'Dus u weet niet wat daar gebeurd is, in dat dorp? Het dorp van mijn oom. Met vierhonderd inwoners. Nu nog negentig. Bijna allemaal in één nacht vermoord. Er was een jong meisje dat het allemaal had gezien, ze was wakker, en toen ze er de volgende dag over vertelde, namen de partizanen haar mee en vermoordden haar ook.'

'Daar weet ik niets van.'

'De vrouw die zich Viola noemt vormde de radioverbinding tussen uw mensen en de partizanen. Zij vertelde waar ze die nacht naartoe moesten. En er waren meer dorpen: Rajina Šuma en Gakovo. Zij voorzag ze van informatie, hoe ver het van zee was, welke vluchtwegen geblokkeerd waren, hoe ze binnen konden komen.'

'Wie het ook is,' zegt hij, 'ze gaf vast alleen maar instructies door. Ze wist vast niet wat er zou gebeuren. Misschien weet ze niet eens wat er gebeurd is.'

'Kan zijn, maar dit is de enige naam die we hebben. Niet die van een generaal of een officier, alleen maar haar codenaam, Viola. Geen enkele andere naam.'

'Wat is er in die dorpen gebeurd?' vraagt Felon in het donker, hoewel hij het antwoord al weet.

De grote lamp wordt aangezet.

'Weet u hoe we het nu noemen? Bloedige herfst. Toen jullie ervoor kozen de partizanen te steunen om de Duitsers te verslaan, werden wij allemaal – Kroaten, Serviërs, Hongaren, Italianen – bestempeld als fascisten die heulden met de Duitsers. Gewone mensen waren nu oorlogsmisdadigers. Sommigen van ons hadden aan jullie kant gevochten, nu waren we de vijand. Een andere wind vanuit Londen, een politiek gerucht, en alles veranderde. Onze dorpen werden met de grond gelijkgemaakt. Er is niets meer van terug te vinden. De mensen werden op een rij bij een grote grafkuil gezet, vastgebonden met prikkeldraad zodat ze niet konden ontsnappen. Oude vetes eindigden zo in moord. Ook andere dorpen werden weggevaagd. Sivac. Adorjan. De partizanen rukten steeds verder op naar Triëst, tot ze ons de stad in konden drijven, waarop er nog meer bloedbaden volgden. Italianen, Slovenen, Joegoslaven. Allemaal. Wij allemaal.'

Felon vraagt: 'Hoe heette dat eerste dorp? Het dorp van uw oom?'

'Dat heeft geen naam meer.'

•

Rose en de soldaat trokken snel door het ruige landschap, nat van alle rivieren die ze moesten doorwaden, zich haastend om voor het donker aan te komen op hun bestemming, waarvan ze niet precies wisten waar die lag. Nog maar een paar dalen, dacht ze, en dat zei ze ook tegen de soldaat. Alles was in beweging. Een radio konden ze niet meenemen, alleen de inderhaast vervaardigde identiteitspapieren die ze hadden gekregen. De man naast haar had een pistool. Ze waren op zoek naar een hutje aan de voet van een heuvel, en uiteindelijk, een uur later, kwam het bouwsel in zicht.

De aanwezigen waren verrast door hun komst. Toen Rose en de soldaat rillend en doorweekt de hut binnenkwamen, zag ze Felon, onberispelijk en kurkdroog. Eerst was hij sprakeloos, toen geïrriteerd. 'Wat moet dit voorstellen?'

Ze wuifde afwerend met haar hand, alsof ze die vraag nu nog niet wilde beantwoorden. Ze zag nog een man en een vrouw die naar haar toe liepen en die ze kende. Aan Felons voeten stond een plunjezak, en hij maakte een uitnodigend gebaar, met een bijna potsierlijke desinteresse, alsof het zijn enige taak was om anderen van kleding te voorzien. 'Kijk maar wat je nodig hebt,' zei hij. 'Zorg dat je droog wordt.' En hij liep naar buiten. Ze verdeelden de kleren onderling. Een stevig overhemd voor de soldaat. Voor haar een pyjama en een tweedjasje, waarvan ze wist dat het van Felon was. In Londen had ze het hem vaak zien dragen.

'Wat moet dit in godsnaam voorstellen?' vroeg hij weer toen ze naar buiten liep.

'Ze hebben de korte golf overgenomen, dus er geldt radiostilte. Jullie waren onbereikbaar. Dus ben ik zelf gekomen. Ze hebben onze communiqués afgeluisterd. Ze weten waar jullie zitten. Ik ben gestuurd om te vertellen dat jullie hier weg moeten.'

'Je bent hier niet veilig, Rose.'

'Jullie zijn hier geen van allen veilig. Daar gaat het juist om. Ze weten jullie namen, ze weten waar jullie naar op weg zijn. Ze hebben Connolly en Jacobs. Ze beweren dat ze ook weten wie Viola is.' Ze verwees naar zichzelf in de derde persoon, alsof er misschien iemand meeluisterde.

'Vannacht blijven we hier,' zei hij.

'Waarom? Omdat je hier een meisje hebt?'

Hij lachte. 'Nee. Omdat wij ook net zijn aangekomen.'

Ze aten dicht bij het vuur. Tijdens de gesprekken waren ze op hun hoede, er niet zeker van hoeveel de anderen wisten. Ieder van hen was gewend een barrière op te werpen tussen zichzelf en anderen, om te voorkomen dat een bestemming of doel zou worden verraden als een van hen gepakt werd. Behalve Felon wist niemand hier dat zij Viola was. Of dat de man die met haar was meegekomen haar lijfwacht was. Haar soldaat was verlegen, dat had ze gemerkt bij haar pogingen tot conversatie tijdens hun onverwachte tweedaagse reis, zelfs toen ze vroeg waar hij was opgegroeid. Hij had geen idee wat haar missie was. Alleen dat ze een vrouw was die hij moest beschermen.

Toen Felon en zij na het eten naar buiten gingen om even te praten, liep de soldaat mee, en ze vroeg of hij een eindje verderop wilde gaan staan zodat Felon en zij elkaar onder vier ogen konden spreken. Hij liep bij hen vandaan en stak een sigaret op; ze keek over Felons schouder naar de zwakke puls als hij een trekje nam. Ze hoorden de anderen binnen lachen.

'Waarom?' Felons vraag ging gepaard met een vermoeide, verwijtende zucht. Het was eigenlijk nauwelijks een vraag. 'Ze hadden niet per se jou hoeven te sturen.'

'Naar een ander zou je niet hebben geluisterd. En je weet te veel... Als jij gepakt wordt, loopt iedereen gevaar. De regels van de oorlog gelden nu niet meer. Je zou als een spion worden verhoord, en daarna zou je verdwijnen. Op dit moment zijn wij geen haar beter dan terroristen.' Ze klonk verbitterd.

Felon zei niets; hij zocht naar een wapen, een handvat om de discussie weer zijn kant op te sturen. Ze legde haar hand op zijn arm en ze bleven heel stil staan in het donker. Het vuur in de hut wierp een flakkerende gloed op zijn schouders. Alles leek vredig, verstild, net als op die avond in Suffolk lang geleden, toen een kerkuil, wit en met een enorme kop, geruisloos vlak bij hen neerdaalde, een klein diertje oppikte – een knaagdier, of een spitsmuis? – alsof het een stukje afval was op een gazon, en naar een donkere boom zweefde zonder de boog van zijn vlucht te onderbreken. 'Als je ooit een uilennest vindt,' had hij gezegd, 'dan kun je zien dat het alleseters zijn. Konijnenkoppen, de resten van een vleermuis, veldleeuweriken. Het zijn sterke dieren. Hun spanwijdte, je zag het net, hoeveel zal het zijn... wel een meter? Maar als je er een vasthoudt... Er zit nauwelijks gewicht achter al die kracht.'

'Heb jij er dan weleens een vastgehouden?'

'Een van mijn broers vond een keer een geëlektrocuteerde kerkuil. Hij gaf hem even aan mij. Het was een grote vogel met een prachtige tekening op zijn veren, alsof ze geschulpt waren. Maar hij woog niets. Toen hij hem in mijn handen legde, gingen die omhoog omdat er minder weerstand was dan ik had verwacht... Heb je het warm genoeg, Rose? Zullen we naar binnen gaan?' Door die plotselinge overgang naar de tegenwoordige tijd besefte ze weer waar ze was: bij een hut, ergens in de buurt van Napels.

Het vuur binnen was bijna uit. Ze rolde zich in een deken en ging liggen. Ze kon horen dat de anderen een gemakkelijke slaaphouding zochten. Toen ze tegen Felon had gezegd dat ze niet goed wist waar ze waren, had hij op een los blaadje snel een kaartje getekend om hun locatie aan te geven. En nu trekt ze in gedachten razendsnel over het getekende landschap, dat zich vanaf de hut uitstrekt tot aan hun twee mogelijke ontsnappingsroutes: de eerste een haven waar ze, als het misliep, contact moest zoeken met ene Carmen. Ze rook de stoom die opsteeg van hun kleren bij het vuur, en Felons jasje voelde ruw aan op haar huid. Er werd gefluisterd. Tijdens hun samenwerking een jaar eerder had ze het vermoeden dat hij een relatie had met Hardwick, de andere vrouw in de hut. Nu hoorde ze gedempte stemmen en bewegingen in de hoek van de hut waar hij was gaan liggen. Ze dwong zichzelf zich weer op het landschap te concentreren en zag de reis voor zich die ze met haar lijfwacht zou moeten maken. Toen ze wakker werd, begon het net licht te worden.

Ook vroeg opstaan was een gewoonte die ze had overgehouden aan haar leertijd bij Felon, aan de keren dat ze op vogeljacht gingen of een stuk langs een rivier liepen om te gaan vissen. Ze kwam overeind en keek naar het donkere deel van de hut, waar Felon naar haar zat te kijken, met zijn gezellin slapend naast zich. Ze sloeg de deken van zich af, pakte haar droge kleren en ging naar buiten om zich in haar eentje aan te kleden. Een minuut later kwam haar lijfwacht discreet achter haar aan.

Toen ze weer naar binnen ging was Felon al op, en ook de rest was wakker. Ze liep naar hem toe en gaf hem zijn jasje terug. De hele nacht had ze het zwaar op haar lichaam voelen liggen. Tijdens hun haastige ontbijt was hij beleefd tegen haar, alsof zij, en niet hij, de leider van de groep was. Dat was al eerder begonnen, toen zijn blik vanaf de andere kant van de hut op haar gericht was, terwijl zij dacht aan wat zich in de schaduw met die andere vrouw afspeelde.

Een paar dagen later werd Felon gevangengenomen en verhoord – precies waarvoor ze had gewaarschuwd.

•

'U bent getrouwd, hè?'

'Ja,' liegt hij.

'Volgens mij weet u wel raad met vrouwen. Was ze uw minnares?'

'Ik heb haar maar één keer ontmoet.'

'Was ze getrouwd? Kinderen?'

'Ik zou het echt niet weten.'

'Wat vond u zo aantrekkelijk aan haar? Dat ze zo jong was?'

'Geen idee.' Hij haalt zijn schouders op. 'Haar tred, misschien.'

'Wat is "tred"?'

'Een manier van lopen, de manier waarop iemand loopt. Je kunt mensen herkennen aan hun tred.'

'Vindt u een mooie "tred" belangrijk bij een vrouw?'

'Ja. Jazeker. Dat is eigenlijk het enige wat ik me van haar herinner.'

'Er was vast nog wel meer… haar haar?'

'Rood.' Hij is tevreden over zijn snelle verzinsels, hoewel hij misschien toch iets te rap is geweest.

'Toen u daarstraks "wratjes" zei, dacht ik dat u "ratjes" bedoelde.'

'Ha!'

'Ja, u bracht me in de war. Wat zijn het precies?'

'Ach, u weet wel… een soort moedervlekken, op de huid.'

'Ah! Hoeveel moedervlekken?'

'Ik heb ze niet geteld,' zegt hij zacht.

'Ik geloof niets van dat rode haar,' zegt ze.

Rose zal nu wel in Napels zijn, denkt Felon. In veiligheid.

'En ik denk ook dat ze heel aantrekkelijk is.' De vrouw lacht. 'Anders zou u er niet zo omheen draaien.'

Daarna laten ze hem tot zijn verbazing gaan. Hij is niet degene die ze zoeken, en inmiddels hebben ze Viola opgespoord en geïdentificeerd. Met zijn hulp.

De straat van de kleine dolken

Ze wordt wakker met haar gezicht tegen het woord ACQUEDOTTO, een brandende pijn in haar arm, en vraagt zich koortsachtig af waar ze is, hoe laat het is. Maar ze herinnert zich alleen een ander moment, waarop ze een cicade hoorde. Dat was om zes uur 's avonds geweest, en ze was wakker geworden in het gras, bijna in dezelfde houding waarin ze nu ligt, met haar wang op haar bovenarm. Toen was ze volledig bij haar positieven geweest. Het enige wat haar op dat moment mankeerde, was dat ze moe was. Ze had kilometers en kilometers gelopen naar de stad, waar ze Felon zou ontmoeten, en omdat ze een paar uur moest wachten, was ze in een parkje langs een voetpad gaan zitten en in slaap gevallen. Toen ze plotseling wakker schrok, hoorde ze die treurige cicade. Maar net als nu duurde het even voordat ze wist wat ze daar ook alweer deed. Ze had op hem gewacht in dat parkje.

Nu wordt ze in de war gebracht door het woord *acquedotto*, dat waterbaan, afvoer betekent. Ze tilt haar hoofd van het putdeksel. Ze moet haar gedachten ordenen om erachter te komen waarom ze hier zo ligt, ze moet nadenken. Ze ziet de reeks nog verse sneden op haar arm. Het enige wat zich deze keer treurig kenbaar maakt, zit in haarzelf. Ze brengt haar pols omhoog, veegt bloed van haar kapotte horloge, waarop een ster van glas prijkt en dat vijf of zes uur aangeeft, vroeg in de ochtend. Ze kijkt naar de lucht. Langzaam komen de herinneringen terug. Ze moet naar een schuiladres. Er is een vrouw die Carmen heet en die ze moet zien te vinden als ze hulp nodig heeft. Rose staat op, pakt de zoom van haar donkere rok, klemt de stof tussen haar tanden en scheurt met haar goede hand het onderste derde deel af, zodat ze haar arm strak kan verbinden tegen de pijn. Dan steunt ze even met haar handen op haar knieën, zwaar ademend. De afdaling richting de haven om Carmen te zoeken, waar die ook mag zijn; zij zal haar naar een boot brengen. Een stad van wonderen, zeggen ze over Napels.

Ze laat de straat van de kleine dolken achter zich en haalt zich het kaartje voor de geest. Posillipo, zo wordt het rijke deel van de stad genoemd, het betekent 'respijt van zorgen'. Een Grieks woord dat in Italië nog steeds wordt gebruikt. En ze moet naar de Spaccanapoli, de straat die de stad in tweeën deelt. Terwijl ze naar beneden loopt, herhaalt ze telkens de namen: Spaccanapoli en Posillipo. De meeuwen laten luidkeels van zich horen, wat duidt op water. Carmen zoeken, en dan naar een boot. Ze ziet al een lichte gloed in de hemel. Maar wat de meeste aandacht trekt, is haar linkerarm, waar de pijn zit, het verband al doordrenkt met bloed. Ze herinnert zich nu weer de kleine messen waarmee ze haar onder handen hebben genomen. Ze hadden haar en de soldaat ontdekt nadat de groep zich had opgesplitst om via verschillende routes het land te verlaten. Maar hoe? Wie had iets losgelaten? Toen ze aankwamen bij de buitenwijken van de stad, hadden ze haar herkend en de soldaat gedood. Hij was nog maar een jongen. In een gebouw zetten ze bij elke vraag een snee in haar arm. Na een uur hielden ze op en lieten ze haar alleen. Op de een of andere manier moest ze zijn ontsnapt, de straat op zijn gekropen. Ze waren ongetwijfeld naar haar op zoek. Waren ze klaar met haar? Nu loopt ze bergafwaarts; ze kan weer helder denken. 'Respijt van zorgen'. 'Een onderbreking van verdriet'. Ze slaat een hoek om en ziet dat ze onbedoeld op een fel verlicht plein is beland.

Dus dat was die gloed al die tijd. Niet de dageraad, maar families en andere groepen rondom een bar, etend en drinkend in de avondlucht, met een zingend meisje van tien in hun midden. Het is een bekend liedje, ze heeft het jaren geleden in een andere taal voor haar zoon gezongen. Wat ze voor zich ziet zou zich op elk willekeurig tijdstip in de avond kunnen afspelen, maar niet 's ochtends vroeg. Haar horloge moet er eerder mee zijn opgehouden, tijdens het verhoor; het gaf vijf of zes uur aan, maar bedoelde laat in de middag, niet het tijdstip voor zonsopgang. Het moest nog voor middernacht zijn. Maar die meeuwen dan? Werden die alleen maar aangetrokken door het licht op dit drukke plein?

Ze leunt tegen een tafel en kijkt als een buitenstaander naar de pratende en lachende mensen, terwijl het meisje dat bij een vrouw op schoot zit doorzingt. Het doet middeleeuws aan, als de doeken van de meesters die Felon altijd zo graag beschreef, wijzend op de verborgen structuren, op de menigte die het doek vult en uitwaaiert vanaf iets kleins, een brood bijvoorbeeld, dat het geheel van een anker voorziet. Zo steekt de wereld in elkaar, zei hij dan. Voor haar is het brood in dit geval het kleine meisje dat blij voor zich uit zingt. Zo voelt zij zich ook nu de Spaccanapoli haar niet naar de plek blijkt te hebben geleid waar ze Carmen zou moeten vinden, maar naar deze luidruchtige meute. Ze zou een stap naar voren kunnen doen om meer in het zicht te staan, maar trekt in plaats daarvan een stoel bij en gaat zitten, met haar gewonde arm op tafel, omringd door het beweeglijke fresco. Het is lang geleden dat ze zo'n soort leven leidde, met familie en saamhorigheid. Zij heeft zich neergelegd bij een wereld van verborgenheid waar een andere kracht heerst, waar geen vrijgevigheid bestaat.

Achter haar legt een vrouw haar handen zachtjes op haar schouders. 'Napels is een stad van wonderen,' zegt ze.

•

Een paar maanden later loopt Felon met Rose de Bibliothèque Mazarine binnen, zoals hij haar ooit heeft beloofd. Eerst lunchen ze tot laat in de middag bij La Coupole, elkaar observerend terwijl ze hun oesters eten, champagne drinken uit ranke glazen en hun maaltijd afsluiten met een gedeelde crêpe. Als ze haar hand uitstrekt naar een vork, ziet hij het litteken boven haar pols.

'Een toost,' zegt ze. 'Onze oorlog is voorbij.'

Felon heft zijn glas niet. 'En de volgende oorlog? Jij gaat terug naar Engeland en ik blijf hier. Een oorlog is nooit voorbij. "Sevilla voor de wonden, Córdoba voor de dood." Weet je nog?'

In een taxi leunt ze duizelig tegen hem aan. Waar gaan ze naartoe? Ze rijden de Boulevard Raspail in, dan de Quai de Conti op. Ze weet niet goed wat ze voelt, is nog steeds aan deze man gebonden, laat zich door hem leiden. De afgelopen uren zijn onmerkbaar in elkaar over gegleden. Ze is in haar eentje wakker geworden, overdwars op haar brede bed, dat zo breed is dat het voelde alsof ze op een vlot dreef, net zoals zich vanmiddag bij La Coupole wel honderd lege tafels als een verlaten stad voor haar hadden uitgestrekt.

Hij legt zijn hand op haar schouder als ze het bruine gebouw binnenlopen – de grote bibliotheek van Mazarin die, zo legt hij uit, 'de feitelijke machthebber van Frankrijk was na het verscheiden van Richelieu'. Alleen Felon zou het woord 'verscheiden' zo vanzelfsprekend gebruiken, bedenkt ze, deze man die tot zijn zestiende nauwelijks een opleiding had genoten. Een woord uit een secundair vocabulaire dat hij in zijn geheugen heeft opgeslagen, net zoals hij zijn handschrift heeft veranderd na de hanenpoten die ze in de notitieboekjes uit zijn jeugd had gezien naast die nauwkeurig geschetste weekdieren en hagedissen die hij tekende naar de natuur. Een autodidact. Een arrivé. Voor sommigen uit de branche, hijzelf incluis, reden om zijn betrouwbaarheid in twijfel te trekken.

Als Rose de bibliotheek binnenkomt, moet ze concluderen dat ze een beetje aangeschoten is. Haar gedachten dwalen af van de zinnen die hij uitspreekt. Drie glazen champagne op de vroege middag, op hun plek gehouden door het gewicht van negen oesters. En nu zijn ze ineens de vijftiende eeuw binnengewandeld, met zo'n duizend overblijfselen die uit kloosters zijn geconfisqueerd of in beslag zijn genomen bij ten val gebrachte aristocraten; zelfs wiegendrukken, uit de begintijd van de boekdrukkunst. Allemaal hier verzameld en bewaard na ooit verboden en daarom generaties lang verborgen te zijn geweest. 'Dit is het grote hiernamaals,' zegt Felon tegen haar.

Op een van de bovenverdiepingen kijkt hij naar haar bewegende silhouet dat zich aftekent tegen de oplichtende ramen van het gebouw, alsof ze wordt gepasseerd door een verlichte trein. Dan blijft ze staan voor een grote kaart van Frankrijk met zijn duizend kerken, precies zoals hij het zich had voorgesteld, waardoor dit moment een replica lijkt van een eerder verlangen in hem. Op die kaarten is religie altijd zo beklemmend aanwezig, alsof het leven uitsluitend was bedoeld om van het ene kerkaltaar naar het andere te reizen, niet om het minutieuze blauw van een rivier over te steken om bij een verre vriend te komen. Hij geeft de voorkeur aan oudere kaarten waarop geen steden staan, alleen hoogtelijnen, zodat ze ook nu nog voor verkenningsexpedities kunnen worden gebruikt.

Felon staat bij een van de rijen marmeren geleerden en filosofen en draait zich vlug om, alsof hij hen zou kunnen betrappen op een blik of gedachte. Prachtig vindt hij het permanente misprijzen op het gezicht van de bustes, het slappe of doortrapte karakter dat zo duidelijk doorschemert. In Napels had hij een keer voor een wrede keizer gestaan, en hij weet nog dat de ogen in dat stenen gezicht de zijne ontweken, hoe vaak hij ook van de ene naar de andere kant was gelopen om zijn aandacht te trekken. Soms heeft hij het gevoel dat hij die man is geworden. Rose geeft hem een por en hij draait zich naar haar om. Ze lopen langs een rij antieke bureaus, elk beschenen door zijn eigen amberkleurige licht. Op het ene is het jachtige handschrift te zien van een heilige, op het andere dat van iemand die als jongeman werd geëxecuteerd. Over een stoel hangt de opgevouwen mantel van Montaigne.

Rose snuift alles in zich op. Het voelt als een voortzetting van hun maaltijd; de smaak van oesters schaart zich plotseling naast de geur van bureaulak en oud papier, die zwaar in de lucht hangt. Ze heeft nauwelijks een woord gezegd sinds ze hier zijn aangekomen. En als hij haar op een detail wijst, reageert ze niet omdat ze wil ondervinden wat dit voor haarzelf betekent. Ze heeft deze man haar hele leven aanbeden, maar deze plek verwart haar. *Dit is het grote hiernamaals.* Net zoals zij misschien het zijne is. Heeft hij haar altijd zo gezien? Ze raakt bedwelmd door dat inzicht.

Ze trekt zich niets aan van de motregen als ze in haar eentje door de stad loopt na aan zijn leiband te zijn ontglipt. Wanneer ze verdwaalt, vraagt ze de weg niet; ze zoekt die onzekerheid juist op, moet lachen als ze twee keer langs dezelfde fontein komt. Ze wil toeval, vrijheid. Ze is naar deze stad gebracht om verleid te worden. Ze kan het zich volledig voorstellen, hoe het zal gebeuren. Zijn duidelijk afgetekende ribben waar ze haar hoofd op zal laten rusten. Haar hand die op de haartjes van zijn buik ligt, meebeweegt als die samentrekt. Haar mond bewonderend en liefdevol geopend als hij zich omdraait, bij haar naar binnen gaat. Ze steekt een brug over. Het is vier uur 's nachts als ze terugkomt op haar kamer.

Bij het ochtendgloren wordt ze wakker en loopt zijn aangrenzende kamer binnen. Felon slaapt in het bescheidener bed dat hij heeft gekozen. Bij aankomst had hij erop gestaan dat zij de fraaiste kamer zou nemen. Hij ligt op zijn rug, met zijn ogen dicht, zijn handen aan weerszijden, alsof hij bidt of is vastgebonden aan een mast. Ze trekt de hoge, zware gordijnen opzij zodat de kamer zich vult met winterlicht en meubels, maar hij wordt niet wakker. Ze kijkt naar hem, ziet hem nu in een andere wereld, misschien als de onzekere jongen die hij in zijn puberteit was. Ze heeft Felon nooit meegemaakt als onzekere persoon: zij kent hem als de man die zichzelf opnieuw heeft uitgevonden. Hij heeft haar in de loop der jaren de weidse vergezichten getoond waarnaar ze verlangde; maar nu denkt ze dat de waarheid van wat zich aan je openbaart misschien alleen maar zichtbaar is voor iemand die geen zekerheid kent.

Ze dwaalt door de brokaten hotelkamer. Haar blik blijft steeds op Felon gericht, alsof ze midden in een geluidloos gesprek zitten dat ze nooit hebben gevoerd. Hun verhalen zijn al lange tijd met elkaar verweven, maar nu weet ze niet of ze nog wel zijn bondgenoot kan blijven. Een hotel in Parijs. De naam zal ze altijd onthouden, of misschien moet ze hem wel vergeten. In de badkamer wast ze haar gezicht om haar hoofd leeg te maken. Ze gaat op de rand van de badkuip zitten. Als ze zich zijn avances heeft ingebeeld, dan heeft ze zich de hare ook ingebeeld.

Ze gaat zijn kamer weer binnen en kijkt of ze iets van beweging bij hem bespeurt, voor het geval hij maar doet alsof hij slaapt. Ze blijft even staan, beseft dat als ze nu weggaat, ze het nooit zal weten. Trekt haar schoenen uit en loopt naar hem toe. Gaat languit naast hem op het bed liggen. Mijn bondgenoot, denkt ze. Ze herinnert zich flarden van hun geschiedenis die ze nooit zal kunnen loslaten: een vergeten, gefluisterd geheimpje, de lichte druk van zijn hand, een blik van herkenning in een vol vertrek, zijn dans met een dier in een veld, de langzame en duidelijke dictie die hij zichzelf aanleerde voor *Uur uit de natuur*, zodat zijn bijna dove moeder hem op die zaterdagmiddagen kon verstaan, hoe hij een knoop legde in het dunne nylon en de draad afbeet toen hij klaar was met die olijfgroene nimf met de blauwe vleugels. Toen zij acht was. Toen hij zestien was. Dat was nog maar de eerste laag. Er waren intiemere diepten. Het moment dat hij een kachel aansteekt in een koude, donkere cottage. De bijna onhoorbare tonen van een krekel. En dan, later, het moment dat hij opstaat in een hut in Europa terwijl Hardwick nog op de grond ligt te slapen. Al die littekens op haar arm die hij niet heeft gezien. Ze rolt zich op haar zij om naar zijn gezicht te kijken. Dan zal ze weggaan. Je bent hier, op deze plek, denkt ze.

•

Aan het eind van een oorlog blijft er zo veel aan de oppervlakte liggen. Mijn moeder keerde terug naar het huis dat een eeuw eerder was gebouwd, en dat nog steeds dominant aanwezig was in het landschap. Dit huis had nooit verscholen gelegen. Het wit was al van een kilometer afstand te zien, als je het geruis van de dennen nog om je heen hoorde. Maar het huis zelf was altijd stil, beschut door een glooiing in de vallei. Een plek om alleen te zijn, met vloeiweiden die afliepen naar de rivier, en waar je de klok van een romaanse kerk kilometers verderop nog kon horen als je op zondag naar buiten kwam.

De minst spectaculaire bekentenis die Rose deed in de laatste dagen dat we samen waren, was misschien wel de veelzeggendste. Het ging over dit huis dat ze had geërfd. Ze had een andere omgeving moeten kiezen, zei ze. Haar verlangen om verbannen te worden, ontslagen van haar erfenis, had ze jaren eerder al kenbaar gemaakt, toen ze zich losmaakte van haar ouders, voor hen verborgen hield wat ze in de oorlog allemaal deed, en zelfs een onbekende werd voor haar kinderen. Ik nam aan dat haar uiteindelijke terugkeer naar White Paint was wat ze werkelijk wilde. Maar het was een oud huis. Ze kende ieder welvinkje in iedere gang, elk klemmend raamkozijn, het geruis van de wind in de verschillende seizoenen. Ze zou geblinddoekt vanuit de kamers de tuin in kunnen lopen om op exact een neuslengte voor een sering te blijven staan. Ze wist elke maand waar de maan stond, en ook vanuit welk raam die te zien was. Het was haar biografie sinds haar geboorte, haar biologie. Ik denk dat ze er gek werd.

Ze legde zich erbij neer dat het huis haar niet alleen veiligheid of zekerheid bood, maar dat het ook haar lot was, zelfs dat lawaai van de houten vloer, en dat besef kwam voor mij als een schok. Het was gebouwd in de jaren 1830. Als ze een deur opendeed, stapte ze regelrecht het leven van haar grootmoeder binnen. Ze zag het allemaal voor zich: de barensnood van vele generaties vrouwen die af en toe bezoek hadden gekregen van hun man, het ene kind na het andere, het ene gehuil na het andere, het ene houtvuur na het andere, de trapleuning gepolijst door honderd jaar aan aanrakingen. Jaren later kwam ik eenzelfde inzicht tegen in het werk van een Franse schrijver. 'Er waren nachten dat ik erover doorpiekerde tot het bijna pijn deed... dat ik me bewust was van al die vrouwen die mij voor waren gegaan, in dezelfde slaapkamers, dezelfde schemering.' Ze had haar moeder in die rol gezien als haar vader op zee was of in Londen werkte en alleen maar terugkwam in het weekend. Dit was de erfenis waarnaar ze was teruggekeerd, het vroegere leven dat ze was ontvlucht. Ze bevond zich weer in een klein, zich herhalend universum dat maar weinig buitenstaanders toeliet – een rietdekkersfamilie op het dak, de postbode en Malakite die aan kwam zetten met schetsen voor de kas die hij aan het bouwen was.

Het was waarschijnlijk de persoonlijkste vraag die ik mijn moeder ooit heb gesteld: 'Zie jij eigenlijk iets van jezelf in mij terug?'

'Nee.'

'Of denk je dat ik misschien op je zou kunnen gaan lijken?'

'Dat is natuurlijk een andere vraag.'

'Dat weet ik zo net nog niet. Misschien is het wel dezelfde.'

'Nee hoor. Misschien is er wel iets van een gelijkenis, een verwantschap. Ik ben wantrouwend, niet open. Dat geldt voor jou misschien ook wel. Nu.'

Ze raakte aan iets veel diepers dan ik in mijn hoofd had. Ik dacht aan dingen als omgangsvormen of tafelmanieren. Hoewel haar omgangsvormen er door haar huidige kluizenaarsbestaan niet op vooruit waren gegaan. Ze toonde weinig interesse voor wat anderen deden, zolang ze haar maar met rust lieten. Wat die tafelmanieren betreft: ze had haar maaltijden teruggebracht tot een aerodynamisch minimum met één bord, één glas, en binnen tien seconden na de maaltijd, die pakweg zes minuten in beslag nam, een schoongeveegde tafel. Haar dagelijkse parcours door het huis was zo'n vastgeroeste gewoonte geworden dat ze zich er niet bewust van was, tenzij zich een onderbreking voordeed. Een gesprek met Sam Malakite. Of een lange wandeling door de heuvels als ik met hem aan het werk was. Ze waande zich beschermd door de onbelangrijkheid en anonimiteit die ze in het dorp dacht te genieten, en binnenshuis had ze die nachtegaalvloer – de landmijn van lawaai die zou afgaan zodra een indringer haar territorium betrad.

Maar uiteindelijk had de vreemde die ze verwachtte geen voet over de drempel gezet.

'Waarom vraag je dat eigenlijk?' Nu wilde ze ons gesprekje ook afmaken. 'In welk opzicht denk jij dan dat we op elkaar lijken?'

'Och,' zei ik glimlachend. 'Ik dacht aan iets als tafelmanieren, of een ander herkenbaar trekje?'

Dat verraste haar. 'Nou, mijn ouders zeiden altijd, zoals waarschijnlijk alle ouders: "Wie weet kom je ooit bij de koning aan tafel te zitten, dus gedraag je!"'

Waarom had mijn moeder ervoor gekozen om juist die twee aspecten aan te stippen die ze zelf zag als discutabele vaardigheden of zwakheden? 'Wantrouwend' en 'niet open'. Ik begrijp nu dat ze zich die twee eigenschappen misschien wel heeft moeten aanwennen uit zelfbescherming, zowel in haar werk als in haar huwelijk met een destructieve man die steeds meer afstand nam. Dus brak ze uit haar cocon en glipte weg om te gaan samenwerken met Marsh Felon, die de zaadjes van verleiding al had uitgestrooid toen ze nog jong was. Zijn campagne als Vergaarder was vlekkeloos verlopen. Hij had gewacht, haar de geheime dienst binnengelokt zoals hij zichzelf naar binnen had laten lokken, bijna argeloos. Want ik vermoed dat zij verlangde naar een wereld waarin ze een volwaardige functie had, zelfs als ze zich daarmee een veilige en volwaardige liefde ontzegde. Net als Olive Lawrence, die ooit tegen Rachel en mij had uitgeroepen: 'Ik wíl niet alleen maar aanbeden worden!'

Als een relatie een bepaald stadium heeft bereikt, zien we alleen nog maar het bovenlaagje ervan, net als bij die krijtlagen die zijn opgebouwd door nijvere, onmetelijk kleine beestjes, die in een bijna onbegrensde tijd te werk gaan. De veranderlijke, ongewisse relatie tussen Rose en Marsh Felon is eenvoudiger te begrijpen. Wat betreft de relatie van mijn moeder en haar echtgenoot, die schim in haar verhaal, zie ik alleen maar het beeld voor me van hem op die ongemakkelijke ijzeren stoel in onze tuin, liegend over de werkelijke reden dat hij bij ons wegging.

Ik had haar willen vragen of ze iets van mijn vader in me terugzag, of dat ze dacht dat ik misschien op hem zou kunnen gaan lijken.

•

Het zou mijn laatste zomer worden met Sam Malakite. We schoten in de lach; hij leunde wat naar achteren en keek me peinzend aan. 'Je bent wel veranderd, zeg. Het eerste seizoen dat je voor me werkte zei je nauwelijks een woord.'

'Ik was verlegen,' zei ik.

'Nee, je was stil,' zei hij, waarmee hij me beter bleek te kennen dan ik mezelf. 'Jij hebt een stil hart.'

Nu en dan vroeg mijn moeder op onverschillige toon hoe het ging op mijn werk bij meneer Malakite, of het eigenlijk moeilijk was.

'Ach, er zit geen schwer bij,' antwoordde ik, en ik zag haar even weemoedig glimlachen.

'Walter,' mompelde ze.

Hij moest het dus vaker hebben gezegd, ook tegen haar. Ik haalde diep adem.

'Wat is er met Walter gebeurd?'

Een moment van stilte, en toen: 'Hoe noemden jullie hem ook alweer?' Ze gooide het boek dat ze had zitten lezen op tafel.

'De Mot.'

De wrange glimlach die ik een paar seconden eerder had gezien was verdwenen.

'Hebben we echt een kat gehad?' vroeg ik.

Ze keek geschrokken op. 'Ja, Walter heeft me over jullie gesprek verteld. Waarom kon je je die kat niet herinneren?'

'Ik stop dingen weg. Wat is er precies met Walter gebeurd?'

'Hij stierf om jullie te beschermen, die nacht in het Bark Theatre. Net zoals hij jou beschermde toen je klein was, die keer dat je was weggelopen, nadat je vader je kat had doodgemaakt.'

'Waarom verzwegen jullie dat hij ons beschermde?'

'Je zus kreeg het in de gaten. Daarom zal ze me zijn dood nooit vergeven. Ik denk dat ze hem als haar echte vader zag. En hij hield van haar.'

'Bedoel je dat hij verliefd op haar was?'

'Nee. Hij was gewoon een man zonder kinderen die van kinderen hield. Hij wilde dat jullie veilig waren.'

'Ik voelde me niet veilig. Wist je dat?'

Ze schudde haar hoofd. 'Volgens mij voelde Rachel zich wel veilig bij hem. Ik weet dat jij je als klein jongetje ook veilig bij hem voelde...'

Ik stond op. 'Maar waarom verzwegen jullie dat hij ons beschermde?'

'De geschiedenis van de Romeinen, Nathaniel. Die moet je lezen. Die staat bol van de keizers die zelfs hun eigen kinderen niet mochten waarschuwen voor een aanstaande ramp, zodat ze zich zouden kunnen verdedigen. Soms is het noodzakelijk om te zwijgen.'

'Ik ben opgegroeid met jouw zwijgen... Je weet dat ik bijna wegga en dat ik je dan met Kerstmis pas weer zie. Misschien is dit voorlopig wel de laatste keer dat we elkaar spreken.'

'Dat weet ik, lieve Nathaniel.'

Het was september toen ik op de universiteit begon. Daag, daag! Geen omhelzing. Ik wist dat ze elke dag op een vast tijdstip de heuvels in zou lopen en ergens op een top achterom zou kijken naar haar huis, dat veilig in die plooi verscholen lag. Een kilometer verderop lag het Dankbare Dorp. Ze zou de hoogte opzoeken, zoals Felon haar had geleerd. Een lange, magere vrouw die door de heuvels trekt. Er bijna zeker van dat haar verdedigingspositie sterk is.

•

Als hij komt, dan zal hij eruitzien als een Engelsman, had ze geschreven. Maar degene die voor Rose Williams kwam, was een jonge vrouw, iemands erfgename. Ik denk nu dat het zo moet zijn gegaan. Mijn moeder ging nooit het dorp in, maar de dorpelingen wisten waar Rose Williams woonde, en de vrouw was rechtstreeks naar White Paint gekomen, gekleed als veldloopster, zonder attributen of verdere vermomming. Dan nog zou mijn moeder haar meteen hebben doorzien, maar het was een donkere oktoberavond en toen ze het bleke, ovale gezicht van de vrouw door de condens op het raam van de kas zag, was het al te laat. Daar stond de vrouw, roerloos. Toen brak ze de ruit met haar rechterelleboog. Ze is linkshandig, moet mijn moeder bij zichzelf hebben gedacht.

'Bent u Viola?'

'Ik heet Rose, liefje,' zei ze.

'Viola? Bent u Viola?'

'Ja.'

Het zal niet erger zijn geweest dan al die andere manieren waarop ze had gedacht te zullen sterven, die ze zelfs in haar dromen had gezien. Snel en fataal. Alsof er eindelijk een vete, een oorlog werd beslecht. Misschien voelde het zelfs als een verlossing. Die gedachte komt nu in me op. Het was vochtig in de kas en de kapotte ruit veroorzaakte een luchtstroom. Voor de zekerheid vuurde de jonge vrouw nog een keer. En toen rende ze als een hardloopster weg door de velden, alsof ze de ziel van mijn moeder was die haar lichaam verliet, net zoals mijn moeder zelf op haar achttiende dit huis was ontvlucht om linguïstiek te gaan studeren en in haar tweede jaar mijn vader te ontmoeten, haar plannen voor een rechtenstudie op te geven, twee kinderen te krijgen en toen ook ons te ontvluchten.

EEN OMMUURDE TUIN

Een jaar geleden zag ik bij onze plaatselijke boekhandel een boek van Olive Lawrence liggen, en toen ik die middag een snorlint aanbracht om de schooiende vogels uit de tuin te verjagen, keek ik al uit naar de avond, want dan kon ik het in één ruk uitlezen. Blijkbaar was er naar aanleiding van het boek een documentaire gemaakt die op televisie zou worden uitgezonden, dus kocht ik de volgende dag een toestel. Ik had nog nooit zo'n ding gehad, en toen hij er eenmaal stond was het een surrealistische verschijning in de kleine woonkamer van de Malakites. Alsof ik in een impuls had besloten een boot of een pak van bobbeltjeskatoen te kopen.

Toen ik naar het programma zat te kijken, kon ik in eerste instantie geen gelijkenis ontdekken tussen de Olive Lawrence op het beeldscherm en de Olive uit mijn tienertijd. Eigenlijk was ik vergeten hoe ze eruitzag. Voor mij was ze vooral een aanwezigheid geweest. Ik herinnerde me hoe ze bewoog en hoe functioneel ze zich kleedde, zelfs als ze De Schicht kwam ophalen voor een avondje uit. Maar op het gezicht dat nu het woord tot me richtte, zag ik hetzelfde enthousiasme als vroeger, en al snel plakte ik dit gezicht op mijn oude herinnering aan haar. Al pratend in de camera klauterde ze langs een Jordaanse rotswand omhoog en daalde ze weer af aan een touw. Opnieuw kreeg ik gespecialiseerde wijsheden voorgeschoteld, over grondwaterspiegels, de verschillende soorten hagel op het Europese continent, hoe bladsnijdersmieren hele bossen konden vernietigen – al die informatie over de complexe balans van de natuur werd ons met verhelderend gemak aangereikt door die kleine, frêle hand van haar. Ik had het bij het rechte eind gehad. Met haar wijsheid had ze een samenhangend weefsel kunnen maken van mijn leven, inclusief de complexe gevoelens van rivaliteit en verdriet waar ik niets van wist – net zoals ze de voorbodes van een storm herkende of zoals ze Rachels epilepsie had herkend aan een gebaar of aan een ontwijkende stilte in haar. Ik had veel baat gehad bij de heldere, vrouwelijke zienswijze van deze persoon met wie ik niet verwant was. In de korte tijd dat ik haar had gekend, wist ik dat Olive Lawrence aan mijn kant stond. Ik was er en werd gezien.

Ik las haar boek, bekeek de documentaire waarin ze door verwoeste olijfgaarden in Palestina struinde, Mongolische treinen in en uit stapte, zich bukte om met behulp van walnoten en een sinaasappel op een stoffig wegdek de achtvormige baan van de maanhemel te reconstrueren. Ze was nog steeds dezelfde, nog steeds onveranderlijk nieuw. Lang nadat mijn moeder me had verteld over Olives werkzaamheden in de oorlog las ik in bondige formele rapporten over wetenschappers die ter voorbereiding op D-Day windsnelheden registreerden, dat zij en anderen waren opgestegen naar een donkere hemel die wemelde van de zweefvliegtuigen, allemaal hevig trillend in de lucht, broos als glas, om te horen hoe poreus de wind was en om te zoeken naar regenloos licht, zodat ze wisten of ze de invasie moesten uitstellen of konden laten doorgaan. De meteorologische logboeken die ze mij en mijn zus had laten zien, en die vol stonden met middeleeuwse houtsnedes van diverse soorten hagel en tekeningen van de cyanometer van Saussure, waarmee de verschillende blauwtinten van de hemel konden worden onderscheiden, hadden voor haar altijd meer dan een zuiver theoretische betekenis. Zij en anderen moeten op dat moment het gevoel hebben gehad dat ze als goochelaars tevoorschijn toverden wat ze van generaties wetenschappers hadden geleerd.

•

Olive was de eerste van alle figuren uit de half weggestopte periode in Ruvigny Gardens die weer opdook. Van De Schicht had ik nog steeds geen idee waar hij woonde. Ik had hem in geen jaren gezien en kon me niet eens meer herinneren hoe hij in het echt heette. De Mot, hij en de anderen bestonden nu alleen nog maar in dat ravijn van mijn jeugd. Terwijl mijn volwassen leven zich voornamelijk had afgespeeld in een regeringsgebouw, waar ik probeerde de loopbaan van mijn moeder te achterhalen.

Er waren dagen waarop ik in het archief informatie vond over gebeurtenissen ver weg die overlapten met de activiteiten van mijn moeder. Zo ving ik af en toe een glimp op van een nieuwe operatie of locatie. En zo kwam het dat ik op een middag, toen ik een omweg volgde naar haar activiteiten, stuitte op teksten waarin werd verwezen naar nitroglycerinetransporten tijdens de oorlog. Er stond dat het spul in het geheim door het centrum van Londen was vervoerd omdat het een gevaarlijke lading was, dat het 's nachts moest gebeuren zodat de burgers er niets van merkten. De transporten waren zelfs doorgegaan tijdens de Blitz, toen er alleen oorlogsschemer was, de rivier donker, afgezien van de zwakke, oranje lampjes op de bruggen die de vaarroute markeerden – een verstild signaal te midden van de bombardementen, de brandende boten en de granaatscherven die over het water ketsten, terwijl er twee of drie keer per nacht geheime vrachtwagens door de onverlichte straten van de stad reden. Het was een rit van ruim veertig kilometer van Waltham Abbey, waar de Grote Nitrator nitroglycerine produceerde, naar een anonieme ondergrondse locatie midden in de stad, die aan de Lower Thames Street bleek te liggen.

Soms stort er ergens een vloer in en blijkt daaronder een tunnel te liggen die naar een oude bestemming leidt. Ik ging linea recta naar de grote kaartenzaal en trok een aantal kaarten naar beneden, op zoek naar routes die de vrachtwagens mogelijk hadden genomen. Nog voordat ik met mijn vinger langs het traject ging, herkende ik de onuitwisbare namen: Sewardstone Street, Cobbins Brook Bridge, even naar rechts bij het kerkhof, dan naar het zuiden tot aan Lower Thames Street. De nachtelijke route die ik na de oorlog als jongen zo vaak met De Schicht had afgelegd.

Mijn Schicht van lang geleden, de smokkelaar, de kleine crimineel, was misschien wel een held geweest, want het was gevaarlijk werk. Wat hij na de oorlog had gedaan was alleen maar het gevolg van de vrede. De bekende valse bescheidenheid van de Engelsen, die zich onder meer uitte in bespottelijke geslotenheid en de ogenschijnlijk onschuldige, maar voor de oorlog zo bepalende kamergeleerde, had wel iets weg van de keurige, minutieus beschilderde diorama's die de waarheid verhulden en hun diepere wezen afschermden. In zekere zin was daarachter de opmerkelijkste theatervoorstelling van alle Europese landen schuilgegaan. Met rollen voor geheim agenten, onder wie oudtantes, tweederangsromanciers, een chique couturier die spionagewerk had verricht in Europa, de ontwerpers en bouwers van nepbruggen over de Theems – bedoeld om Duitse bommenwerpers in de war te brengen als ze probeerden de rivier te volgen naar het centrum van Londen –, in gif gespecialiseerde scheikundigen, keuterboertjes aan de oostkust die lijsten kregen van mensen die heulden met de Duitsers en uit de weg geruimd moesten worden als er een invasie kwam, ornithologen en imkers van Kew Gardens, evenals eeuwige vrijgezellen die alles wisten over de

Levant en vloeiend waren in een handjevol talen – zoals Arthur McCash bleek te zijn, die het grootste deel van zijn leven voor de geheime dienst bleef werken. Allemaal hielden ze zich aan de discretie die hun rol voorschreef, ook toen de oorlog voorbij was, en jaren later kregen ze als blijk van waardering niets meer dan de onopvallende mededeling in hun overlijdensadvertentie dat ze 'zich hadden onderscheiden in dienst van het ministerie van Buitenlandse Zaken'.

De wereld was bijna altijd nat en aardedonker als De Schicht de logge nitroglycerinewagens bestuurde, langs tuinen met kleine schuilkelders, zijn linkerhand in de weer met de versnellingspook, het voertuig als een projectiel op een pakhuis in Londen gericht. Het was twee uur 's nachts, en hij had de kaart in zijn hoofd, zodat hij met absurde snelheden over de duistere wegen kon rijden.

De hele middag zat ik over deze opgediepte dossiers gebogen. Ik las over het type vrachtwagen, de hoeveelheid nitroglycerine die per keer werd vervoerd, dat er 's nachts in bepaalde straten gedempte blauwe lampen brandden om een onverwachte bocht discreet te verlichten. De bezigheden van De Schicht waren het grootste deel van zijn leven verdekt geweest, onzichtbaar voor anderen. De illegale boksringen in Pimlico, de hondenraces, de smokkel. Maar tijdens zijn oorlogsactiviteiten was hij in de gaten gehouden en wisten ze alles over hem. Hij moest zich aanmelden, zijn gezicht laten vergelijken met een foto en zich dan in de Lower Thames Street weer afmelden. Al zijn nachtelijke reizen werden geregistreerd. Het was de eerste en enige keer in zijn leven dat hij 'in de boeken' stond. Deze man die er zo trots op was geweest dat zijn naam niet in dat encyclopedische overzicht van renbaanzwendelaars stond. Drie ritten per nacht heen en weer naar de kruitfabriek, terwijl vrijwel heel East End op één oor lag, zich niet bewust van wat er zich afspeelde op de nachtelijke wegen – en van het gevaar dat daaraan verbonden was. Toch werd het allemaal geregistreerd. Zodat ik nu, al die jaren later, in die zaal met hangende kaarten de gemarkeerde routes kon terugvinden en constateerde dat die ritten wel heel sterk leken op onze nachtelijke tochten vanuit de East End, vanaf een locatie ergens in de buurt van Limehouse Basin naar het centrum van de stad.

Ik stond in de lege kaartenzaal en de banieren wiegden alsof er plotseling een briesje langs streek. Ik wist dat daar ergens een dossier over alle chauffeurs moest liggen. Ik herinnerde me hem nog steeds alleen als De Schicht van Pimlico, maar naast zijn pasfoto zou zijn echte naam staan. In een aangrenzende ruimte trok ik de laden van een archiefkast open en bestudeerde ik de fiches met zwart-witfoto's van sombere, nog jonge mannen. Tot ik een naam zag die ik was vergeten naast een gezicht dat ik niet was vergeten. Norman Marshall. Mijn Schicht. Nu schoot me te binnen dat De Mot 'Norman!' had geroepen in de volle woonkamer van Ruvigny Gardens. Het was een vijftien jaar oude foto van hem met ernaast zijn haast obsessief bijgewerkte adres.

Dit was De Schicht.

In die linkerhand op het stuur moet een sigaret hebben gezeten terwijl hij die bochten nam, met zijn rechterelleboog uit het raampje, zodat zijn arm nat werd van de striemende regen die hem alert hield. Hij had in die nachten niemand om mee te praten en zong ongetwijfeld dat oude liedje om wakker te blijven, over *de madam in vuur en vlam*.

•

Vanaf een bepaalde leeftijd besluiten onze helden dat ze geen leider of leraar meer zijn. Ze kiezen ervoor om het territorium waar ze zich op dat moment bevinden af te schermen. Hang naar avontuur maakt plaats voor bijna onzichtbare behoeften. Zij die schamper lachten om tradities waartegen ze zich afzetten, lachen nog wel, maar zonder te schamperen. Dacht ik dat het De Schicht ook zo zou vergaan, die laatste keer dat ik hem had gezien? Toen ik volwassen was geworden? Ik weet het nog steeds niet. Maar ik had nu een adres, en ik ging bij hem langs.

Tijdens die laatste ontmoeting was me echter niet duidelijk of hij domweg geen belangstelling voor me had, of dat hij woede of wrok koesterde. Ik was tenslotte al die jaren geleden plotseling uit zijn wereld vertrokken. En nu stond ik weer voor hem, inmiddels een man. En waar onze avonturen tijdens de verwarde, levendige droom die mijn jeugd was geweest mij nog helder voor de geest stonden, weigerde De Schicht tot mijn teleurstelling over vroeger te praten. Ik had van al die figuren willen weten hoe het ze was vergaan, maar hij bracht het gesprek steeds terug naar het heden. Wat deed ik nu? Waar woonde ik? Was ik...? Ik kon dan ook alleen maar conclusies trekken uit de barrières die hij tijdens het gesprek opwierp. En uit de obsessieve manier waarop hij alle voorwerpen in zijn keuken een vaste plek had toegekend waar ze altijd terug moesten keren; als ik iets oppakte – een glas, bijvoorbeeld, een onderzetter – lette hij erop dat het weer daar terechtkwam waar het hoorde.

Hij had geen bezoek van mij verwacht op die dag, op dat tijdstip; of eigenlijk had hij helemaal geen bezoek van mij verwacht. De ordelijkheid in zijn flat was duidelijk een vaste gewoonte, terwijl er in mijn herinnering, die in de loop der jaren ongetwijfeld alles uitvergroot, altijd allerlei spullen kwijtraakten of kapotvielen als De Schicht in de buurt was. Nu lag er echter een welkomstmat om voor binnenkomst je voeten op te vegen, er hing een keurig opgevouwen theedoek en ik zag hem achter in de gang twee deuren zorgvuldig dichtdoen toen hij op weg was naar de keuken om theewater op te zetten.

Omdat ik een eenzaam bestaan leid, heb ik oog voor eenzaamheid en de kleinschalige ordelijkheid die daarbij hoort. De Schicht was niet eenzaam. Hij had nu een gezin, vertelde hij: een vrouw die Sophie heette en een dochter. Dat verbaasde me. Ik probeerde te raden welke van zijn maîtresses hem had gestrikt of door hem was gestrikt. Toch zeker niet de twistzieke Russin. Hoe dan ook, die middag was hij alleen in de flat en kreeg ik Sophie niet te zien.

Hij was getrouwd en had een kind gekregen, verder dan dat wilde hij niet teruggaan in het verleden. Hij weigerde over de oorlog te praten en wimpelde mijn lacherige vragen over de hondenhandel af. Hij zei dat hij zich weinig van die tijd herinnerde. Ik vroeg of hij het programma had gezien dat Olive Lawrence voor de BBC had gemaakt. 'Nee,' zei hij zacht. 'Dat heb ik gemist.'

Ik weigerde hem te geloven en hoopte dat ook die opmerking alleen maar een poging was om het onderwerp te omzeilen. Dat kon ik hem vergeven, dat hij haar niet was vergeten maar haar net als alle anderen uit zijn leven had gebannen; dat was beter dan dat hij het te veel moeite vond om een televisie aan te zetten. Of misschien was ik de enige die zich die tijd en die levens nog herinnerde. En zo bleef hij obstakels opwerpen op de weg die terugleidde naar ons verleden, zodat ik daar nooit zou aankomen, al kon hij zien dat dat de reden van mijn bezoek was. Hij maakte ook een nerveuze indruk – eerst vroeg ik me af of hij dacht dat ik kwam beoordelen of hij iets had bereikt in zijn leven of juist een teleurstellende keuze had gemaakt.

Ik volgde zijn bewegingen toen hij ons allebei een kop thee inschonk.

'Ik hoorde van iemand dat Agnes het niet gemakkelijk heeft gehad. Ik heb geprobeerd haar te vinden, maar dat is niet gelukt.'

'Ach, we zijn allemaal onze eigen weg gegaan,' zei hij. 'Ik heb een tijdje in de Midlands gewoond. Daar kon ik een nieuw gezicht zijn, als je begrijpt wat ik bedoel. Iemand zonder verleden.'

'De avonden met jou en de honden op de boot, die zijn me nog het meest bijgebleven.'

'Je meent het. Zijn die je het meest bijgebleven?'

'Ja.'

Hij hief zijn kopje als een zwijgende, ironische toost. Hij wilde niet terugkeren naar die jaren. 'En hoelang blijf je hier? Wat voer je zoal uit?'

Die twee vragen zo vlak na elkaar wezen op een gebrek aan oprechte belangstelling. Dus vertelde ik hem zonder al te veel in detail te treden waar ik woonde, wat ik voor de kost deed. Ik verzon iets voor Rachel. Waarom loog ik? Misschien vanwege de manier waarop hij ernaar vroeg. Alsof alle vragen betekenisloos waren. Hij hoefde niets van mij. 'Importeer je nog steeds spullen?' vroeg ik. Hij gaf een ontwijkend antwoord. 'O, ik ga elke week naar Birmingham. Ik ben nu ouder, ik reis niet meer zo veel. En Sophie werkt in Londen.' Daar liet hij het bij.

Hij streek het tafelkleed glad en ten slotte stond ik maar op, na een te lange stilte van de man op wie ik in een ver verleden zo gesteld was geraakt, nadat ik eerst afkeer en vervolgens angst voor hem had gevoeld. Ik dacht dat ik al zijn facetten had gezien, de ruwheid en later de ruimhartigheid. Het was dan ook moeilijk hem nu zo lethargisch te zien en te merken dat hij elke zin uit mijn mond zo behendig een doodlopende weg in stuurde.

'Ik moest maar eens gaan.'

'Goed, Nathaniel.'

Ik vroeg of ik even naar de wc mocht en liep het gangetje door.

Ik zag mijn gezicht in zijn spiegel, niet langer de jongen die met hem over die middernachtelijke wegen was gereden, wiens zuster hij ooit had geholpen na een epileptische aanval. Ik keek om me heen alsof deze kleine ruimte van een nog onverbroken zegel was voorzien, alsof dit de enige plek was waar ik iets meer te weten kon komen over mijn woeste, onberekenbare held van vroeger, over mijn leermeester. Ik probeerde me een voorstelling te maken van de vrouw met wie hij getrouwd was. Ik pakte de drie tandenborstels die op de rand van de wastafel lagen en liet ze even op mijn vlakke hand balanceren. Ik raakte zijn scheerzeep op het plankje aan, snoof de geur op. Ik zag drie opgevouwen handdoeken. Wie deze Sophie ook was, ze had orde in zijn leven gebracht.

Dit was allemaal heel bevreemdend. Allemaal heel verdrietig. Hij was zo avontuurlijk geweest, en nu ik daar zo stond voelde ik de beklemming van zijn leven. Wat zag hij er kalm en tevreden uit toen hij die thee inschonk, met zijn hand over het tafelkleed streek. Deze man die altijd een hap van andermans boterham nam als hij zich moest haasten voor een dubieuze afspraak, die triomfantelijk een speelkaart opraapte die iemand op straat of langs het water had verloren, een bananenschil over zijn schouder op de achterbank van de Morris gooide, waar Rachel en ik met de honden zaten.

Ik stapte het gangetje in en keek een poosje naar een ingelijste doek waarop een tekst was geborduurd. Ik weet niet hoelang ik daar stond te kijken, lezend en herlezend. Ik legde mijn vingers ertegenaan, wendde me toen af en liep heel langzaam naar de keuken. Alsof vaststond dat ik hier voor het laatst was.

Bij de voordeur van de flat draaide ik me nog even om en zei: 'Bedankt voor de thee...' Ik wist nog steeds niet goed hoe ik hem moest noemen. Ik had hem nooit bij zijn echte naam genoemd. De Schicht knikte met een afgemeten glimlach, zijn mondhoeken net ver genoeg opgetrokken om niet onbeleefd over te komen of de indruk te wekken dat hij het me kwalijk nam dat ik zijn privéleven was binnengedrongen, en toen deed hij de deur achter me dicht.

Ik was al ver weg, afgeleid door het lawaai van de trein terug naar Suffolk, toen ik mezelf toestond onze levens door het prisma van het bezoek van die middag te bezien. Hij had niet geprobeerd me te vergeven of te straffen. Het was nog erger. Hij wilde per se voorkomen dat ik zou inzien wat ik teweeg had gebracht met mijn snelle en onaangekondigde verdwijning al die jaren geleden.

Ik begreep uiteindelijk pas wat er in zijn flat was gebeurd toen me weer te binnen schoot dat De Schicht heel goed kon liegen. Dat hij, als hij in een loods of museum werd betrapt door een politieman of beveiliger, met een leugen op de proppen kwam die zo ingenieus in elkaar zat en zo ridicuul was dat hij er zelf om moest lachen. Het gebeurt niet vaak dat iemand zijn eigen leugen grappig vindt; dat was zijn dekmantel. 'Een leugen moet je nooit voorbereiden,' zei hij op een van onze nachtelijke tochten. 'Je moet hem ter plekke verzinnen. Dat is geloofwaardiger.' De fameuze tegenstoot. En dat hij zich nooit in de kaart liet kijken. De Schicht had doodkalm thee ingeschonken, terwijl zijn hoofd en zijn hart in lichterlaaie moeten hebben gestaan. Hij had me nauwelijks aangekeken terwijl hij aan het woord was, hield zijn blik gericht op dat dunne straaltje okerkleurige thee.

Agnes was altijd zorgzaam geweest voor de mensen om haar heen. Dat herinner ik me nog het best van haar. Ze kon druk zijn, twistziek. Lief voor haar ouders. Graaide in het wilde weg naar alle aspecten van het leven, maar die zorgzaamheid was er altijd. Ze had dat portretje van ons getekend toen we zaten te eten, de randen van het papier naar binnen gevouwen zodat het leek of er een lijstje omheen zat, en het in mijn zak gestopt. Zo bood ze cadeaus aan, ook als ze geen waarde, geen prijs hadden, met de woorden: 'Hier Nathaniel, voor jou.' En ik, een onnozele, ongepolijste knul van vijftien nog, had het aangenomen en stilletjes bewaard.

In onze tienertijd gedragen we ons als dwazen. We zeggen de verkeerde dingen, weten niet hoe we bescheiden of minder verlegen moeten zijn. We staan snel met een oordeel klaar. Maar de enige hoop die ons is gegund, zij het pas achteraf, is dat we veranderen. We leren, komen tot ontplooiing. Wat ik nu ben, vindt zijn oorsprong in wat me toen allemaal is overkomen; niet door wat ik heb bereikt, maar door hoe ik daar ben gekomen. Maar wie heb ik gekwetst om daar te komen? Wie heeft me geholpen een beter iemand te worden? Of nam genoegen met die paar dingen waar ik goed in was? Wie heeft me geleerd om te lachen als ik een leugen vertelde? En wie was degene die het beeld dat ik van De Mot had aan het wankelen bracht? Wie heeft ervoor gezorgd dat mijn belangstelling voor iemands karakter overging in belangstelling voor het effect dat diegene op anderen had? Maar vooral, bovenal: hoeveel schade heb ik aangericht?

Toen ik de wc van De Schicht uit was gelopen, had ik tegenover een dichte deur gestaan. Aan de muur ernaast hing een ingelijste doek met een blauwe zin erop geborduurd.

Vaak lag ik
de hele nacht wakker,
verlangend naar een grote parel.

Daaronder, met een stiksteek in een andere kleur, stond een geboortedatum. Hij was van dertien jaar geleden. De Schicht kon niet weten dat een borduurwerkje het geheim zou prijsgeven. 'Sophie', zijn vrouw, had hem gemaakt voor zichzelf en voor haar kind. Het was iets wat ze tegen zichzelf zei voordat ze in slaap viel. Ik herinner het me ineens. Waarschijnlijk wist ze niet eens meer dat ze me die dichtregel ooit had toevertrouwd, en was die nacht toen we in de duisternis van dat geleende huis met elkaar hadden gepraat uit haar herinnering verdwenen. Zelfs ik was het vergeten, tot nu. Bovendien had ze nooit kunnen denken dat ik op een middag weer zou opduiken, in haar huis nog wel, en dat ik dat verlangen van haar zo prominent aan de muur zou zien hangen.

En nu deze aardverschuiving door een simpele, geborduurde zin. Ik wist niet wat ik moest doen. Haar geschiedenis had ik nooit gevolgd. Hoe kon ik teruggaan in de tijd, naar Agnes van Battersea, naar Agnes van Limeburner's Yard, waar ze haar cocktailjurk was kwijtgeraakt? Naar Agnes en Pearl, haar parel, van Mill Hill?

Als een wond te diep is, kun je hem niet omzetten in gesproken woorden; je kunt er nauwelijks over schrijven. Ik weet nu waar ze wonen, in een straat zonder bomen. Ik moet daar 's nachts staan en haar naam uitschreeuwen, zodat ze die midden in haar slaap hoort, geluidloos haar ogen opendoet en rechtop gaat zitten in het donker.

Wat is er? zal hij vragen.

Ik hoorde...

Wat?

Ik weet het niet.

Ga maar weer slapen.

Ja, het is vast niets. Hé, daar is het weer.

Ik blijf roepen en wacht tot ze reageert.

Er was niets uitgesproken, maar net als mijn zus met haar theaterimprovisaties en Olive Lawrence weet ik hoe je een verhaal kunt aanvullen op basis van een zandkorreltje of een blootgelegd fragment van de waarheid. Achteraf weet ik dat die zandkorrels er altijd al waren: het feit dat niemand mij over Agnes had verteld terwijl ik dat wel had verwacht, het nu begrijpelijke, kille zwijgen van De Schicht. En de opgevouwen handdoeken – ze was immers serveerster geweest, had net als ik afgewassen en schoongemaakt in allerlei keukens en gewoond in een huurflatje, waar orde een noodzaak was. De Schicht moet versteld hebben gestaan dat een zwangere, zeventienjarige er zo veel regels en normen op nahield, en de slechte gewoontes van zijn leven zo effectief zou uitbannen.

Als ik hen samen voor me zie, wat komt er dan in me op? Jaloezie? Schuldgevoel omdat ik tot nu toe geen idee had wat ik had veroorzaakt? Ik vroeg me af hoe ze over mij oordeelden. Of was ik het verzwegen onderwerp, net als het tv-programma van Olive Lawrence en haar boek, dat De Schicht nooit had opengeslagen? Hij had ons allemaal de rug toegekeerd... hij had geen tijd, moest elke week naar de Midlands, een kind opvoeden, het waren zware, barre tijden.

Niet wetend bij wie ze anders terechtkon, had Agnes, een paar weken nadat ze had ontdekt dat ze zwanger was, een bus genomen, en toen nog een, en was uitgestapt bij de Pelican Stairs, waar De Schicht woonde. Ze had mij al meer dan een maand niet gezien en ging ervan uit dat ik daar was. Het was etenstijd. Aangezien er niet werd opengedaan, ging ze op het stoepje zitten en wachtte terwijl de straat om haar heen donkerder werd. Toen hij eindelijk thuiskwam, was ze in slaap gevallen. Hij wekte haar met een aanraking. Eerst wist ze niet waar ze was, maar toen herkende ze mijn vader. Wat betekende dat De Schicht boven, nadat ze hem had verteld wat er aan de hand was en dat ze niet wist waar ik was, nog iets op te biechten had, namelijk wie hij werkelijk was en hoe hij mij werkelijk had leren kennen, en waar ik misschien naartoe was gegaan of gebracht.

Ze zaten de hele nacht in zijn krappe flatje bij een gaskachel – het was net een biechthokje. En vertelde hij haar tijdens die gesprekken, die zich steeds herhaalden en in kringetjes draaiden om haar ongeloof te temperen, wat hij deed, wat zijn beroep was?

Een poosje geleden zag ik in de bioscoop een oude, heruitgebrachte film waarin het leven van de hoofdrolspeler verwoest wordt doordat hij, een onschuldig man, ten onrechte wordt veroordeeld. Hij ontsnapt uit een ploeg kettinggangers, maar is de rest van zijn leven op de vlucht. In de slotscène komt hij de vrouw tegen van wie hij ooit hield, maar hij kan maar even bij haar zijn, want hij weet dat ze hem op de hielen zitten. Terwijl hij achteruit bij haar vandaan loopt en opgaat in de schaduw, roept ze uit: 'Hoe hou je jezelf in leven?' En onze held, gespeeld door Paul Muni, zegt: 'Door te stelen.' En met die laatste zin eindigt de film: een close-up van zijn gezicht en het scherm wordt zwart. Toen ik die film zag, moest ik aan Agnes en De Schicht denken, en ik vroeg me af hoe en wanneer ze had ontdekt dat hij zich bezighield met louche zaken. Hoe ze in hun gezamenlijke leven was omgegaan met die kennis over zijn onzekere criminele bestaan en hun relatie in stand had weten te houden. Alles wat ik me van Agnes herinnerde was me nog even dierbaar. Met haar krachtige aanwezigheid had ze me verlost uit mijn jeugdige eenzelvigheid. Maar ze was ook de zuiverste persoon die ik kende. Zij en ik waren huizen binnengedrongen, hadden eten gepikt bij de restaurants waar we werkten, maar we waren ongevaarlijk. Ze kwam altijd in het geweer tegen oneerlijkheid of onrechtvaardigheid. Ze was zuiver. Je mocht anderen niet schaden. Wat een prachtig principe om al op die leeftijd te huldigen.

Dus dacht ik aan Agnes en die man die ze zo aardig had gevonden, van wie ze dacht dat het mijn vader was. Hoe en wanneer was ze erachter gekomen wat hij deed? Er zijn zo veel vragen die ik beantwoord wil zien met een versie van de waarheid, welke dan ook.

'Hoe hou je jezelf in leven?'

'Door te stelen.'

Of hield hij het nog wat langer voor haar verborgen, tot een volgende ontmoeting op een volgende avond in dat krappe flatje in de Pelican Stairs? Eén beslissing, één oplossing tegelijk. Stap voor stap. En pas naderhand zou hij vertellen waartoe hij bereid was, en dat was niet langer zo'n moment uit een liefdesliedje dat hij voor zich uit neuriede, waarin alles een simpele kwestie was van oorzaak en gevolg, zodat je verliefd werd terwijl er bij de waterrand een orkestje stond te spelen. Niet langer de eenvoud van het toeval, de voorzienigheid. Ik wist dat ze veel genegenheid voor elkaar voelden. Dat was iets om op voort te bouwen, naast hun grote leeftijdsverschil en plotseling veranderde rol. Er was trouwens ook niemand anders.

Hij was ervan uitgegaan dat hij altijd onafhankelijk en ongebonden zou blijven. Hij dacht dat hij de complexe aard van de vrouw kende. Misschien had hij me in het verleden zelfs eens verteld dat zijn vele verdachte activiteiten dienden om aan anderen zijn onafhankelijkheid en gebrek aan onschuld te bewijzen. Dus terwijl hij probeerde haar te kalmeren en haar in te wijden in de minder onschuldige, minder zuivere wereld, moest hij haar zien los te weken van haarzelf, dat er zo op gebrand was zichzelf in de weg te zitten. Waren er veel gesprekken gevoerd voordat hij met het voorstel kwam om te gaan trouwen? Hij wist dat ze op de hoogte moest zijn van zijn werkelijke bezigheden voordat ze een beslissing kon nemen. Het moet een schok voor haar zijn geweest – niet omdat hij misschien misbruik maakte van de situatie, maar vanwege iets veel verrassenders. Hij bood haar een veilige uitweg uit de zich steeds verder afsluitende wereld waarin ze leefde.

Ze ging bij hem wonen, in dat kleine flatje. Er was geen geld voor iets groters. Nee, ik denk niet dat ze aan mij dachten. Of me veroordeelden of minachtten. Zo denk ik er van een afstandje over. Ze leidden een druk leven, waarin elk dubbeltje werd omgedraaid, waarin elke tube tandpasta voor een specifieke prijs werd gekocht. Wat hun nu overkwam was het echte verhaal, terwijl ik nog steeds alleen maar bestond in het labyrint van mijn moeders leven.

Ze trouwden in een kerk. Agnes/Sophie wilde een kerk. Naast haar ouders en haar broer, de makelaar, was er een handjevol kennissen: een meisje van haar werk, een paar ritselaars die hij voor karweitjes inschakelde. De Vervalser van Letchworth, die optrad als zijn getuige, en de havenkoopman van de boot. Agnes wilde per se dat hij erbij was. Dus de ouders, plus nog zes of zeven anderen.

Ze moest een andere baan zoeken. Haar collega's van het restaurant wisten niet dat ze in verwachting was. Ze kocht kranten en speurde de advertenties af. Via een contact van De Schicht uit die vroegere periode vond ze werk in Waltham Abbey, dat nu, in de jaren na de oorlog, een nieuw leven had gekregen als onderzoekscentrum. Daar was ze ooit gelukkig geweest. Ze kende de geschiedenis, had op onze geleende boot al die informatieboekjes gelezen terwijl we geruisloos onder luide vogelkreten door gleden of langzaam opstegen in de sluizen van de kanalen, die een eeuw eerder waren gegraven om het wapendepot in de abdij te verbinden met de arsenalen langs de Theems, in Woolwich en Purfleet. De bus reed langs de Holloway-gevangenis en over de Seven Sisters Road, waarna ze uitstapte op het terrein van de abdij. Ze was weer in diezelfde landelijke omgeving waar ze vroeger was geweest met De Schicht en mij. Haar leven was rond.

Ze werkte aan een van de lange tafels in de bedompte, donkere hallen van Oostvleugel A, waar tweehonderd vrouwen zich volledig concentreerden op wat zich voor hun neus bevond, zonder onderbreking. Niemand zei iets; ze zaten op krukken die te ver bij elkaar vandaan stonden om een gesprek te kunnen voeren. Afgezien van de geluiden die hun handen maakten, heerste er stilte. Hoe was dat voor Agnes, die zo gewend was om te lachen en te kibbelen tijdens het werk? Ze miste de chaos van die keukens; er was geen gelegenheid om te praten, op te staan en uit een raam te kijken; haar vrijheid werd ingeperkt door het tempo van een onverstoorbare lopende band. Ze wisselden elke dag van werkplek. De ene dag in de Oostvleugel, de volgende in de Westvleugel, waar ze altijd met een veiligheidsbril op een paar ons springstof afmat op een weegschaal en die in de voorbijschuivende bakken schepte. De korreltjes bleven onder haar nagels zitten, nestelden zich in haar zakken, in haar haar. De Westvleugel was het ergst, daar werkten ze met gele tetrylkristallen die ze samenpersten tot pillen. Hun handen werden geel en kleverig van de explosieve kristallen. Degenen die met tetryl werkten stonden bekend als 'de kanaries'.

Tijdens de lunch was er tijd voor een gesprek, maar de kantine was ook weer een afgesloten ruimte. Ze liep met haar lunch naar het bos ten zuiden van de fabriek, dat ze zich nog herinnerde, en at haar boterhammen op bij de rivier. Ze ging op haar rug liggen en liet de zon op haar blote buik schijnen, de baby en zij alleen in dit universum. Ze luisterde naar een vogel of een struik die ritselde in de wind, een waarschuwingssignaal van het leven. Ze liep terug naar de Westvleugel, met haar gele handen weggestopt in haar zakken.

Ze wist niet wat zich werkelijk had afgespeeld in de eigenaardige bouwsels waar ze langsliep, waar trappen verdwenen in ondergrondse klimaatkamers die waren gebouwd om nieuwe wapens te testen in woestijnhitte of polaire omstandigheden. Er waren nauwelijks tekenen van menselijke activiteit. Ver weg op een heuvel stond de Grote Nitrator, waar twee eeuwen lang nitroglycerine was gemaakt. Ernaast, onder de grond, lagen de immense spoelbaden.

Doordat ik toegang had tot de oude dossiers in het archief was ik bekend met de half ingegraven gebouwen waar Agnes langs moest zijn gelopen toen ze zwanger was van Pearl. Nu wist ik waar al die historische gebouwen en locaties in Waltham Abbey voor waren gebruikt. Ik wist dat datzelfde schijnbaar onschuldige bospoeltje waar Agnes op haar zeventiende in was gesprongen de plek was waar onderwatercamera's waren geïnstalleerd om de kracht en het effect te meten van de explosieven waarmee later de dammen in het Duitse Ruhrdal werden gebombardeerd. Die twaalf meter diepe poel waar Barnes Wallis en A.R. Collins hun stuiterbom hadden getest, was de plek waar ze rillend en happend naar adem boven water was gekomen, om vervolgens aan boord van de mosselboot te klimmen en een zelfgerolde sigaret te delen met De Schicht.

Om zes uur 's avonds komt ze de poort van Waltham Abbey uit en neemt ze de bus terug naar de stad. Met haar hoofd tegen het raam geleund staart ze uit het raam naar het moerasgebied van Tottenham, en haar gezicht wordt donker als de bus op St. Ann's Road onder de brug door rijdt.

Als ze de flat binnenkomt is Norman Marshall thuis – hij mag haar niet aanraken als ze met haar uitgeputte zwangere lichaam langs hem loopt.

'Ik voel me vies. Ik wil me eerst opfrissen.'

Ze bukt zich boven de wastafel en giet water uit een kom over haar hoofd om de springstofkorrels uit haar haar te spoelen, waarna ze verwoed haar handen en onderarmen schoonboent. Het tetryl en de gomachtige vulling waarmee de patronen in kisten worden verpakt, blijven als boomhars aan haar kleven. Keer op keer wast Agnes haar armen en alle stukjes huid waar ze bij kan.

Tegenwoordig eet ik op hetzelfde tijdstip als de windhond.

En 's avonds, als hij wil gaan slapen, komt hij stilletjes naar de tafel waar ik zit te werken en legt hij zijn vermoeide kop in mijn hand om me tot stoppen te manen. Ik weet dat hij geruststelling zoekt, dat hij behoefte heeft aan iets warms en menselijks dat bescherming biedt – een blijk van vertrouwen in een ander. Hij zoekt me op, ondanks mijn eenzelvigheid en onzekerheden. Maar ook ik wacht op dit moment. Alsof hij me misschien wel wil vertellen over zijn chaotische leven, over een verleden dat ik niet ken. Al die opgekropte hunkering die daarbinnenin moet zitten.

Dus ik heb de hond, die mijn hand nodig heeft, aan mijn zij. Ik sta in mijn ommuurde tuin die in alles nog steeds de tuin van de Malakites is, met nu en dan een onverwachte bloesemexplosie waar mij niets over was verteld. Dit is hun verlengde leven. Toen Händel zijn zenuwinzinking had, was hij volgens mijn operaminnende moeder in die toestand 'de ideale man': eerzaam, vol liefde voor de wereld waar hij geen deel meer van kon uitmaken, ook al was die wereld voortdurend in oorlog.

Onlangs las ik een essay van een van mijn buren in Suffolk over de zeelathyrus, en hoe die plant dankzij de oorlog wist te overleven. Op de kiezelstranden waren mijnen ingegraven om het land te behoeden voor een invasie, en het gebrek aan menselijk verkeer resulteerde in een weelderig, ruw groen tapijt van zeelathyrus met dikke, stevige bladeren. Vandaar de herrijzenis van deze bijna uitgestorven plant, een fleurig symbool van de vrede. Ik heb een zwak voor dit soort verrassende verbanden, zulke soetra's van oorzaak en gevolg. Zoals met de klucht *Trouble in Paradise*, die voor mij verbonden raakte met het geheime nitroglycerinetransport naar Londen tijdens de oorlog, of die keer dat een meisje dat ik kende een lint uit haar haar haalde om in een bospoel te duiken waarin ooit stuiterbommen waren ontwikkeld en getest. We leefden in een tijd waarin gebeurtenissen die ogenschijnlijk niets met elkaar te maken hadden elkaars naasten bleken te zijn. En zo vroeg ik me nog steeds af of Olive Lawrence, die mij en mijn zus later leerde om 's nachts zonder angst een bos in te lopen, ooit dat handjevol dagen en nachten aan de kust van het Kanaal als hoogtepunt van haar leven had beschouwd. Slechts weinigen wisten iets af van haar werkzaamheden in die tijd; ze zei er niets over in haar boek of in de televisiedocumentaire die ik als volwassene had gezien. Er waren velen zoals zij, die liever zwegen over hun oorlogsvaardigheden. *Ze was niet alleen etnograaf, Knoop!* had mijn moeder, die liever over Olive dan over zichzelf vertelde, me verwijtend toegebeten.

'Viola? Ben jij Viola?' fluisterde ik vaak voor me uit, terwijl ik op de tweede verdieping van dat gebouw waar ik werkte langzaam te weten kwam wie mijn moeder was.

We ordenen ons leven aan de hand van verhalen die we nauwelijks kennen. Alsof we hebben rondgedoold door een verwarrend landschap, waar we datgene verzamelden wat onzichtbaar en onuitgesproken was – Rachel, de Sijs, en ik, de Knoop, die alles aan elkaar vastknoopte om te overleven, incompleet, ongezien als de zeelathyrus tussen die oorlogsmijnen op het strand.

De windhond staat naast me. Hij legt zijn zware, benige kop in mijn hand. Alsof ik nog steeds die jongen van vijftien ben.

Maar waar is de zus die mij alleen een indirecte afscheidsgroet gunde, zwaaiend met het handje van haar kind alsof het een marionet was? Of het meisje dat ik ooit misschien een speelkaart van straat zal zien oprapen, waarna ik naar haar toe zal rennen om te vragen: 'Pearl? Ben jij Pearl? Heb je dat van je vader en moeder geleerd? Dat het geluk brengt?'

Voordat Sam Malakite me bij White Paint ophaalde op mijn laatste dag daar, waste ik een paar kleren van Rose en legde ze buiten op het gras te drogen; een deel ervan spreidde ik uit over de struiken. De kleren die ze droeg toen ze werd vermoord waren meegenomen. Ik pakte de strijkplank en streek een geruite blouse waaraan ze verknocht was; de kraag, de manchetten die ze altijd oprolde. De blouse had nog nooit zo veel hitte en druk meegemaakt. En toen de rest van de blouses. Ik legde een dunne doek over het blauwe vest dat verhulde hoe dun ze was, en drukte er lichtjes op met het strijkijzer. Ik bracht het vest en de blouses naar haar kamer, hing ze in de kast en ging naar beneden. Ik liep luidruchtig over de nachtegaalvloer, deed de deur dicht en vertrok.

Dankwoord

Hoewel *Blindganger* tot de fictie behoort, is er binnen het raamwerk daarvan gebruikgemaakt van historische feiten en locaties.

Wat teksten en bronnen betreft ben ik erkentelijk voor onderzoek uit een aantal uitstekende boeken: *The Secret Listeners* van Sinclair McKay, *The West End Front* van Matthew Sweet, *Defend the Realm* van Christopher Andrew en *Empire of Secrets* van Calder Walton, *Dangerous Energy* van Wayne D. Cocroft, *The Roof-Climber's Guide to Trinity* van Geoffrey Winthrop Young, *London's Lost Rivers* van Paul Talling, Jules Pretty's *This Luminous Coast*, *The Waterways of the Royal Gunpowder Mills* van Richard Thomas en *Men of the Tideway* van Dick Fagan. Informatie over de Blitz is afkomstig uit krantenartikelen van die tijd, maar ook uit het archief van de University of South Carolina, *The People's War* van Angus Calder en *Austerity Britain* van David Kynaston. Onderzoek naar de onrust in Europa tijdens de nasleep van de Tweede Wereldoorlog kwam van verschillende bronnen, waaronder Susanne C. Knittels *The Historical Uncanny: Disability, Ethnicity, and the Politics of Holocaust Memory*, Gaia Baracetti's '*Foibe*: Nationalism, Revenge and Ideology in Venezia Giulia and Istria, 1943-5', gepubliceerd in *The Journal of Contemporary History*, en David Staffords *Endgame, 1945: The Missing Final Chapter of World War II*. In het bijzonder wil ik de schrijver Henry Hemming bedanken voor zijn gulle, deskundige suggesties omtrent de werkzaamheden van de geheime dienst in oorlogstijd.

Mijn dank gaat uit naar Claudio Magris, wiens essay *'Itaca e oltre'* over de chaos in het naoorlogse Europa kort wordt aangehaald. Ik heb geciteerd uit het essay 'A Piece of Chalk' van T.H. Huxley en uit het essay '*Capriccio: Lathyrus Maritimus*' over de zeelathyrus van Robert Gathorne-Hardy. Het citaat over de parel is afkomstig van Richard Porson (1759-1808). Ik heb een strofe geciteerd uit A.E. Housmans 'From the wash the laundress sends', twee stanza's uit Thomas Hardy's *The Dynasts*, een regel uit het gedicht 'Sevilla' van García Lorca, evenals een idee en een regel uit *La vie matérielle* van Marguerite Duras. Ook ben ik James Salter dankbaar voor twee opmerkingen in *Burning the Days*, John Berger voor zijn eerbetoon aan Orlando Letelier, C.D. Wright, en de opmerking van Paul Krassner over familie. Ik heb inspiratie gehaald uit brieven van Dorothy Loftus over het Southwold in de oorlogsdagen van 1940, waarvan ik gebruik heb mogen maken met dank aan Simon Loftus, en uit een artikel van Helen Didd over de voorbereidingen voor D-Day, dat is verschenen in *The Guardian*. Inspiratie haalde ik ook uit de *New York Times*-rubriek 'The Rural Life' van Verlyn Klinkenborg getiteld 'The Roar of the Night', waarin een citaat van Robert Thaxter Edes over krekels voorkomt. Tot de talloze bronnen over hondenraces behoorden artikelen uit het archief van de *Greyhound Star: A Bit of a Flutter* van Mark Clapson, en Norman Bakers 'Going to the Dogs – Hostility to Greyhound Racing in Britain', gepubliceerd in de *Journal of Sport History*. Enkele liedteksten die voorbijkomen zijn afkomstig van Cole Porter en Ira Gershwin, terwijl twee regels van Howard Dietz zonder toestemming naar een iets eerdere periode zijn gehaald. Een opmerking die Robert Bresson maakte tijdens een interview op film is de epigraaf geworden van dit boek.

Veel dank aan Simon Beaufoy, die me in contact heeft gebracht met Gordon en Evelyn McCann en Jay Fitzsimmons tijdens mijn onderzoek naar kanalen en getijden en het leven op schuiten, en naar verdere informatie over rivieren: ze waren als gids van onschatbare waarde. Ook veel dank aan Vicky Holmes voor het beschikbaar stellen van archiefmateriaal over rivieren in oorlogstijd uit The Museum of London Docklands op West India Quay. Ook veel dank aan de London Metropolitan Archives, en aan iedereen die in Waltham Abbey en de Gunpowder Mills werkte toen ik daar was in april 2013, met name Michael Seymour en Ian MacFarlane.

•

Ik wil iedereen bedanken die me hulp en gastvrijheid bood als ik voor mijn onderzoek in Suffolk moest zijn – met name Liz Calder en Louis Baum, Irene Loftus, John en Genevieve Christie en de fantastische Caroline en Gathorne Gathorne-Hardy. Ik ben vooral Simon Loftus dankbaar, die me dagenlang heeft rondgeleid door The Saints en de complexe en veelzijdige geschiedenis ervan, en die zijn encyclopedische kennis van de streek met me heeft gedeeld.

Dank aan Susie Schlesinger en haar golfplaten huisje, tijdens de jaren waarin dit geschreven is bewaakt door Bellamy, de legendarische os; Skip Dickinson, die me jaren geleden meenam naar een hazewindmuseum in Abilene, en Mike Elcock voor zijn brief van lang geleden over een 'couturier'; aan David Thomson, Jason Logan, David Young, Griffin Ondaatje, Lesley Barber, Zbyszek Solecki (wiens vader misschien wel een hond heeft gekocht van De Schicht), Duncan Kenworthy, Peter Martinelli, Michael Morris en Coles en Manning voor een idee dat ik heb geleend. Ook *The Point Reyes Light* en Jet Fuel ben ik dankbaar.

Ik ben Jess Lacher veel dank verschuldigd voor haar onderzoekswerk en Esta Spalding voor haar rake suggesties wat betreft de structuur van dit boek. En ook mijn vrienden Ellen Levine, Steven Barclay en Tulin Valeri, die me in de loop der jaren op allerlei manieren hebben gesteund.

Dank je wel Katherine Hourigan en Lydia Buechler, die dit boek met zo veel zorg en souplesse door het hele productieproces bij Knopf hebben geleid, en ook Carol Carson, Anna Jardine, Pei Loi Koay, Lorraine Hyland en Leslie Levine. Verder David Milner in Engeland, Martha Kanya-Forstner van McClelland & Stewart in Toronto en Kimberlee Hesas, Scott Richardson en Jared Bland. Veel dank aan Robin Robertson, mijn redacteur bij Cape. Maar ook aan Sonny Mehta bij Knopf.

Mijn innige dank aan Louise Dennys, mijn redacteur in Canada, die met me aan dit boek heeft gewerkt sinds ze het manuscript twee jaar geleden onder ogen kreeg en die voor elke fase een onmisbare steun is gebleken.

Mijn dank en erkentelijkheid ook voor de vrienden- en schrijverskring in Toronto met wie ik al deze jaren bijzonder hecht ben geweest.

Mijn dank en liefde gaan echter vooral uit naar Linda van de rode rivieroever.